가짜
1등 배동구

가짜
1등 배동구

다산지식하우스

   어렸을 적 어머니는 제게 책을 많이 읽히려고 노력하셨습니다. 소위 '고전'이라 불리는 명작이나 세계적인 문학상을 수상한 작품들을 주로 사주셨지요. 그러면서 제가 혹시나 읽지 않을까 봐 '공부에도 도움이 될 거다'는 말도 빼놓지 않으셨습니다.

   하지만 막상 읽어 보면 고전은 시대적 배경이 옛날이라 그런지 내용이 별로 공감되지 않았습니다. 문학상을 수상했다는 작품들도 마찬가지였습니다. 대부분 '삶과 죽음'처럼 무거운 주제들뿐이라서 읽고 나면 괜히 기분만 우울해졌습니다.

   제가 좋아하는 책들은 따로 있었습니다. 주로 '판타지' 또는 '로맨스'라 불리는 장르 문학이었는데, 어머니는 그 책들을 '시답잖은 책'이라 여기셨습니다. 그래서 매번 어머니 몰래 숨어서 봐야 했지요. 이렇게까지 제가 그 책들을 읽었던 이유는 딱 하나, 재밌었기 때문입니다.

   그런데 재미도 잠시, 그런 책들을 다 읽고 나면 무언가 허전함이 남았습니다. 비현실적인 이야기를 통해 대리 만족만 느꼈을 뿐 결국에는 얻는 것도, 배운 것도 없이 시간을 낭비했다는 생각이 들었습니다. 물론 재밌기야 했지만 교과서에 실린 문학보다 재미있다는 것일

뿐, 오직 재미만을 얻겠다면 차라리 게임을 했겠지요. 때문에 저는 학년이 올라갈수록 자연스레 문학을 멀리했습니다.

그 후 세월이 흘러 성인이 되어서야 저는 알았습니다. 삶에 도움이 되는 책은 오히려 '문학'이라는 것을 말입니다. 어릴 적 문학을 읽으면서 길러진 풍부한 감수성, 다채로운 감정들, 삶을 바라보는 태도 등이 제 삶의 중요한 순간마다 큰 영향력을 발했습니다. 그제야 어머니께서 어린 저에게 문학 작품을 많이 읽히려 하셨던 이유를 깨달았습니다. 그러나 너무 늦었지요. '어릴 때 문학을 좀 더 많이 읽을걸' 하는 후회는 이내 작가들에 대한 원망(?)으로 바뀌었습니다.

'읽고 싶고, 도움도 되는 그런 책은 왜 써주지 않았을까? 웹툰이나 장르 문학처럼 재미있으면서도, 고전 명작처럼 감성과 문학성이 넘치는 소설. 게다가 삶에 도움이 되는 지식까지 함께 녹아 있는 문학은 왜 없는 걸까?'

그런 생각을 하던 어느 날, 마침내 저는 건방진 결심을 하게 되었습니다. '아무도 하지 않는다면 내가 직접 해보자!' 하는 용기를 내었고, 그 결과물이 바로 이 책입니다.

이 책의 목표는 세 가지입니다.

첫째, 공부법에 관한 지식을 더욱 효율적으로 전달하는 것입니다. 공부법 지식을 전하기 위해 왜 군이 '소설'이라는 형식을 빌리려는 걸까요? 그것은 '문학이 가지고 있는 힘' 때문입니다. 문학은 우리의 감성 가장 깊은 곳을 건들기 때문에, 삶을 완전히 뒤바꿔 놓을 만큼 큰 영향력을 발휘할 수 있습니다. 그런 힘은 지식들을 단순히 쭉쭉 나열만 하는 자기계발 도서에서는 절대로 나올 수 없습니다.

참고로, 이 책에 담긴 지식들은 제가 직접 경험하며 터득한 노하우들입니다. 예전의 저는 꼴찌였다가 한 학기 만에 1등이 된 적이 있습니다. 그것은 결코 머리가 좋았거나 끈기가 있어서가 아니었습니다. 단지 상황에 맞는 효율적인 방법을 찾았기에 가능했던 것입니다. 이제 독자 여러분은 그 방법들을 이 책의 '이야기'를 통해 더욱 생생하고 재미있게 얻을 수 있습니다. 따라서 이 책은 소설이기는 하지만 그렇다고 완전히 허구라고 할 수는 없습니다. 오히려 가장 현실적인 이야기이고, 그에 맞는 조언들이지요.

두 번째 목표는 '문학' 그 자체입니다. '이야기'라는 이 책의 형식은 단순히 공부법만 전달하기 위함이 아닙니다. 저는 공부법 지식을 다 빼더라도 그 자체로 충분히 재미있는 문학 작품이 되도록 노력했습니다. 예컨대, 이야기 속에 공부법 지식을 우겨 넣기보다는 딱 필요한 만큼만 자연스레 소개하려고 노력했습니다. 만약 공부법 지식을 전달하겠다며, 등장인물이 실제로는 그렇게 말하지 않을 것 같은 억지스러운 대사를 써놓는다면, 그것은 소설인 척하는 강의일 뿐, 이미 문학이 아니기 때문입니다.

물론 이 책을 읽은 후의 어떤 독자는 공부하는 방법에 대해 좀 더 궁금해할 수도 있습니다. 그런 독자를 위해서 소설 속에 다 담을 수 없었던 공부법을 부록으로 따로 정리하여 실었습니다. 이 내용들은 제가 예전에 출간했던 책인 『하루 공부법 1, 2』와 『방학 공부법』에서 엑기스만 고른 것입니다. 최근 10년 동안 출간된 다른 어떤 공부법 책보다 판매가 가장 높고, 이미 전국에서 100만 명 이상의 청소년들이 공부법의 대표 교과서로 삼고 있는 조언들입니다. 그러니 한 번 믿고 실천해 보셔도 좋습니다.

마지막으로 세 번째 목표는, 바로 '재미'입니다. 사실 공부법 지식을 얻으려는 독자든 문학적 감수성을 기르려는 독자든 일단 재미가 있어야 끝까지 읽어 주실 테니까요. 그래서 저는 그 부분에 가장 많은 공을 들였습니다. 매력적이고 깊이 있는 인물, 엿듣고 싶을 만큼 생생한 대화, 흥미로운 배경, 탄탄한 스토리를 골고루 갖춘 이야기를 만들려고 노력했습니다. 독자 분들이 보시기에는 어떨지 모르겠네요.

이런 시도는 제가 알기로 대한민국에서 최초입니다. '문학성'을 살리면서도 '재미'도 추구하고, 대한민국 청소년들의 가장 '현실적인 삶'을 반영하면서 '청소년들에게 꼭 필요한 지식'까지 함께 버무리는 책은, 이 책이 처음입니다. 그래서 솔직히 두려운 마음이 있습니다. 저의 이런 시도를 과연 독자 분들이 응원해 주실까요? 아직은 잘 모르겠습니다.

하지만 이것 하나는 분명합니다. 저는 '배동구'라는 이 책의 주인공을 옆에서 지켜보는 내내 무척이나 즐거웠습니다. 그리고 그것은 지금부터 배동구를 만나게 될 독자 분들 역시 마찬가지일 거라고 확신합니다.

말이 너무 길었네요. 이제 바로 그곳으로 데려가 드리겠습니다.

박 철 범

작가의 말

"우리 동네 바보가 어디 있나 했더니……."

동구 엄마가 한숨을 쉬며 주위를 둘러보았다. 동구는
엄마가 지금 무얼 찾고 있는지 잘 알았다. 긴 막대기 같은,
한 대만 맞아도 정신이 번쩍 들 만한 물건을 찾는 것이다.
동구는 재빨리 눈을 굴려 방 안에 있는 물건들을 살폈다.

'모자, 가방, 베개…… 아씨, 빗자루가 저기 왜 있지?'

동구의 예상이 적중했다. 엄마는 성적표를 던지고 곧바
로 구석에 놓인 빗자루를 집어 들었다. 그러고는 동구의
등짝을 세게 내려쳤다.

"세상에, 우리 집에 있었네!"

"아악! 왜 때려요, 왜? 아악!"

"너 이리 안 와?"

동구는 벌떡 일어나 방문을 향해 달려갔다. 그러나 간 발의 차이로 엄마가 더 빨랐다. 엄마는 등으로 방문을 막 은 뒤, 손에 끼고 있던 고무장갑을 벗었다. 그러자 이번에 는 동구가 창가 쪽으로 달려가 창문을 열고 소리쳤다.

"동네 사람들, 살려 주세요! 여기 사람 잡아요! 살려 주⋯⋯."

순간 동구의 뒤통수가 홱 뒤로 젖혀졌다. 동시에 엄마가 빗자루로 동구의 목덜미와 허벅지, 팔 여기저기를 사정없 이 후려쳤다.

"내가!"

퍽

"이걸 낳고!"

퍽퍽

"미역국을 먹었다, 내가!"

퍽퍽퍽

동구 엄마는 한 마디씩 내뱉을 때마다 빗자루를 휘둘렀 다. 호흡과 신체 동작이 절묘하게 일치하는 엄마를 보며 동구는 속으로 감탄했다.

'우아, 이건 완전히 격투기 선수급이잖아? 안되겠다, 빨리 튀자!'

동구는 등짝을 맞으며 방 안에 널브러진 가방을 주워 들었다. 그리고는 후다닥 방을 탈출해 현관으로 달려갔다. 뒤에서 동구 엄마가 외쳤다.

"너 어디 가! 얼른 이리 안 와?"

"학원, 저 학원 가야 돼요!"

"네가 학원을 왜 가! 꼴찌가 학원은 왜 다녀? 학원비는 어디 땅 파서 생기는 줄 알아!"

엄마의 잔소리를 뒤로한 채 동구는 현관문을 쾅 닫았다. 그 소리에 속이 다 후련해졌다.

집 밖으로 나오자 여름방학을 앞둔 7월의 공기가 제법 뜨거웠다. 하늘을 올려다보니 솜털보다 더 하얀 구름 아래로 새들이 날아다녔다. 동구는 입을 벌리고 숨을 크게 들이마셨다. 코끝으로 쌉싸름한 풀 내음이 느껴졌다. 동구는 손으로 빈 가방을 빙글빙글 돌리며, 논두렁 사이에 난 포장도로를 따라 마을 입구를 향해 걸어갔다.

스마트폰을 꺼내 시간을 확인해 보았다. 7월 10일 일요일. 오후 1시 30분.

"하아, 짜증 나. 학원 차 오려면 아직 30분이나 남았네.

아니 근데 이놈의 학교는 성적표에 석차를 왜 쓰는 거야? 중학교는 절대평가라는데 이거 불법 아냐? 도시의 중학교들은 전부 석차 공개 안 한다던데. 아무튼 이래서 촌구석에 있는 학교는 답이 없다니까!"

마을 입구 버스 정류장에 도착하니 아무도 없었다. 도로에 지나다니는 차들도 없었다. 보이는 거라곤 끝없이 펼쳐진 논과 밭 그리고 비닐하우스뿐이었다. 동구는 길가에서 돌멩이 하나를 주워 들었다. 그러고는 버스 정류장의 기둥을 발로 툭툭 쳐보다가, 그 옆에 서 있는 녹슨 표지판을 올려다보았다.

살기 좋은 내 고장
곡삼면에 오신 것을 환영합니다

"살기 좋기는, 개 풀 뜯어먹는 소리 하고 있네!"

동구는 표지판을 향해 돌멩이를 힘껏 던졌다. 쾅 하는 소리와 함께 말라붙은 파란색 페인트 조각들이 우수수 떨어졌다.

동구는 자신이 처한 상황을 잘 알고 있었다. 중학교 3학년이 되었지만 아직까지 성적은 바닥권. 이대로라면 인문계 고등학교는 절대 갈 수 없었다. 그렇다고 공고나 농고에 진학하는 것은 싫었다. 들리는 소문에 의하면, 얼마 전에 인근 공고에서 살인 사건이 일어났다고 한다. 쉬는 시간에 엎드려 자던 친구를 느닷없이 칼로 찔렀단다. 그게 사실인지는 모르겠으나, 경찰차가 학교에 온 걸 분명히 봤다는 소문은 동구도 들었다.

물론 도시에 있는 실업계 학교라면 이야기가 다르다. 곡삼면에서 버스로 30분 정도 올라가야 나오는 구미라든가, 두 시간쯤 내려가야 하는 대구에는 좋은 실업계 학교가 많다고 들었다. 하지만 그건 어디까지나 도시 지역에나 해당했다. 이 동네 실업계에 진학했다가는 무서운 형들에게 시달리면서 학교생활을 하게 될 것이 뻔했다. 그래서 동구는 인문계로 가고 싶었다. 좋은 대학보다 평화로운 일상이 동구의 목표였다.

자존심이 걸린 문제라면 물불 안 가리고 덤비는 동구였지만, 그래도 조폭계의 꿈나무가 되고 싶지는 않았다. 비록 중학교 내내 성적이 바닥을 기고, 수업 시간의 대부분을 만화를 그리거나 잠을 자며 보내기는 했지만, 그래도 선생님을 때릴 생각은 해본 적도 없다. 학교를 마치면 면내의 피시방에서 죽치고 논 것은 사실이나, 그렇다고 가방

속에 담배나 칼을 넣고 다니지는 않았다. 게다가 동구는 학원까지 다니고 있었다.

동구가 다니는 학원은 곡삼면에서 유일한 학원이었다. 또 다른 곳이 있기는 하지만 거기는 학원이라기보다 작은 공부방에 가까웠다. 그런데 듣기로 그 공부방에 다니는 친구들은 몇 명 없었고, 무엇보다 공부를 많이 시킨다는 소문이 돌았다. 그래서 동구는 친구가 더 많고 분위기도 훨씬 자유로운(?) 지금의 학원을 선택했던 것이다.

"뭐야, 왜 이렇게 안 와?"

한참을 기다리다가 스마트폰을 꺼내 시간을 확인했다. 학원 차가 도착했어야 할 시간보다 10분이나 지났다. 동구는 이상한 느낌이 들었다.

"한 번도 이런 적이 없었는데 왜 이러지? 오늘 학원 가는 날 맞는데? 시간도 맞는데? 이상하네……."

동구는 윤서에게 톡을 날렸다. 윤서는 동구와 같은 학원을 다니는 단짝이다. 공부를 썩 잘하지는 않지만 그래도 동구보다는 성적이 좋았다.

> 야, 오늘 학원 안 함? 학원 차 안 옴;;;

톡을 보내 놓고, 동구는 가방에서 이어폰을 꺼냈다. 스마트폰의 음악 재생 기능이 고장 났다는 것은 이미 알고 있었다. 그러나 이걸 고치려면 저 멀리 구미까지 버스를 타고 나가야 했다. 게다가 무상 수리 기간도 지나 버려 고치려면 돈이 추가로 들었다. 참외 농사를 짓고 있는 동구 아빠는 자신의 막걸리 값에는 돈을 써도 아들의 스마트폰 수리비에 돈을 쓸 사람이 절대 아니었다. 그렇다고 엄마에게 돈을 달라고 한다면, 아마 그때는 빗자루 정도로 끝나지 않을 것 같았다.

동구는 아무 소리도 들리지 않는 이어폰을 귀에 꽂았다. 그러고는 마치 신나는 음악을 듣는 것마냥 고개를 끄덕끄덕 흔들었다. 스마트폰 액정을 입김으로 호오, 분 다음 조심스럽게 옷깃으로 닦아냈다. 그때 윤서에게서 답장이 왔다.

> ㅋㅋㅋㅋ야ㅋㅋ 니 졸라 웃김

"뭐지, 이 반응은?"
동구는 의아해하며 다시 톡을 보냈다.

> 뭐여 ㅇㅇ?

> ㅋㅋㅋㅋ 학원 안 함

오늘 문 안 연다고? 그런 소리 못 들었는데?

아니, 이제 안 한다고. 학원 망함 ㅇㅇ

"엥? 이게 무슨 소리여? 학원이 망했다니? 이게 지금 나
한테 장난치나? 그건 아닌 것 같은데. 그러고 보니 학원 차
가 안 오는 걸 보면…… 혹시 진짜인가?"

동구는 윤서에게 전화를 걸었다. 자초지종을 들어 보니
사실인 듯했다. 엊그제 원장님이 들어와서는 오늘이 마지
막 수업이라고 그랬단다. 자신은 장사도 안 되는 이 촌구
석을 떠나 대구로 건너가서 중고차나 팔 생각이니, 너희는
알아서 잘 먹고 잘 살라 그랬단다. 마침 그날은 동구가 피
시방에서 게임을 하느라 학원에 가지 않았던 날이다. 동
구는 윤서의 말에 당황했다.

"아, 어떡하지? 지금 망하면 안 되는데. 망하더라도 나
연합고사 치고 나서 망하지. 지금 망하면 난 어쩌라고?
이거 빡치네, 진짜……."

동구는 귀에서 이어폰을 빼고는 머리를 쥐어뜯었다. 한
숨을 쉬며 버스 정류장 주위를 맴돌던 동구의 눈에 '곡삼
면 팻말'이 들어왔다. 동구는 기둥을 힘껏 발로 걷어찼다.
그러자 머리 위로 페인트 조각이 우수수 떨어졌다.

"아놔, 이…… 씨!"

동구는 인상을 팍 쓰며 양손으로 머리 위의 페인트 조각을 털어냈다. 그 바람에 손에 쥐고 있던 스마트폰을 놓쳐 시멘트 바닥에 떨어뜨렸다. 놀란 동구가 얼른 스마트폰을 주워 들었다. 액정에는 이미 기다란 금이 가 있었다. 동구는 주저앉아 하늘을 올려다보았다. 7월의 햇볕이 동구의 이마에 따갑게 내리쬐었다. 동구는 허공을 향해 힘껏 내뱉었다.

"아, 진짜…… 엿 같네!"

다음 날, 4교시 수학 수업이 막 시작되려던 참이었다. 가방을 아무리 뒤적여도 교과서가 보이지 않자 동구는 옆짝에게 말했다.

"야, 나 수학책 좀 빌려 주라."

"너 교과서 없어? 그럼 내 거 같이 보자."

"아니, 교과서 말고 수학책 아무거나 빌려 달라고. 나 수학책이 하나도 없어. 수업 시간에 책상 위에 뭐라도 있어야 할 거 아냐? 그러니까 아무거나 하나만 빌려줘."

짝꿍은 자신도 교과서 말고는 다른 수학책이 없다고 했
다. 동구는 뒷자리의 행식이를 돌아보았다. 똑같은 부탁을
하자 행식이는 마지못해 가방을 뒤져 수학 자습서를 동구
에게 건네주었다.

모든 과목이 다 그랬지만, 특히 수학 시간은 너무나 지
겨웠다. 국어 시간에는 무슨 말인지 알아듣기라도 하는
데, 수학은 정말이지 선생님의 설명이 외계어로 들렸다.
동구는 팔짱을 끼고 고개를 숙였다. 눈이 스르륵 감겼다.
정신을 차리고 눈을 떴지만, 이내 다시 눈이 감겼다. 동구
는 눈을 부비더니 필통에서 볼펜을 꺼냈다. 그러고는 자습
서 빈 구석에 그림을 그리기 시작했다.

수학 선생님의 얼굴은 특징이 분명해서 그리기가 좋았
다. 벗겨진 머리, 눈 옆에 큰 점 그리고 입가의 깊은 팔자
주름까지. 특징을 강조해서 그리니까 누가 봐도 딱 수학
선생님이었다. 동구는 자신에게 이런 재능이 있었나 싶어
왠지 흐뭇해졌다. 그때 수학 선생님이 말했다.

"다음 연습 문제는 너희가 직접 칠판에 나와서 풀어 보
자. 오늘이 7월 11일이니까 출석 번호 1번, 11번, 21번. 책
들고 앞으로 나와. 각자 칠판 앞에 서서 1번부터 3번까지

풀어 봐라."

행식이가 뒤에서 다급하게 동구의 등을 두드렸다.

"야, 나 31번이야. 다음 문제부터는 내 순서일 것 같은데 빨리 자습서 좀 줘봐."

동구가 황급히 자습서를 뒤로 넘겼다. 선생님이 교실 여기저기를 돌아다니며 말했다.

"앉아 있는 너희도 가만히 있지 말고 풀어 봐."

몇 분 뒤, 갑자기 뒤에서 빡 하는 소리가 났다. 동구가 뒤를 돌아보니 수학 선생님이 행식이의 뒤통수를 때린 모양이었다. 선생님은 행식이에게 버럭 소리를 질렀다.

"이 자식이 책에 낙서나 하고 말이야? 그리고 너 인마…… 이거 나 그린 거냐?"

행식이가 뒤통수를 문지르며 억울해했다.

"아니에요, 제가 그린 거 아니에요."

"무슨 소리야? 이거 네 책이잖아? 너 이름 이행식 아니야? 이행식이라고 여기 버젓이 쓰여 있고만!"

선생님이 행식이의 뒤통수를 한 대 더 때렸다. 교실 여기저기서 킥킥거리는 웃음소리가 들렸고, 행식이는 얼굴이 빨개졌다. 그때 수업을 마치는 종이 울렸다.

수학 선생님이 교실을 나가자 동구는 냉큼 행식이의 눈

치를 살폈다.

"야…… 행식아, 미안하다……."

동구가 조심스럽게 사과를 했지만 행식이는 이미 화가 많이 난 듯 소리를 질렀다.

"이 자식아, 너 때문에 괜히 쌤한테 얻어맞았잖아! 너 뒤지고 싶냐?"

행식이가 자습서를 동구의 눈앞에 대고 흔들었다. 동구가 다시 미안하다고 말하려는 찰나, 행식이가 자습서를 동구의 얼굴에다 던졌다. 퍽 하고 얼굴을 얻어맞은 동구가 벌떡 일어났다.

"이 새끼가 진짜?"

"오? 싸운다, 싸운다!"

교실에 있던 아이들이 호들갑을 떨었다. 행식이는 동구에게 손가락을 까닥하며 따라오라는 시늉을 했다. 행식이를 뒤따라 가는 동안 동구는 잠시 고민에 빠졌다.

'아, 그냥 참을 걸 그랬나? 이제 어쩌지…….'

아무리 고민해 봐도 행식이와의 싸움에서 빠져나갈 방법이 없었다. 가슴이 답답해진 동구는 자신도 모르게 인상을 찌푸렸다. 이미 이렇게 된 이상 약해 보이면 안 된다는 생각이 들었다. 동구는 턱짓을 하며 최대한 사나운 표정을 지었다.

교실에 있던 남자 아이들 열댓 명이 환호성을 지르며 둘을 뒤따랐다. 그중의 한 명, 곱슬머리에 검은 뿔테 안경을 쓴 학생이 외쳤다.

"내가 좋은 장소를 알고 있어. 학교 뒤편에 자전거 세우는 곳으로 가면 쌤들한테 걸리지 않아."

태걸이었다. 태걸이는 같이 뒤따르던 한 아이에게 돈을 주며 아이스크림 열 개를 사오라고 시켰다. 동구와 행식이는 굳은 표정으로 태걸이를 따라나섰다.

학교 뒤편은 생각보다 꽤 널찍했다. 숙직실과 담벼락이 주위를 둘러막고 있어 학교 건물 안에서는 이곳이 보일 리가 없었다. 태걸이의 말대로 싸우기에는 최적의 장소였다. 동구와 행식이는 한가운데서 서로를 노려보며 서 있었고, 아이들은 그 주위에 둥글게 앉았다. 그때 한 아이가 까만 비닐봉지를 들고 헐레벌떡 뛰어와 태걸이에게 그 봉지를 건넸다. 태걸이는 앉아 있는 아이들을 향해 외쳤다.

"자, 이 좋은 구경거리를 아이스크림을 먹으면서 감상할 수 있습니다. 한 개에 단돈 천 원!"

"뭐? 그거 칠백 원에 파는 거잖아?"

한 아이가 따져 묻자 태걸이가 말했다.

"싫으면 말고! 매점까지 뛰어갔다 온 값이야. 자, 자! 열 개밖에 없어요, 선착순입니다."

아이들이 너도나도 천 원을 꺼내 들었다. 그런 태걸이를 보며 동구는 자신이 마치 구경거리가 된 것 같아 조금 짜증이 났다. 하지만 지금은 태걸이에게 따질 때가 아니었다. 한껏 열받은 행식이가 동구를 노려보며 욕설을 퍼붓기 시작했다. 태걸이가 지폐 뭉치를 바지 주머니에 쑤셔 넣으며 둘 사이로 다가왔다.

"너희 둘, 이렇게 된 이상 룰을 정해서 싸우는 게 어때? 어느 한쪽이 피를 흘리거나 항복하거나 울게 되면 그 사람이 지는 걸로?"

"이야, 좋다. 좋아!"

태걸이의 말에 아이스크림을 빨던 아이들이 신이 나서 외쳤다. 행식이도 상관없다는 듯 고개를 끄덕였다. 태걸이가 두 사람 사이에 섰다.

"자, 일단은 조금 떨어지시고. 내가 신호를 주면 그때부터 시작이다? 그럼 하나, 둘, 셋. 파이팅 스타트!"

태걸이가 둘 사이를 서둘러 빠져나갔다. 동구는 두 주먹을 쥐어 권투 자세를 취했다. 행식이도 비스듬히 선 채 다리를 넓게 벌리고는 마치 태권도를 하려는 듯 제자리에서 통통 뛰었다.

갑자기 태걸이가 둘 사이에 다시 끼어들었다.

"잠깐, 행식아? 너 발 쓸 거야? 그럼 싸우다 다칠 수도 있는데…… 우리 이렇게 하자. 발은 사용 금지. 그리고 눈이나 명치, 중요 부위 같은 급소도 때리지 않기로 하는 게 어때? 어기면 지는 걸로, 오케이?"

행식이가 짜증 섞인 표정을 지으며 태걸이를 째려봤다. 그러자 태걸이는 주위를 둘러보며 아이들을 향해 물었다.

"어때, 얘들아?"

"그래, 남자답게 하자고!"

주위에 둘러앉은 아이들이 태걸이 편을 들었다. 행식이는 어쩔 수 없다는 듯 고개를 끄덕이더니, 자세를 바꿔 두 주먹을 얼굴 쪽으로 들어 올렸다.

동구 역시 주먹을 올렸지만, 머릿속이 새하얘져서 아무런 생각이 들지 않았다. 행식이가 공중에다 원투 펀치를 날리는 시늉을 하며 동구에게 다가왔다.

"우아악!"

동구가 소리를 지르며 먼저 팔을 휘저었다. 행식이는 가볍게 피했고, 주먹을 뒤로 젖히며 크게 한 방 날릴 준비를 했다. 동구는 아예 두 눈을 질끈 감고 고개를 숙인 채로 행식이에게 달려들었다. 행식이가 동구의 어깨를 움켜잡았다. 동구는 행식이의 손을 뿌리치려다 그만 중심을 잃고 넘어졌다. 순간 퍽 소리와 동시에 동구의 발에 무언가 걷어차이는 느낌이 들었다.

"아아악!"

비명과 함께 행식이가 손으로 그곳을 잡고 털썩 쓰러졌다. 행식이의 얼굴이 고통으로 일그러졌다. 입은 크게 벌리고 있었지만 너무나 괴로운 듯 신음 소리조차 내지 못하고 있었다. 이를 본 아이들은 마치 자기가 얻어맞은 양 인상을 찡그렸다. 뒤늦게 사태를 파악한 동구가 머뭇거리며 행식이에게 말했다.

"어우, 행식아. 미안하다…… 나도 모르게……."

땅바닥에 뒹굴던 행식이가 겨우 입을 열어 중얼거렸다.

"바, 발은 안 쓰기로 했잖아! 그리고 거, 거기는 안 때리기로 했잖아……."

둘 사이로 들어온 태걸이가 주위를 둘러보며 외쳤다.

"좀 싱겁긴 하지만, 본 게임은 배동구의 반칙패로 승자는 이행식입니다!"

그러자 행식이가 인상을 잔뜩 찡그린 채 땅을 짚으며 간신히 일어섰다.

"······뭐? 무슨 말이야. 난 한 대도 못 때렸어."

동구는 행식이에게 다가가 손을 내밀었다.

"행식아, 네가 이겼다. 좋은 승부였어."

태걸이도 다가와 행식이의 등을 두드렸다.

"네가 이겼다, 행식아. 축하한다."

그러자 갑자기 행식이가 울먹이기 시작했다.

"뭐야, 이런 게 어디 있어? 이런 게 어디 있냐고······."

행식이는 다리를 절룩거리며 구석으로 향하더니 바닥에 굴러다니던 쇠파이프를 힘겹게 집어 들었다. 행식이의 양쪽 눈은 시뻘겋게 충혈되어 있었고 뺨 위로는 눈물이 흘러내렸다.

"배, 배동구! 난 아직 안 끝났어! 이리 와 봐, 죽여 줄테니까."

그러자 주위에서 아이들의 야유가 쏟아졌다.

"야······ 저 자식 왜 저래?"

"비겁하게 무기를 쓰냐?"

행식이는 아랑곳하지 않고 눈을 부릅떴다. 그러고는 쇠파이프를 크게 휘둘러 옆에 있던 쇠기둥을 힘껏 내리쳤다. 깡 소리와 함께 쇠파이프를 맞은 기둥 부분이 움푹 들어갔다.

"행식이가 미쳤다! 동구야, 얼른 도망가!"

깜짝 놀란 아이들이 동구를 향해 외쳤으나 이미 동구는 줄행랑을 치고 없었다.

몇 시간 뒤 종례할 무렵이 되니, 뒷자리의 행식이도 어느 정도 진정이 되었다. 동구가 행식이에게 사준 크림빵과 콜라가 확실히 효과가 있는 듯했다. 동구는 앞자리에 앉은 윤서의 등을 두드렸다. 윤서가 돌아봤다.

윤서는 또래 친구들보다 약간 성장이 더딘 편이었다. 동구는 키도 제법 많이 컸고 얼굴도 꽤 남자다웠지만, 윤서는 나이에 비해 앳된 얼굴이었다. 키도 별로 크지 않아서 남자다움과는 전혀 거리가 멀었다.

"야, 학원 망해서 우리 이제 갈 데도 없는데 피시방 가서 롤이나 할까?"

"그럴까?"

윤서는 눈을 동그랗게 뜬 채 두 볼에 바람을 넣었다. 동구는 윤서가 저렇게 볼에 바람을 넣는 것이 썩 마음에 들지 않았다.

"뭐여? 너 볼따구에 문제 있냐? 무슨 셀카 찍는 초딩 여자애도 아니고…… 일단 빨리 가자. 자리 없겠다!"

서둘러 달려온 덕분에 피시방에는 빈자리가 제법 남아 있었다. 동구가 피시방을 둘러보니 한쪽 구석에 태걸이의 모습이 보였다. 동구가 게임에 몰두하고 있는 태걸이의 옆에 털썩 앉으며 말했다.

"야, 어떻게 이렇게 빨리 왔냐? 뛰는 거 싫어하는 놈이 이럴 땐 초인적인 힘이 나오는 건가?"

"똥구, 넌 또 학원 빼먹고 여기 온 거야?"

"우리 학원 망했잖아. 그래서 갈 곳이 없어. 근데 넌 공부방 다니지 않았냐? 왜 안 가고 여기 있냐?"

"응, 이따 가야 돼. 늦으면 곰쌤한테 완전 깨져."

태걸이가 모니터에서 눈을 떼지도 않고 대답했다.

"곰쌤이 누구야?"

동구는 태걸이의 모니터를 보면서 같은 게임으로 접속했다.

"누구겠냐? 거기서 가르치는 쌤이지. 곰같이 생긴 사람 있어. 근데 좀 또라이야. 애들한테 맨날 약 사오라고 심부름 시키질 않나, 수업 시간에 민중가요 같은 걸 부르질 않나."

"민중가요? 그게 뭔데?"

윤서가 태걸이 쪽을 바라보며 물었다.

"몰라, 나도. 근데 그 쌤이 하도 불러대서 나도 외워 버렸어. 뭐였더라? 민주 노조 깃발 아래 와서 모여 뭉치세?"

"그런 걸 수업 시간에 부른다고? 진짜 또라이네. 사기꾼 아니야? 대학은 나왔대?"

동구가 게임 캐릭터를 고르며 말했다.

"응. 근데 대박인 게 뭔지 알아? 그 쌤, 서울대 출신이래. 컴퓨터 무슨 과? 처음에는 안 믿었는데 가르치는 거 보면 맞는 것도 같아."

"넌 그걸 믿냐? 서울대가 이런 촌구석에 왜 와?"

동구가 태걸이의 팔뚝을 퍽 치며 빈정거렸다.

"아냐! 가르치는 거 보면 진짜 장난 아냐. 뭘 물어봐도 다 알아."

태걸이가 제법 진지한 표정으로 말하자 이번에는 윤서가 비웃었다.

"네가 질문하는 수준이 낮아서 그런 거 아냐? 나도 네가 물어보는 건 다 알겠던데?"

"아니라니까! 너네 송형중 알지? 거기에서 공부 잘하는 애들도 여기 공부방에 다녀."

동구가 마우스를 현란하게 움직이며 말했다.

"쳇, 그렇게 실력 있으면 구미나 대구에 가서 가르치지, 이런 시골에서 뭐하고 있대?"

"나도 모르지. 그냥 시골생활이 좋은가 보지."

"그럼 또라이 맞네."

동구가 고개를 끄덕였다. 그러자 태걸이가 동구와 윤서를 번갈아 보며 말했다.

"야, 너희 둘? 내 동료가 돼라! 나랑 거기 같이 다니자."

"또라이가 가르치는 데를 내가 왜 가?"

동구가 시큰둥하게 말했다.

"거기 플스도 있어."

"뭐? 플스? 플레이스테이션?"

"어. 쩔지? 비싼 게임기라 그런지 그래픽이 장난이 아냐. 수업 끝나면 맘껏 할 수 있어."

동구는 생각했다. 고입 연합고사를 준비하려면 어차피 혼자서는 무리다. 어디 다니긴 해야 할 것 같은데, 예전 학원은 망했으니 대안은 여기밖에 없다. 엄마한테는 여기 선생님이 서울대 출신이고, 이번에는 진짜 열심히 하겠다고 말하면 분명 보내 줄 것이다. 물론 거기 플스가 있다는 사실까지 말할 필요는 없겠지.

"거긴 일주일에 몇 번 가는 거냐?"

"월화수금, 이렇게 네 번 가."

동구는 잠시 고민하더니 태걸이의 어깨에 손을 올리며 말했다.

"이보게, 태걸 군. 지금부터 우린 동료일세. 오늘부터 가도 되려나?"

"진짜? 오케이. 그럼 5시까지만 가면 되니까 오버워치 딱 세 판만 더 하고 가자."

"그럼 나도!"

윤서가 둘을 향해 환하게 웃으며 말했다.

주위가 산으로 둘러싸인 곡삼면은 마을 대부분이 논과 밭이이었다. 중심부에는 대략 스무 개의 상점들이 드문드문 있었는데, 사람들은 그곳을 '면내'라고 불렀다. 면내에 위치한 가게들은 하나같이 작고 허름했지만 그래도 웬만한 것들은 다 있었다. 횡성 정육식당, 아가씨 양품점, 동우 철물점, 할미네 마트까지.

면내에서 10분 정도 차를 타고 가면 외딴 곳에 낡은 공부방이 하나 나왔다. 주택을 개조한 이 공부방은 외관이 때 묻은 벽돌로 덕지덕지 뒤덮여 있었다. 2층 창문에는 '곰쌤 공부방'이라는 글자가 노란색 셀로판지로 붙어 있었는데, '방' 글자는 절반쯤 뜯어져 바람에 펄럭였다.

태걸, 윤서, 동구가 2층으로 올라가는 계단으로 막 들어설 때였다.

"그러니까, 제가 알아서 한다고요!"

갑자기 들리는 고함 소리에 깜짝 놀란 동구가 위를 올려다보았다. 한 남학생이 난간에 기대어 통화 중이었다. 재빨리 훑어보니 뒤태가 나름 괜찮았다. 어깨가 딱 벌어졌고, 옆구리에 올린 팔뚝이 다부져 보였다. 한눈에 딱 봐도 운동깨나 한 몸 같았다. 처음에는 고등학생인가 싶었는데, 교복을 보니 동구가 아는 중학교였다. 구미에 있는 송형중학교 교복이었다.

'저 녀석이 그 송형중인가?'

동구가 다시 계단을 따라 올라갔다.

"그건 아빠 생각이고, 저도 제 생각이……."

밑에서 누군가 올라오는 기척을 느꼈는지, 그 학생은 갑자기 목소리를 낮추고 아래를 내려다봤다. 순간 동구는 그 남학생과 정면으로 얼굴을 마주쳤다.

동구는 그동안 텔레비전에서 수많은 남자 연예인들을 봐도 딱히 잘생겼다는 생각을 해본 적이 없었다. 그런데 이 녀석은 달랐다. 저도 모르게 계속 쳐다보게 되는, 그런 얼굴이었다. 여자처럼 곱상하면서도 어떻게 보면 남자답게 생긴 신기한 얼굴이었다.

그 아이는 전화기를 귀에 댄 채 아무 말 없이, 아이들이 지나갈 수 있도록 한쪽으로 비켜 주었다. 그러다 자신을 빤히 쳐다보는 동구의 시선을 느꼈는지, 자기도 동구를 뚫어지게 응시했다. 그 눈빛이 얼마나 강렬하던지, 하마터면 동구는 그 아이의 눈을 피할 뻔했다. 하지만 여기서 피하면 괜히 지는 것 같아 동구도 눈을 부릅뜨고 똑바로 쳐다보았다. 그러자 그 아이가 턱을 쳐들어 동구를 가리켰다.

'뭐야? 저게 무슨 뜻이지?'

잘생기긴 했지만 첫인상이 맘에 들지 않는 놈이었다. 턱으로 사람을 가리키는 저 태도는 특히 더 재수 없었다.

동구는 인상을 쓰며 다시 뒤를 돌아보았다. 그러나 그 아이는 이미 내려가고 없었다.

"방금 걔가 송형중학교 전교 1등이야."

공부방 교실로 들어온 태걸이가 동구에게 말했다.

"그래? 근데 왜 이 동네까지 와서 다녀?"

"쟤네 집이 여기 근처거든. 가까워서 다니는가 보지."

태걸이가 책상 위에 가방을 툭 던지며 말했다.

허름해 보이는 건물 외관과 달리 공부방 교실은 꽤나 깔끔했다. 교실 앞에는 커다란 화이트보드가 걸려 있고, 책상 열 개가 양쪽으로 짝을 맞추어 놓여 있었다. 책상은 학교에서 쓰는 것과 비슷했지만 그보다는 훨씬 새것이었다.

"야, 여기 되게 시원하다!"

윤서가 교복 셔츠를 펄럭이며 말했다.

"응. 곰쌤이 더위를 많이 타서 맨날 에어컨을 18도로 틀어 놔."

떠드는 소리에 깼는지, 벽 쪽 구석에서 담요를 뒤집어쓴 채 엎드려 있던 한 여자아이가 부스스 일어났다. 동구와 같은 반인 루빈이었다. 루빈이는 화장을 진하게 하고 다녔는데, 특히 틴트를 새빨갛게 칠해서 볼 때마다 꼭 입술에서 피가 나는 것만 같았다.

"왜 이렇게 시끄…… 어? 너네가 여긴 왜 왔어?"

"우리도 이제 여기 다녀 볼라고."

윤서가 말했다.

"그래? 윤서는 이해하겠는데, 배동구 너는 도대체…… 아? 하하, 너도 이제 급한가 보지? 근데 너 때문에 여기 분위기 안 좋아져서 나 인문계 못 가면 네가 책임져라."

루빈이가 가방에서 손거울을 꺼내며 말했다.

"나도 맘 잡고 공부 한번 해볼라 그런다, 왜! 그리고 네 성적이나 내 성적이나 그게 그거 아니냐!"

"뭔 개똥 같은 소리? 너보다야 내가 훨씬 낫지. 그리고 난 일단 얼굴이 되잖아. 너랑은 급이 달라."

루빈이는 손거울을 보며 연신 앞머리를 매만졌다. 동구는 그 모습을 어이없는 표정으로 바라보다가, 옆에 앉은 태걸이에게 물었다.

"야, 여기 분위기 왜 이러냐? 어떻게 된 게 죄다 또라이밖에 없어?"

"이제 네가 여기서 제일 또라이일걸?"

태걸이가 기지개를 켜며 껄껄 웃었다.

"솔직히 루빈이 얼굴 정도면 괜찮지."

"뭐? 태걸아, 네가 미쳤구나. 너 쟤 좋아하냐? 저거 다 화장빨, 아니 화장을 했는데도 저 얼굴이면 심각한 거 아니냐?"

동구가 황당하다는 듯이 말했다. 그러자 루빈이가 인상을 찌푸리며 동구를 쏘아봤다.

"야, 배동구. 깨진 거울 조각으로 얼굴 확 그어지고 싶냐?"

"우아, 얘 말하는 것 좀 봐. 저게 깡패지, 어딜 봐서 중딩이야?"

그때 교실 뒷문이 열리면서, 조금 전에 계단에서 마주쳤던 남학생이 들어왔다. 그러자 인상을 찌푸렸던 루빈이의 표정이 환하게 밝아졌다.

"민제야, 왔어? 아까 누구랑 전화한 거야?"

"알아서 뭐 하게."

민제가 교실 맨 앞자리로 가면서 퉁명스럽게 대꾸했다.

"뭐…… 그냥."

루빈이가 옆머리를 슬쩍 뒤로 넘기며 무안해했다. 민제는 아무 말 없이 자리에 앉아 필통에서 볼펜을 꺼냈다. 소란스럽던 교실이 갑자기 쥐 죽은 듯이 조용해졌다. 민제가 들어온 뒤로 분위기가 한층 무거워진 것 같았다.

"뭐야, 새로 왔어? 곡삼중이야?"

정적을 깨고 어디선가 굵은 아저씨의 목소리가 들려왔다. 동구는 자신도 모르게 자세를 바로잡았다. 한눈에 딱 봐도 저 사람이 곰쌤이었다. 몸매가 정말로 곰 같았기 때문이다. 그저 살만 찐 것이 아니었다. 두꺼운 근육을 살로 뒤덮은 듯한, 소위 '근육 돼지' 스타일이었다. 인상도 무척

살벌했다. 공부방에 새로 온 고객님을 쳐다보는 표정이 마치 '네가 방금 우리 엄마 욕했냐?' 하는 것 같았다.

"너희 둘! 수업 끝나면 학생 카드에 이름이랑 집 주소, 전화번호 적고 가라. 그리고 민제야. 혜연이는 오늘 왜 안 왔냐?"

"글쎄요, 잘 모르겠는데요."

민제가 대답했다.

"알겠다. 수업하자. 저번에 어디까지 했냐? 가정법 과거 시제는 다 끝냈던가?"

"저기요, 쌤!"

동구가 갑자기 외쳤다. 곰쌤이 동구를 쳐다봤다.

"여기 진짜 플스 있어요? 수업 끝나면 해도 돼요?"

"어, 저쪽 작은 방에 있으니까, 수업 끝나면 학원 차 타기 전까지 할 수 있다. 망가뜨리지 말고."

신이 난 동구는 옆에 있는 윤서를 팔로 한 번 툭 치고는 활짝 웃었다. 윤서도 따라 웃었다. 그러다가 동구는 맨 앞자리에 앉은 민제가 자기를 쳐다보고 있는 것을 눈치챘다. 동구는 눈을 크게 뜨고 입 모양으로 '뭐?'라고 했다. 민제는 턱을 쳐들고 동구를 가리키고는 다시 고개를 돌려 칠판을 쳐다봤다.

'뭐야, 저놈? 턱에 장애가 있나? 도대체 왜 저러는 거야……'

동구는 순간 기분이 나빴지만, 이따 수업이 끝나고 플레이스테이션을 할 생각에 금세 기분이 좋아졌다.

곡삼 면사무소 뒤에는 빨간 벽돌로 지어진 근사한 이층집이 있었다. 다른 시골 집들과 달리, 커다란 대문에는 인터폰도 달려 있고, 널찍한 앞마당은 각양각색의 예쁜 꽃들로 가득했다. 원래 구미에 살았던 민제 가족은 작년에 이곳으로 이사를 왔다.

모든 가족이 다 온 것은 아니었다. 민제와 민제 엄마만 왔다. 구미에서 치과를 운영하는 민제 아빠는 원래 살던 곳에 혼자 남기로 했다. 자신은 돈을 벌기 위해 직장 근처에 살아야 하지만, 민제 엄마는 몸이 좋지 않으니 공기 좋은 곳에서 살아야 한다는 것이 아빠의 생각이었다. 그리고 사춘기인 민제는 아무래도 엄마와 함께 사는 게 낫지 않겠느냐고 해서 이곳에 오게 됐던 것이다.

공부방에서 돌아온 민제는 방 안에서 러닝셔츠만 입은 채 팔굽혀펴기를 했다. 땀방울이 얼굴을 따라 흘러내려 바닥에 떨어졌다. 상체를 지탱하는 팔이 후들거렸다. 그러나 민제는 이를 악물고 버텼다. 온 힘을 다해 운동하는 데는 이유가 있었다. 이렇게라도 하지 않으면 도저히 그 생각을 떨쳐 버릴 수가 없었다.

중학교 1학년 때, 민제는 아빠의 또 다른 모습을 보았다. 그때 민제는 학원을 마치고 집으로 돌아가는 중이었다. 늦은 밤, 역 근처 번화가는 술 취한 아저씨들과 커플들로 가득했다. 출출했던 민제는 닭꼬치나 사 먹을까 하는 생각으로 역 뒤쪽의 포장마차 골목으로 향했다.

포장마차 아줌마가 주는 닭꼬치를 건네받는 순간, 민제는 낯익은 차가 골목으로 천천히 들어오는 걸 보았다. 흰색 BMW, 아빠의 차와 똑같았다. 재빨리 번호판을 살펴보니 아빠 차가 맞았다. 민제는 반갑게 웃으면서 아빠 차를 향해 달려갔다. 그러다 문득 걸음을 멈추고 말았다.

아빠의 옆자리에는 어떤 여자가 타고 있었다. 분명 엄마는 아니었다. 여자는 뭐가 그리 재밌는지 아빠의 어깨를 연신 때리며 까르르 웃어댔다. 확실히 엄마보다 훨씬 젊고 세련되어 보였다. 차는 천천히 민제 옆을 지나갔다. 민제는 자신도 모르게 빠른 걸음으로 아빠 차를 따라갔다. 차는 골목길을 천천히 돌았다. 뒤따르던 민제는 '혹시 같이 일하는 분을 집에 태워다 드리는 건가?' 하는 생각을 했다. 문득 또 다른 상상이 들었지만 그건 절대 아닐 거라고 믿으며 고개를 저었다.

골목길 모퉁이를 도니 아빠 차가 보였다. 민제는 아빠 차가 향하는 쪽을 보고 심장이 멎는 것 같았다. 그곳은 사방이 모텔로 가득했다. 모텔의 화려한 네온사인과 아빠 차의 빨간 미등이 마치 크리스마스트리처럼 서로 어우러져 반짝였다. 민제는 아빠가 제발 이 골목을 그냥 지나치기를 기도했다. 그러나 민제의 바람과 달리, 아빠 차는 한 모텔 주차장으로 미끄러져 들어갔다. 민제는 자기가 잘못 봤나 싶었지만, 주차장 안으로 서서히 사라지는 자동차의 번호판은 아빠의 차가 분명했다.

"민제야, 밥 다 됐다. 운동 그만하고 같이 밥 먹자."

방문을 열고 민제 엄마가 말했다. 민제는 거실로 나와 식탁에 앉았다. 밥상에는 김치찌개와 돼지 목살 구이가 올라와 있었다. 민제는 엄마를 쳐다보지도 않은 채 숟가락으로 밥을 크게 한 술 떴다.

"오늘 낮에 아빠가 전화했다면서? 네가 아직도 생각이 안 바뀐 것 같다고……."

"저 과고 안 간다고요."

민제가 엄마의 말을 끊었다.

"엄마는 네가 이러는 이유를 모르겠다. 과학고 갈 성적이 되는데 왜 안 가겠다는 거니? 과학고 나와서 의대 진학하면 너도 좋잖아. 의대가 아니면 치대도 좋고. 그럼 네 아빠 병원도 물려받을 수 있고 말이야."

민제 엄마가 걱정스러운 얼굴로 물었지만 여전히 민제는 엄마를 쳐다보지 않았다.

"저는 그냥 집에서 가까운 일반고 갈 거예요. 거기서도 잘할 수 있어요."

"내신 때문에 그래? 넌 과학고 가서도 잘할 애잖아? 의대 진학하려면 아직까지는 과학고가 훨씬 유리하대."

"저 의대 안 가요."

"그럼 어디 갈 건데?"

"글쎄요, 생각해 봐야죠. 하여튼 의대는 확실히 안 가요. 치대라면 더더욱 가기 싫고요."

"이러는 이유가 도대체 뭔데?"

"……."

민제는 아무 말 없이 그릇을 들고 남은 찌개 국물을 후루룩 마셨다.

"그래, 됐다. 결정하려면 아직 시간이 있으니까 나중에 다시 얘기하자."

민제 엄마는 그제야 밥을 먹기 시작했다. 그사이 밥그릇을 모두 비운 민제가 식탁에서 일어나려고 의자를 뒤로 뺐다. 순간 민제의 눈에 쓸쓸하게 밥을 먹고 있는 엄마의 모습이 들어왔다. 민제는 엄마의 얼굴을 가만히 바라보며 물었다.

"엄마는 아빠랑 왜 살아요? 아니지, 같이 살고 있진 않지. 엄마는 아빠 사랑해요?"

"뭐어? 갑자기 그게 무슨 소리니?"

찌개 국물을 한 입 떠먹으려던 엄마가 민제를 보며 피식 웃었다.

"그러니까 뭐라고 물어야 하나, 엄마한테 아빠는 좋은 사람이냐고요."

"그럼. 당연히 좋은 사람이지."

"왜요?"

"우리 가족을 먹여 살리잖아."

"무슨 이유가 그래요? 단지 먹여 살리니까 아빠를 사랑

한다는 거예요?"

민제의 목소리가 높아졌다.

"그런 뜻이 아니잖아."

엄마의 얼굴에서 웃음기가 사라졌다. 민제는 엄마의 굳은 표정을 보았지만 아랑곳하지 않고 쏘아붙였다.

"그럼 나쁜 사람이라도 엄마를 먹여 살려 주면, 그래도 엄마는 좋다는 거예요?"

"갑자기 너 왜 그래?"

민제 엄마가 숟가락을 내려놓았다. 민제는 그제야 자신이 지나치게 흥분했다는 사실을 깨달았다. 민제가 마음을 가다듬고 차분하게 말했다.

"아니, 전 그냥 궁금해서 물어보는 거예요. 어른들은 어떤 생각을 하고 사나 싶어서……."

민제 엄마가 다시 숟가락을 들었다.

"너도 나중에 크면 알게 되겠지만, 어른들은 사랑만으로 사는 게 아니야."

"그럼 뭐로 사는 건데요?"

"음, 서로에게 필요한 부분을 채워 주는 것? 이머, 그게 사랑인가? 아니지, 조금은 다르지."

민제는 잠시 생각하더니 몸을 앞으로 숙여 엄마의 얼굴

을 들여다보았다.

"그럼 이렇게 물어볼게요. 이건 예를 드는 건데요. 만약 상대방이 엄마가 필요로 하는 것들을 다 채워 준다고 쳐요, 근데 엄마가 정말로 싫어하는 행동을 해, 그래도 엄마는 같이 살 거예요?"

"응, 그럴 것 같아. 하지만 내가 싫어하는 그 행동을 나는 몰랐으면 해."

"그럼 엄마한테 거짓말을 하는 거잖아요?"

민제의 목소리가 다시 높아졌다.

"그건 나쁜 행동 아니냐고요!"

민제가 덜컥 화를 내자 놀란 엄마가 눈을 동그랗게 떴다. 엄마는 잠시 생각하더니 대답했다.

"물론 거짓말은 나쁘지. 근데 어떤 경우는 상대방이 하는 거짓말을 알고 싶지 않을 때도 있어."

"그건 도저히 말이 안 되는데요. 거짓말은 하루라도 빨리 밝혀져야죠!"

"그렇지. 원래는 그런데……."

여기까지 말하던 엄마가 갑자기 손으로 입을 가리며 까르르 웃었다.

"이건 네가 아직 이해를 못 하는 부분 같다. 네가 더 크면 자연히 알게 될 거야."

"뭘 크면 알아요, 지금도 다 알겠는데. 좋은 행동은 좋은 행동이고, 나쁜 행동은 나쁜 행동이죠. 그리고 나쁜 짓은 반드시 까발려져야 하고, 나쁜 행동을 한 사람은 당연히 벌을 받아야죠. 아니에요? 이렇게 간단한데, 뭘 더 커봐야 안다는 거예요?"

민제 엄마는 잔뜩 흥분한 아들을 지긋이 바라보며 미소를 지었다.

"그래. 그렇게 생각하는 건 좋은 태도야. 그런 네 성격에 잘 맞는 직업을 찾으면 정말 좋을 것 같아."

민제가 눈을 부릅떴다. 목소리가 한층 더 높아졌다.

"무슨 말이에요? 나는 당연하고 객관적인 상식을 얘기한 거잖아요? 근데 그게 내 성격이라니? 사람을 속이는게 나쁘다고 생각하는 성격이 따로 있다는 거예요?"

민제의 표정을 본 엄마는 아무 말도 하지 않고 가만히 천장을 올려다보았다. 그러고는 다시 민제를 향해 웃었다.

"생각해 보니까 민제야, 엄마가 잘못 얘기한 것 같다. 미안해."

엄마의 미안하다는 말을 듣자 민제도 입을 다물었다. 민제는 자신이 왜 그렇게 화가 나는지 그 이유를 몰랐다. 엄마가 무슨 잘못을 한 것도 아닌데, 왜 괜히 엄마에게 화풀이를 하고 있는 건지 스스로도 알 수 없었다. 그렇지만 분명한 것은, 엄마가 말하는 소위 '어른들의 생각'이란 도저히 받아들일 수 없었다. 그건 전혀 논리적이지도, 정직하지도 않았다. 하지만 민제는 일단 고개를 끄덕였다. 그것은 '미안하다'고 먼저 말해 준 엄마에 대한 나름대로의 답례였다.

"아니에요. 무슨 말인지 알겠어요. 전 다 먹었어요. 씻으러 갈게요."

식탁에서 일어난 민제가 욕실 앞으로 가서 러닝셔츠를 벗었다.

"더 먹지, 왜?"

엄마가 물었지만 민제는 대답 대신 욕실 문을 쾅 하고 닫았다.

다음 날, 점심 식사를 마친 동구는 교실에서 태걸이랑 윤서와 수다를 떨고 있었다. 태걸이가 책상에 다리 한쪽을 올리며 툴툴댔다.

"야, 나리쌤 너무하지 않냐? 방학 숙제로 역사신문 기사를 열 개나 써오라니, 진짜 오바야."

"짜증나면 하지 마. 안 하면 되지, 네 녀석은 왜 이렇게 불만이 많아?"

동구가 손거울로 햇빛을 반사시켜 교실 천장을 어지러이 비추며 대꾸했다. 태걸이가 윤서에게 물었다.

"야, 신윤서. 넌 어떻게 할 거야?"

"난 벌써 다 했는데?"

"뭐? 내가 지금 잘못 들었냐?"

동구가 인상을 팍 쓰며 윤서를 째려보았다.

"그냥 빨리 끝내 버렸어. 그래야 방학 때 맘이 편하잖아. 인터넷 뒤적여서 대충 끝냈지."

윤서가 스마트폰을 만지작거리며 말했다. 그러자 동구가 윤서의 등을 툭툭 치며 빈정댔다.

"이렇게 성실한 놈이 왜 1등은 못하냐?"

"누가 공부 잘하려고 했겠냐? 빨리 끝내고 맘 편하려고 한 거지."

윤서가 대답했다.

"하, 인터넷에서 베끼는 것도 골치 아프겠다야."

태걸이가 한숨을 쉬며 교실을 둘러보았다.

교실 뒤쪽에는 여학생들이 모여 앉아 시끄럽게 떠들고 있었다. 태걸이의 눈에 루빈이가 들어왔다. 짧게 줄인 교복 치마를 입은 채 다리를 꼬고 앉아서, 루빈이의 하얀 허벅지가 고스란히 드러났다. 태걸이가 동구에게 말했다.

"야, 저기 봐. 루빈이 쟤, 잘하면 팬티 보이겠다."

"보고 싶냐? 그럼 가서 보여 달라 그래."

"아니, 진짜로! 각도만 잘 맞으면…… 살짝만 밑에서 봐도 다 보이겠는데?"

태걸이는 이렇게 말하더니 동구가 쥐고 있는 손거울을 쳐다보았다.

"나한테 좋은 생각이 있어. 야, 그 거울 잠깐 줘봐."

"설마? 너 미쳤어? 그건 범죄야, 인마!"

동구가 거울을 꽉 움켜쥐었다. 윤서도 눈을 동그랗게 뜨고 거들었다.

"야, 태걸아! 그러다 걸리면 진짜 난리 나."

"이것들이 간이 콩알만 해가지고? 걱정 마. 절대 안 걸려. 거울을 슬리퍼에 끼운 다음, 살짝 치마 밑으로 가져다 대면 아무도 몰라."

태걸이는 이미 결심이 확고해 보였다. 동구는 내심 걱정

되었지만, 태걸이 말처럼 쉽게 걸릴 것 같지는 않았다. 게다가 태걸이는 루빈이에게 호감이 있는 듯했다. 어차피 이루어질 수 없는 사랑이라면, 팬티 한 번이라도 보게 도와주는 것도 나쁘지 않겠다는 생각이 들었다.

동구는 주위를 두리번거리며 태걸이 손에 거울을 쥐여주었다.

"부디 살아서 돌아와라, 자식아."

태걸이는 엄지손가락을 척 추켜올리더니, 슬리퍼에 거울을 끼우고는 어색한 걸음걸이로 루빈이에게 다가갔다. 그 모습을 동구와 윤서는 숨 죽이고 지켜보았다. 태걸이가 어정쩡한 자세로 루빈이 앞에 서서 말했다.

"공루빈. 우리, 그 뭐냐, 방학 숙제? 역사신문인가? 그거는 도대체 어떻게 하는 거냐?"

"뭔 소리야, 갑자기. 너 술 먹었냐?"

루빈이는 태걸이가 수상한 듯 위아래로 훑어보았다.

"아, 그러니까…… 그거 수행평가로 들어가는 거지?"

그때 태걸이의 발을 본 루빈이가 소리쳤다.

"야, 정태걸! 너 이거 뭐야?"

루빈이의 앙칼진 외침이 들리자 동구는 얼른 시선을 돌려 교과서를 펼쳤다. 그러고는 윤서에게 속삭였다.

"야, 태걸이 엿 됐다. 까딱하면 우리까지 엮이니까 절대 쳐다보지 마."

윤서가 놀라서 눈을 동그랗게 뜨고는 고개를 끄덕였다. 등 뒤에서 루빈이가 "이 변태 새끼가!" 하는 게 들렸다. 곧이어 "너 선생님한테 다 말할 거야!" 하는 소리가 들리더니 루빈이가 교실 문을 열고 후다닥 달려 나갔다.

태걸이가 자리로 돌아와 동구와 윤서 옆에 털썩 주저앉았다. 태걸이는 아무 말도 하지 않고 그저 멍하니 앞만 바라보았다. 그 모습을 한동안 지켜보던 동구가 태걸이를 위로했다.

"야…… 별일 없을 거야, 너무 걱정 마."

태걸이는 고개를 푹 숙이고 머리를 쥐어뜯더니, 무언가 생각난 듯 다시 고개를 들어 동구를 쳐다보았다.

"나 혼자 죽을 수는 없지."

그 말에 동구는 불길한 예감이 들었다. 태걸이의 눈은 이미 동공이 풀려 있었다.

"야, 인마! 그게 무슨 말이야?"

"거울은 네 거잖아. 네가 나한테 거울을 준 거지……. 그래, 내가 뭘 할지 뻔히 알면서도 거울을 줬어……."

"그러니까 지금 같이 죽자고?"

그때 교실 스피커에서 담임 선생님의 목소리가 들렸다.

3학년 1반 정태걸 학생
3학년 1반 정태걸 학생
지금 즉시 교무실로 오기 바랍니다

동구가 태걸이의 어깨를 흔들며 따졌다.

"야, 너 진짜 나리쌤한테 그렇게 말할 거야? 내가 너한테 거울 주면서 꼬셨다고?"

"내가 어떻게 말할지 나도 몰라……. 그렇지만…… 그래, 방학 숙제. 그 방학 숙제가 나도 모르게 다 되어 있다면 내 입에서 네 이름이 안 나올 것도 같아……."

"야, 태걸아! 아니, 태걸님? 지금 협박하시는 거예요?"

동구의 목소리가 다급해졌다. 태걸이가 힘없이 스르르 자리에서 일어섰다.

"나 지금 가봐야 해. 어쩔래? 딜? 아니면…… 다이?"

"아, 알았어. 일단 디, 딜!"

"오케이. 그럼 삼일 뒤까지."

태걸이가 씨익 웃으며 말했다. 그러자 동구가 어이없다는 표정으로 따져 물었다.

"뭐? 여름방학 끝날 때까지만 하면 되는 거잖아?"

"나도 윤서처럼 맘 편히 방학을 보내고 싶어서. 왜? 싫어? 알겠어. 그럼 같이 죽어야지, 뭐."

태걸이가 뒤돌아 나가려고 하자, 동구는 잽싸게 태걸이의 옷자락을 잡았다.

"알겠어. 디, 딜……."

"삼일 뒤까지."

태걸이는 동구의 등을 가볍게 한 번 두드리고는 교실을 나갔다. 동구는 그 모습을 멍하니 바라보다가, 고개를 푹 숙이고 머리를 쥐어뜯었다.

같은 날 오후 5시. 곰쌤 공부방에 온 동구는 윤서, 태걸이와 함께 맨 뒷자리에 앉았다. 루빈이는 창가 자리에 앉아 엎드려 있었고, 교실 맨 앞자리에는 민제가 공부를 하고 있었다.

스마트폰을 들여다보며 태걸이의 방학 숙제를 하던 동구가 윤서에게 물었다.

"야, 여기 제일 처음에는 뭐라고 써야 해?"

"아무래도 신문기사 형식이니까, 특정 사건이 일어난 날짜를 먼저 써야지. 여기다가는 날짜를 먼저 쓰고, 제목은 '녹두장군 전봉준 체포되다' 뭐 이 정도?"

"그리고?"

"여기 네이버 지식백과에 있는 내용을 그대로 옮겨 쓰면 돼. 오늘 녹두장군 전봉준이 자신의 부하였던 김경천의 밀고로 순창에서 체포되었다, 뭐 이런 식으로."

"그게 끝이야? 너무 간단하지 않나?"

동구는 손에 든 스마트폰 화면과 윤서를 번갈아 쳐다보면서 말했다.

"밑에 있는 내용까지 더 베껴서 써야지. 전봉준은 전북 고창군에서 태어났다는 둥 그냥 쭉쭉 옮겨."

"아하! 땡큐, 땡큐."

흰 종이에 열심히 옮겨 적는 동구의 모습을 태걸이가 흐뭇하게 바라보았다. 윤서는 그런 태걸이를 향해 걱정스럽게 물었다.

"근데 태걸아, 너 정말 괜찮아? 퇴학이나 정학당하는 거 아냐?"

"그런 얘기는 없었어. 대신 엄마한테 전화는 하겠대."

태걸이가 아무렇지 않은 듯 말했다.

"뭐야, 그럼 다 해결됐네? 이거 할 필요 없는 거잖아?"

동구가 볼펜을 책상에 탁, 내려놓았다. 그러자 태걸이가 동구의 어깨에 손을 스윽 올리며 넌지시 말했다.

"너네 엄마도 학교에 끌려오시는 걸 보고 싶다는 겐가?"

동구는 말없이 다시 볼펜을 집어 들었다.

"어? 혜연아, 왔어?"

루빈이의 목소리에 동구가 고개를 들었다. 교실 뒷문 쪽을 돌아보니, 처음 보는 여학생이 들어오고 있었다. 교복을 보아 하니 민제와 같은 송형중학교였다. 무릎이 살짝 보일 정도의 치마 길이에, 뭐가 그리 많이 들었는지 커다란 가방을 메고 있었다. 얼굴이 너무 새하얘서 선크림을 많이 발랐나 싶었는데, 목과 종아리도 하얀 걸로 봐서는 원래 그런 피부인 듯했다. 빨간 입술은 틴트를 바른 것 같지는 않았고, 긴 생머리는 흐트러짐 없이 차분하게 가라앉아 있었다.

그 여자아이가 동구의 옆을 지나갈 때, 길고 가느다란 머리칼이 살짝 하늘거렸다. 지나간 자리에는 달콤한 향기가 공기 중에 떠돌았다. 동구는 자신도 모르게 그 아이를 뚫어져라 바라보았다. 그 여자아이는 루빈이의 옆자리로 가서 앉았다.

"혜연아, 몸은 좀 괜찮아?"

"응, 괜찮아. 쟤네는 누구야? 새로 온 애들?"

"변태 태걸이가 데려온 우리 반 애들이야."

루빈이가 태걸이를 쏘아보며 말했다. 얼굴이 빨개진 태걸이는 얼른 고개를 돌려 벽을 보았다. 루빈이는 그런 태걸이를 한심하다는 표정으로 보더니, 벌떡 일어나 민제에게 웃으며 다가갔다.

혜연이는 자리에 앉아 책상 옆 고리에 가방을 걸었다. 그러고는 뒤를 돌아보며 방긋 웃었다.

"안녕? 너넨 이름이 뭐야? 난 박혜연."

동구는 혜연이와 눈이 마주치자 입꼬리를 살짝 올리며 자신이 지을 수 있는 최대한 멋진 표정을 지어 보였다.

"난 배동구, 얘는 신윤서."

"너 공부 잘하나 보다? 쉬는 시간에도 공부하고?"

혜연이가 동구를 신기하다는 듯 쳐다봤다. 그러자 태걸이가 큰 소리로 웃으면서 동구의 등을 탁 쳤다.

"당연하지. 얘는 방학이 시작하기도 전에 방학 숙제를 끝내는 애야. 왜냐고? 우리 학교 전교 1등이거든!"

그러면서 동구의 귀에 대고 속삭이며 키득거렸다.

"근데 끝에서 1등…… 크크큭!"

"우아, 진짜?"

혜연이의 눈이 동그래졌다. 동구가 주먹으로 태걸이의 팔을 퍽 쳤다.

"너 왜 그래, 인마!"

"동구라 그랬지? 앞으로 모르는 거 있으면 너한테 물어 봐도 돼?"

혜연이가 동구를 보면서 해맑게 웃었다. 그 표정을 본 순간 동구는 가슴이 철렁 내려앉았다. 갑자기 숨쉬기가 힘들었고, 온몸이 얼어붙은 것처럼 꼼짝할 수 없었다. 왜 이러는지 자신도 이유를 알지 못했다.

"어? 어……."

혜연이는 "고마워" 하며 웃고는, 옆에 걸어 둔 가방에서 책을 꺼냈다. 동구는 멍한 표정으로 그 모습을 지켜보다가 이내 태걸이에게 눈을 돌렸다. 어느새 태걸이의 시선은 온통 앞에 있는 민제와 루빈이에게 쏠려 있었다. 아마도 태걸이는 혜연이가 동구에게 한 말을 듣지 못한 모양이었다. 동구는 다시 볼펜을 잡았다. 심장이 계속 쿵쾅거리는 게 도무지 멈추질 않았다.

곰쌤의 수업이 끝난 후, 태걸이와 윤서는 플레이스테이션이 있는 작은 방에서 게임에 열중했다. 뒤쪽 소파에 앉아 게임을 지켜보던 동구가 다급히 외쳤다.

"나도 한판 하자, 빨리 좀 끝내!"

그때 혜연이가 문을 열고 작은 방으로 들어왔다. 혜연이는 동구가 앉은 소파에 나란히 앉았다. 동구는 몸을 한 번 움찔하더니 팔짱을 끼고 다리도 꼬았다. 혜연이가 동구에게 물었다.

"배동구, 넌 게임 안 해?"

"아? 음, 어. 보다시피……"

동구는 혜연이 쪽은 보지도 않은 채 말끝을 흐렸다.

"아, 내가 당연한 걸 물었네. 너도 학원 차 타려고 기다리는 거구나?"

"응. 오늘부터 타고 가려고."

동구는 "뭐가 당연하다는 거야?"라고 되묻고 싶었지만, 왠지 입이 떨어지지 않았다.

한동안 둘은 아무 말도 하지 않고 태걸이와 윤서의 뒷모습만 바라보았다. 혜연이가 먼저 말을 꺼냈다.

"공부 잘하면 되게 좋지?"

동구는 지금이 기회라는 생각이 들었다. 바로 지금이

"나 공부 잘하지 않아!"라고 대답할 수 있는 절호의 기회였다. 실은 혜연이가 자신을 모범생 쳐다보듯 한 뒤로, 몸이 영 뻣뻣하고 불편했다. 혜연이에게 자신의 진짜 성적을 솔직하게 털어놓는다면 마음이 한결 가벼워질 것 같았다. 예전의 자신으로 돌아가 마음껏 까불거리며 장난치고 싶었다.

동구는 사실대로 말하기로 결심했다. 크게 심호흡을 한 뒤 고개를 돌려 혜연이를 보았다. 그러나 곧 말문이 막혀 버렸다. 혜연이의 표정이 무척 시무룩하고 슬퍼 보였기 때문이다.

"너는 몇 등쯤 하는데?"

동구는 자신도 모르게 원래 하려던 말 대신 다른 말이 튀어나왔다.

"난 반에서 5등 정도? 엄마는 자꾸 외고를 가라는데, 내가 볼 때 그 정도는 아니고……."

혜연이가 힘없이 웃었다. 동구는 혜연이가 아까처럼 밝게 웃지 않는 것이 마음에 걸렸다. 무슨 말이라도 해주고 싶었다.

"뭐 어때? 어차피 좋은 대학 가려면 꼭 외고 갈 필요는 없잖아? 일반고 가서 내신 잘 받으면 그게 오히려 더 좋은 거지."

"그렇지? 너도 그렇게 생각하지?"

혜연이가 고개를 홱 돌려 동구를 쳐다보았다. 확실히 아까보다는 밝아진 표정이었다. 자신이 혜연이의 기분을 풀어 주었다는 생각에 동구는 내심 뿌듯했다. 동구가 중얼거렸다.

"아, 나도 일반 인문계 가고 싶다. 열심히 해야 되는데……."

"응? 너 정도면 열심히 안 해도 일반고에 충분히 갈 수 있잖아?"

혜연이가 의아해하며 물었다. 진실을 밝힐 두 번째 기회였다. 이번에도 타이밍을 놓치면 더 이상 사실을 말할 수 없을 것 같았다.

"나 별로 잘하지 않아……."

동구가 드디어 입을 뗐다. 속이 후련했다. 이제야 모든 오해에서 벗어나고, 모범생인 척 연기했던 불편한 시간도 끝났다. 동구는 만약 혜연이가 "그럼 몇 등이야?"라고 물으면 솔직하게 등수를 공개할 참이었다. 그런데 동구의 예상과는 달리 혜연이는 아까보다 더 환하게 웃으며 말했다.

"이야, 너 성격 되게 좋다? 우리 학교 전교 1등이랑은 완전히 다르네!"

동구는 혜연이가 한 말이 무슨 뜻인지 이해되지 않았다. 혜연이가 말을 이었다.

"그래. 목표에 상관없이 열심히 하는 건 좋은 거지. 그런 거 진짜 멋있어."

또다시 동구의 가슴이 쿵쾅거렸다.

'나보고 멋있다고? 아니, 나보고 말한 게 아닌가? 아닌데, 나랑 말하면서 멋있다고 했는데? 내가 멋있다고? 열심히 하는 게 멋있다고?'

동구의 머릿속이 뒤죽박죽되었다. 왠지 혼란스러웠지만 기분은 좋았다. 정리하자면 얘는, 그러니까 혜연이는 무언가 열심히 하는 모습이 멋있다고 느끼는 것이다.

"가자! 애기들아!"

덜컥, 작은 방 문이 열리고 한 젊은 남자가 얼굴을 들이밀었다. 나이는 20대 후반쯤 되어 보였고, 머리는 갈색으로 염색한 곱슬머리였다. 선글라스를 낀 채, 양쪽 귀에는 이어폰을 꽂고 있었다. 해골 모양이 그려진 까만색 티셔츠를 입은 이 남자는 학원 차를 운전하는 사람인 듯했다.

"용쌤 왔다. 가자!"

혜연이가 일어섰다.

동구는 아이들과 함께 1층으로 내려갔다. 마당에는 시동이 켜진 회색 봉고차가 대기 중이었다. 동구는 차 문을 열고 들어가 중간 자리 창가 쪽에 앉았다. 뒤따라온 혜연이가 동구의 바로 맞은편에 앉았다. 혜연이가 자리에 앉자 차 안에 달콤한 향기가 떠돌았다.

혜연이는 자리에 앉자마자 단어장을 꺼냈다. 동구는 그 단어장을 바라보다가, 자신도 모르게 아래로 눈길이 내려갔다. 교복 치마와 그 밑으로 드러난 하얀 종아리, 가느다란 발목을 덮은 새하얀 양말과 깨끗한 운동화…….

그때, 차가 갑자기 출발했다. 동구의 무릎이 혜연이의 무릎과 살짝 닿았다.

동구는 깜짝 놀라 다리를 움츠리며 혜연이 쪽을 힐끔거렸다. 혜연이는 아무 신경도 쓰지 않는 듯, 단어장만 뚫어져라 보았다. 심장이 걷잡을 수 없이 쿵쾅댔다. 동구는 자신이 왜 이러나 싶어 고개를 돌려 창밖을 보았다. 노을빛에 물들어 가는 시골 마을의 아름다운 풍경 그리고……차창에 비친 혜연이의 옆모습이 보였다. 동구는 창밖을 바라보는 척하면서, 유리창에 비친 혜연이의 옆모습과 귀 뒤로 넘긴 가지런한 머리칼을 보았다. 마치 술에라도 취한 듯 기분이 나른해졌다.

동구는 눈을 비볐다. 머리를 긁적이다가 가방 안에서 아무 책이나 꺼내어 펼쳤다. 그러다 자신이 책을 거꾸로 들고 있다는 사실을 깨닫고는 재빨리 돌려 바로 들었다. 동구는 눈을 크게 뜨고 책을 읽었다. 하지만 얼마 지나지 않아 시선이 또다시 혜연이에게 향했다. 단어장을 잡고 있는 하얗고 가는 손가락을 바라보다가, 팔뚝과 어깨를 타고 시선이 올라갔다. 혜연이는 얼굴을 반쯤 숙이고 있었는데, 하늘거리는 머리칼 사이로 발그레한 볼과 커다란 눈, 길고 까만 속눈썹이 보였다.

혜연이가 좀처럼 고개를 들지 않는다는 사실. 그리고 뒷자리에 앉은 태걸이와 윤서가 자기들끼리 낄낄대며 동구에게는 별 관심이 없다는 사실이 동구를 안심시켰다. 동구는 그제야 대놓고 혜연이를 바라보았다.

운전석에 앉아 운전을 하던 용빈이 선글라스를 벗어 머리 위로 올려 썼다. 그러고는 백미러를 통해 동구의 모습을 계속 지켜보았다. 입을 반쯤 벌린 채 넋이 나간 동구의 모습을 보던 용빈은 피식 웃고는, 선글라스를 다시 내려 썼다.

아이들을 모두 집에 데려다준 뒤, 용빈은 공부방으로 돌아왔다. 계단을 따라 올라가던 용빈이 중간에서 잠시 멈추고 한숨을 쉬었다. 용빈은 마음이 편하지 않았다. 공부방 원장인 곰쌤에게 어려운 부탁을 꺼내야 했기 때문이다. 용빈은 계단 중간에서 한참을 서 있다가, 다시 올라가 곧장 원장실로 향했다.

"어? 고생했다. 용빈아."

의자를 뒤로 젖힌 채 기대어 눈을 감고 있던 곰쌤이, 용빈이 들어오는 소리에 몸을 일으켰다. 용빈은 소파에 앉아 말없이 손에 든 선글라스를 만지작거렸다.

"밖에 덥지? 앉아서 좀 쉬어라. 이거 하나 마시고."

곰쌤이 냉장고에서 박카스 한 병을 꺼내어 용빈에게 건넸다. 용빈은 박카스 뚜껑을 따서 한입에 털어넣었다. 그러더니 결심을 한 듯 비장한 표정으로 곰쌤에게 말했다.

"형님. 저 이번 달 월급 좀 당겨 주실 수 있으세요?"

곰쌤이 "너 방금 우리 엄마 욕했냐?" 하는 표정을 지었다. 그러고는 아무 말 없이 용빈의 얼굴을 뚫어져라 보았다. 용빈은 고개를 숙이고 박카스 뚜껑을 만지작거렸다. 한동안 서로 아무 말이 없었다. 곰쌤이 먼저 입을 열었다.

"너 무슨 일 있냐? 일 있으면 나한테 다 얘기해, 인마."

"아, 아무 일 없어요. 그냥 시험 좀 접수하려고요."

용빈이 힘없이 웃으며 대답했다.

"야, 인마. 무슨 시험인데 월급까지 가불받아야 하는 건데?"

곰쌤이 아까보다 더 인상을 찡그리며 물었다.

"리트…… 시험이에요."

"리트? 너 결국 로스쿨 가기로 했냐?"

"……네."

"학비는 모아 됐고?"

"……열심히 해서 장학금 받아야죠. 안 되면 뭐 대출받

070

으면 되고⋯⋯."

둘 사이에 또다시 정적이 흘렀다. 이번에도 곰쌤이 먼저 말을 꺼냈다.

"너 인마, 결혼도 해야지. 이제 슬슬 자리 잡아야 할 나이잖아?"

"그래서 로스쿨 가려는 거예요. 뭐가 있어야 사람도 만나고 그러니까⋯⋯."

용빈이 만지작거리던 병뚜껑을 탁자에 올려놓았다.

"그럼 리트 시험만 치면 로스쿨에 합격할 성적은 되는 거냐?"

"형님, 왜 이러세요. 제 학점이랑 다 잘 아시잖아요."

"하하하, 그래, 그렇지."

곰쌤이 처음으로 껄껄 웃으며 고개를 끄덕였다.

"내가 대학에 강사로 다니면서 가르친 애들 중에 너처럼 똑똑한 놈이 없었지."

용빈은 부끄러운 듯 고개를 숙였다. 곰쌤이 말을 이어나갔다.

"난 네가 고려대 심리학과를 수석 졸업했다는 소식을 들었을 때, 계속 공부해서 교수가 될 줄 알았다."

"그건 아무래도 유학도 다녀와야 하고, 근데 제 상

황이…… 접었죠. 뭐, 그때 집안에 여러 가지 일도 있었고…….”

용빈이 쓸쓸하게 웃었다.

“그렇게 말하는 형님은 왜 교수 안 하시고?”

“야, 인마! 그것도 누가 시켜 줘야 하지!”

곰쌤이 다시 인상을 팍 썼다. 그 모습을 본 용빈은 피식 웃었다.

“형님이 시위 전력이 너무 많아서 그런 거 아니에요?”

“그거야, 나는 모르지. 내가 대학교에 있던 영감탱이들 기분을 못 맞췄나 보지.”

곰쌤은 찡그렸던 인상을 펴고 다시 미소를 지었다.

“야, 그래도 난 대학에서 시간 강사로 뛸 때보다 지금이 훨씬 행복하다. 몸도 편하고, 벌이도 훨씬 낫고.”

“잘됐네요. 그럼 계속 공부방 하시게요?”

“계속은 못 하지. 요새는 몸이 더 안 좋아져서…… 몇 년 뒤엔 어디 가서 복분자나 키울까 해.”

“아…… 네.”

둘은 다시 말이 없어졌다. 갑자기 곰쌤의 표정이 험악하게 바뀌었다.

“그러니까, 리트 시험 때문에 월급을 가불해 달라?”

"……네."

"원서비가 얼만데?"

"대충 삼십만 원?"

"뭐? 무슨 시험 한 번 치는데 그렇게 비싸?"

"하하, 그러니까요……."

곰쌤이 엉덩이 한쪽을 들고 바지 뒷주머니에서 지갑을 꺼냈다. 그러고는 오만 원짜리 열 장을 꺼내서 탁자에 탁 내려놓았다.

"일단 써."

"네?"

"월급에서 안 뺄 테니까 일단 쓰라고."

"아, 형님, 왜 이러세요? 아닙니다. 다음 달 월급에서 당겨 쓰는 걸로 할게요."

그 말을 듣자 곰쌤의 표정이 한층 더 험악해졌다. 인상이 찌푸려질 대로 찌푸려졌다.

"야, 인마! 그냥 주는 거 아냐! 나중에 변호사 되면 이자 쳐서 갚아."

"아, 형님……."

용빈은 오만 원짜리 지폐 뭉치를 만지작거렸다.

"그리고 리트 시험 잘 봐서, 로스쿨부터 일단 합격해라.

아니지, 너한테 이런 말은 할 필요가 없지. 여긴 내가 뒷정리하고 갈 테니까 너 먼저 들어가라."

"……형님, 정말 고마워요."

용빈은 자리에서 일어섰다. 원장실을 나오면서 용빈은 다시 한 번 곰쌤을 향해 "고마워요 형!" 하고 외쳤다. 곰쌤은 용빈 쪽은 보지도 않고 책상을 정리하며 맞받아쳤다.

"그냥 주는 거 아니라고, 인마!"

집으로 돌아온 동구는 거실 소파에 앉아 텔레비전을 보고 있었다. 여자 연예인들이 깔깔 웃으면서 다이어트 성공담을 떠들어 대고 있었다. 그러나 동구는 그 말이 머릿속에 하나도 들어오지 않았다. 그저 혜연이의 얼굴만 떠오를 뿐이었다.

동구는 아까 혜연이와 닿았던 자신의 무릎을 만져 보았다. 그리고 공부방에서 혜연이가 했던 말을 떠올렸다.

'목표에 상관없이 열심히 하는 건 좋은 거지. 그런 거 진짜 멋있어.'

동구가 눈을 감으며 헤벌쭉 웃었다. 그러다 혜연이가 했던 또 다른 말이 생각났다.

'공부 잘하면 되게 좋지?'

동구는 갑자기 숨통이 조여 오는 듯 가슴이 답답했다.

'아, 어쩌지? 혜연이는 내가 공부 잘하는 줄 아는데…… 내일이라도 사실대로 말할까? 아냐, 그러면 날 벌레 보듯이 쳐다볼지도 몰라. 걔는 나보고 멋있다고 했단 말이야. 그건 내가 공부를 잘하는 게 멋있다는 뜻이었을 거야. 이걸 어쩐다…….'

그때 텔레비전 속에서 흘러나오는 한 여성 출연자의 말이 동구의 귀에 들렸다.

"진짜 세 달 만에 이렇게 뺐어요. 저를 처음 본 사람들은 제가 예전에 뚱뚱했다는 걸 전혀 모른다니까요?"

순간, 동구는 '이거다!' 하는 생각이 들었다. 그렇다. 실제로 공부를 잘하면 된다. 물론 쉽지는 않겠지만, 엄청나게 노력해서 정말로 공부를 잘하게 되면, 더 이상 혜연이에게 거짓말을 하지 않아도 된다. 그 후에 혜연이에게 찾아가 멋지게 고백을 하는 거다. 사실 나는 공부를 지지리도 못했는데 너에게 당당한 남자가 되고 싶어서 공부를 시작한 것이라고. 그럼 감동한 혜연이가 나랑 사귀어 줄 수도 있다!

동구는 다시 눈을 감고 흐뭇한 상상을 했다. 상상 속에서 동구는 근사한 정장에 넥타이를 맨 차림이다. 그때 저쪽에서 하얀 드레스를 입은 혜연이가 동구를 향해 천천히 걸어온다. 동구는 무릎을 꿇고 혜연이에게 작은 상자를 내민다. 혜연이가 상자를 열자 그 속에는 반으로 곱게 접힌 종이가 꽂혀 있다. 펼쳐 보니 성적표다. 거기에는 '3학년 1반 배동구-전체 석차 1등'이라고 적혀 있다. 동구는 자랑스럽게 미소를 지으며 말한다.

"다 널 위해서였어!"

감동한 혜연이가 살포시 동구의 가슴팍에 안긴다. 그러고는 수줍게 말한다.

"난 그런 줄도 모르고……."

동구는 그런 혜연이를 사랑스럽게 바라보고, 둘은 자연스럽게 키스를 한다.

"으흐흐흐……."

동구가 눈을 감은 채 입을 벌려 웃었다. 마침 거실로 나온 동구 엄마가 그 모습을 보았다. 엄마는 어이없다는 표정으로 고개를 절레절레 흔들더니 주방으로 사라졌다.

'그래, 공부를 잘하자. 그럼 모든 게 해결된다!'

동구는 고개를 한 번 끄덕이고는 곧장 방으로 달려갔다. 동구의 방은 그야말로 쓰레기장이었다. 바닥에는 교복인지 걸레인지 모를 천 쪼가리들이 책과 뒤섞여 아무렇게나 널브러져 있었다. 책상에는 야구 모자와 반쯤 먹다 남은 과자 봉지들이 수북이 쌓여 있었다. 동구는 책상에 앉아 그것들을 한쪽으로 쓱 밀어서 치웠다. 그러고는 책꽂이에 꽂힌 교과서들을 주욱 보다가, 역사 교과서를 빼어 들었다. 막상 교과서를 펼치려니 알 수 없는 거부감이 밀려왔다. 한 십 초쯤 지났을까? 동구는 팬시리 코를 훌쩍거렸다. 손으로 연신 머리를 긁적였고, 눈알을 굴려 방 안 이곳저곳을 힐끔거렸다. 의자 위에 두 다리를 올려 양반다리 자세로 앉았다가, 다시 한쪽 다리만 세우고 다른 쪽은 내렸다가 했다.

그때 카톡 알림 소리가 들렸다. 동구는 잽싸게 책상 위에 놓인 스마트폰을 집어 들었다. 윤서였다.

> 내가 방학 숙제 한 거, 멜로 보냈어. 내용이 똑같으면 안 되니까 형식만 참고하면 될 듯 ㅇㅇ

> ㅇㅋ ㄱㅅㄱㅅ

동구는 스마트폰을 내려놓고 다시 교과서를 보았다. 아

직 펼치지도 않아 여전히 앞표지였다. 동구는 고개를 돌려 스마트폰을 보았다. 스마트폰은 그 자리에 그대로 있었다. 애써 교과서로 눈을 돌렸지만 몇 초 뒤, 다시 고개를 돌리고 스마트폰을 봤다. 한참을 뚫어져라 쳐다보던 동구는 결국 스마트폰을 집어 들었다. 잠금 패턴을 풀고 게임을 실행했다.

게임 속에 나오는 동구네 마을은 화려했다. 마을회관은 11단계까지 발전했고, 커다란 대포와 마법 타워들이 위용을 뽐내며 방어 준비를 마쳤다. 동구는 골렘과 마법사 생산이 끝난 걸 확인한 후, 공격 버튼을 눌러서 다른 마을로 쳐들어갔다. 상대편 마을은 허접해 보였다. 동구는 가소롭다는 듯 피식 웃고는 현란한 손놀림으로 그 마을에 자신의 유닛들을 떨어뜨렸다. 동구의 골렘은 아무리 화살을 맞아도 피가 닳지 않았고, 동구의 마법사들은 커다란 불덩어리를 날리며 상대편 마을을 초토화시켰다. 동구는 그 모습을 보며 신이 나서 낄낄댔다. 그때였다.

'너는 게임 안 해?'

갑자기 혜연이의 얼굴이 떠올랐다.

'아, 내가 당연한 걸 물었네.'

동구를 보며 수줍어하는 혜연이의 모습이 눈앞에 아른

거렸다. 동구는 손에 쥔 스마트폰을 보았다. 화면에는 '승리'라는 글자가 떠올랐다. 잠시 고민하던 동구는 스마트폰을 등 뒤에 있는 침대 위로 툭 던져 버렸다.

동구가 자세를 바로잡았다. 교과서를 똑바로 노려보았다. 이번에는 좀 더 오래 쳐다보았지만, 역시 20초쯤 지나자 눈알을 좌우로 굴리기 시작했다. 방구석 벽면에는 '곡삼면 농업협동조합'이라고 적힌 커다란 달력이 걸려 있었고, 그 밑에 게임하기 딱 적당한 크기의 컴퓨터가 있었다. 윤이 반들거리는 까만 모니터가 꼭 "동구야, 어서 나를 깨워 줘~"라고 말하는 것 같았다. 동구는 그 모니터를 유심히 보다가 고개를 푹 숙였다. 그러고는 머리를 쥐어뜯으며 혼자 중얼거렸다.

"안 돼…… 이 미친놈아…… 제발 정신 차려……."

동구는 바닥에 엎드려 팔굽혀펴기를 두어 번 했다. 그런 다음 벌떡 일어나 권투를 하듯 공중을 향해 주먹을 원, 투, 쓰리 하고 휘둘렀다. 그러나 두 눈은 또다시 컴퓨터 모니터를 향했다.

"아, 진짜 미치겠네!"

골똘히 생각에 잠기던 동구가 침대로 가서 스마트폰을 주워 들었다. 연락처를 뒤져 신나리 선생님에게 전화를 걸었다. 신호가 몇 번 가고 나자 선생님이 전화를 받았다.

"어쩐 일이니, 동구야? 네가 나한테 전화를 다 하고?"

"쌤, 저 물어볼 거 있어요. 공부 어떻게 하면 잘해요?"

동구가 다짜고짜 물었다.

"어떻게 해야 잘하느냐니? 열심히 하면 잘하겠지?"

"아니, 그러니까 그건 아는데요. 그 '열심히'라는 걸 도대체 어떻게 해야 하는 거냐고요."

수화기 너머로 깔깔거리는 웃음소리가 들렸다. 그 소리에 동구는 스마트폰을 귀에서 떼고 '뭐야?'라는 표정을 지었다.

"오, 배동구. 공부 한번 해보려고? 그런 거면 선생님이 얼마든지 도와줄 수 있지. 근데 전화로 몇 마디 해서 될 일은 아니고…… 너 내일 학교 마치고 어디 가니? 쌤하고 잠깐 상담 좀 할까?"

"공부방 가긴 하는데 30분 정도는 괜찮을 것 같아요."

"그럼 내일 수업 마치고 바로 상담실로 와라. 거기서 얘기하자."

동구는 감사하다고 말하고는 전화를 끊었다. 정작 통화를 마치고 나니 '괜히 전화했나?' 하는 생각이 들었다. 착잡한 마음에 무턱대고 전화하긴 했는데, 어차피 선생님이 상담해줄 내용은 뻔할 것 같았다. 예를 들면 개념을 충실히 이해해야 한다는 둥, 영어는 단어가 중요하다는 둥, 수학은 다양한 문제들을 풀어야 한다는 둥……. 그런 말이라면 이미 인터넷이나 텔레비전에서도 귀가 닳도록 들었다. 하지만 하나도 와 닿지가 않았다. 언제, 어떻게 실천해야 할지 모르는, 그야말로 뜬구름 같은 이야기들이었다.

사실 공부법이 적힌 책은 동구도 한 권 가지고 있다. 엄마가 어디서 무슨 얘기를 주워들었는지, 이게 요즘 베스트셀러라며 사다 주었다. 줄곧 꼴찌만 하다가 한 학기 만에 전교 1등이 된 사람이 쓴 책이라는데, 동구는 일단 그 말부터가 마음에 들지 않았다. 단지 머리가 좋아서 성공한 사람이, 성공에 무슨 특별한 비결이 있는 양 포장하는 것 같아 재수 없게 느껴졌다. 앞에 몇 장 휘리릭 넘겨보고는 곧바로 방구석에 던져 버렸다.

'웃기시네, 공부에 무슨 방법이 있어? 그냥 열심히 하면 되는 거지.'

그러나 막상 열심히 하려고 하면 언제, 무엇을, 어디서부터, 어떻게 열심히 해야 할지 막막했다. 도대체 어떻게 해야 '열심히' 하는 것인지 궁금했다. 그래서 나리쌤에게 도움을 청했던 것이다.

스스로 냉정하게 생각해 봐도, 자신이 갑자기 공부를 잘하게 될 가능성은 희박해 보였다. 지금까지 쭉 공부에 손 놔왔는데 한순간에 공부를 잘하게 된다고? 역시나 말이 안 되었다. 그러나 마음 한구석에는 꼭 안 되리라는 법은 없다는 작은 희망도 있었다. 텔레비전이나 인터넷을 보면, 예전에는 공부를 못했다가 잘하게 된 사람들도 분명히 있었다. 실제로 동구 주위에도 그런 아이가 있다. 바로 윤서다. 윤서는 원래 성적이 반에서 중간 정도였는데 지금은 10등 안에 꼭 들었다. 특별히 머리가 좋은 것 같지는 않았다. 그저 예전보다 좀 더 성실해졌달까? 윤서를 보면 특별히 머리가 좋지 않아도 열심히 하면 성적을 어느 정도 올릴 수 있을 것 같았다.

'에이, 복잡하게 생각하지 말자. 일단은 내일 쌤한테 가서 무슨 얘기 하나 들어나 보자고!'

동구는 침대에 벌러덩 누워 혜연이의 얼굴을 떠올렸다.

나리는 혼자 상담실에 앉아 노트북 화면을 바라보았다.

스물네 살인 나리는 키가 조금 작은 편이었다. 얼굴도 동글동글하고 귀여워서 꽤 동안이었는데, 긴 머리를 묶고 다니면 아줌마, 아저씨들이 "이봐, 학생!"하며 반말을 하곤 했다. 처음에는 왠지 무시당하는 것 같아 기분이 언짢았는데, 한 살씩 나이를 먹어 가니 이제 그런 반말이 듣기 좋아졌다.

나리는 아무도 없는 방과후 상담실이 좋았다. 다른 선생님들에게는 들키고 싶지 않은 일을 하기에 딱 적합한 장소였기 때문이다. 실은 나리는 틈틈이 인터넷 기사를 썼다. 일종의 아르바이트다. 텔레비전에서 한 프로그램이 방영되고 나면, 방송 내용과 관련된 뉴스 기사를 써서 인터넷에 올리고 돈을 받는 방식이었다. 기사 제목에 혹해서 클릭한 사람이 많을수록 보너스가 얼마씩 더 나오기도 했다. 나리는 인터넷에 접속해 인기 프로그램인 〈무한도전〉을 재생시켰다.

나리는 천장을 바라보며 어떻게 기사를 쓸지 고민했다. 생각나는 대로 몇 글자 써보았다. '국민MC 유재석의 굴욕?'이라고 쓴 다음 다시 천장을 올려다보았다.

나리는 사범대학교를 졸업했다. 원래부터 선생님이 되고 싶었던 것은 아니다. 고등학교 때 나리의 꿈은 작가였다. 언젠가는 장대한 역사 소설을 써보고 싶었다. 그러나 엄마가 심하게 반대했다. 나리 엄마는 대한민국에서 작가라는 직업이 굶어 죽기에 딱 좋다는 둥, 여자에게 있어서 최고의 직업은 교사라는 둥 온갖 이유를 대며 나리를 설득했다. 고민하던 나리는 결국 문예창작과로 가려는 꿈을 접고, 그나마 원래의 꿈과 조금이라도 접점이 있는 역사교육과로 진로를 선택했다. 국립인 경북대학교에 입학했는데, '대구의 서울대'라고 불릴 정도로 이쪽 지방에서는 꽤 괜찮은 학교였다.

성실한 성격 덕분인지 학점은 항상 잘 나왔다. 전 과목에서 A+를 받은 학기도 몇 번이나 있었다. 그 덕분에 나리는 4년 내내 장학금을 받았다. 그렇게 대학을 졸업한 뒤, 나리의 동기들은 임용고시를 준비하겠다며 서울 노량진으로 올라갔다. 그러나 나리는 임용고시를 준비하지 않고 그냥 기간제 교사로 취업을 했다.

나리는 내심 두려웠다. 임용고시에 합격하면 이제 평생을 선생님으로 살아가야 할 텐데, 그렇게 자기 인생이 굳어지는 것은 싫었다. 그래서 일종의 '실험'을 해보기로 했다. 기간제 교사가 되어 한두 해 동안 일을 해보자는 심산이었다. 만약 이 길이 나와 잘 맞는다면 임용고시는 방과

후에라도 틈틈이 준비할 생각이었다. 설령 합격하지 못한다 해도 사립 학교에 정교사로 지원하는 방법도 있었다.

하지만 나리는 여전히 글을 쓰는 것이 좋았다. 그러다 보니 대안으로 지금처럼 기사를 작성하는 아르바이트를 선택했던 것이다.

"쌤, 저 왔어요!"

동구가 상담실 문을 열고, 얼굴을 빼꼼 들이밀었다. 나리는 동구를 반갑게 맞이한 뒤, 냉장고에서 포도 주스와 캔 커피를 하나씩 꺼냈다. 나리가 리모컨으로 벽걸이 에어컨을 켜자 에어컨이 웅웅 소리를 내기 시작했다.

상담실은 그리 넓지 않았다. 가운데 놓인 동그란 테이블 주위에는 의자가 4개 있었고, 한쪽 구석에 놓인 냉장고 하나와 커다란 책장이 전부였다. 책장에는『교육연감』,『교육법령집』처럼 아무도 안 볼 것 같은 두꺼운 책들이 여러 권 꽂혀 있었다. 그 아래 칸에는 '제3회 경상북도 배드민턴 대회 준우승'이라는 글자가 새겨진 유일한 상패가 먼지 쌓인 채로 놓여 있었다.

"공부방은 몇 시에 가니?"

나리가 테이블 의자에 앉으면서 동구에게도 앉으라는 손짓을 했다.

"이따 4시 40분쯤요. 학원 차가 학교로 데리러 와요."

"그렇구나. 그래, 공부를 해보고 싶은데 잘 안 된다고?"

나리가 캔 커피를 따서 한 모금 마셨다.

"네. 그러니까 열심히 해보려고 하는데…… 그게 잘 안 돼요."

동구가 포도 주스 뚜껑을 돌리자 뽁 하는 소리가 났다.

"제대로 시작도 못 하겠고, 다른 재밌는 게 하고 싶고, 책상에 앉아서도 계속 잡생각만 들고 그렇지?"

포도 주스를 마시려던 동구는 깜짝 놀란 표정으로 나리를 쳐다봤다.

"어? 대박! 어떻게 아셨어요? 진짜 딱 그래요."

"잘 알지. 공부하는 과정은 누구나 다 똑같으니까."

"쌤도 그래요?"

"그건 누구나 그래."

"근데 어떻게 선생님이 됐어요?"

"난 기간제야."

나리가 멋쩍게 웃었다. 동구는 아랑곳하지 않고 계속 물었다.

"그래도 교사잖아요. 쌤, 공부에도 방법이 있어요?"

"그럼. 공부를 잘하려면 노력도 중요하지만, 요령은 더 중요해. 그리고 사람마다 자기에게 맞는 요령이 있어."

"요령이 몇 개나 되는데요?"

동구가 불안하다는 표정으로 물었다. 그런 동구가 귀여
운지 나리가 깔깔 웃어댔다.

"왜, 걱정되니? 글쎄, 수백 개는 되겠지? 그래도 뭐 안심
해. 그게 다 너에게 필요한 건 아니니까."

나리는 잠시 고민하다가 가방에서 다이어리를 꺼냈다.
빈 종이 한 장을 쭉 찢은 다음 볼펜을 꺼내 쥐었다.

"동구야. 네가 지금 가장 안 되는 게, 일단 공부를 시작
하는 일이잖아? 우선 그것부터 해결해 줄게. 이건 뭐랄까?
그래, 시간 관리법이긴 한데 굳이 말하자면 공부를 본격
적으로 하기 전의 시간 관리?"

"공부를 하기 전의 시간 관리요?"

"응. 그러니까 공부를 많이 하고 적게 하고를 떠나서, 일
단 공부를 시작할 수 있게 만드는 방법이야."

"쌤, 저 같은 놈은 그것만 돼도 진짜 대박이에요."

동구가 한숨을 내쉬자, 나리는 종이를 펼쳤다.

"네가 까먹을 수도 있으니까 여기에 써 줄게. 명심하고
그대로 실천해야 해!"

"어려운 거예요?"

"아니, 간단해. 너도 이미 아는 거야. 다만 실천할 생각을 못 하고 있었을 뿐이지."

"그게 뭔데요?"

동구가 눈을 동그랗게 뜨고 물었다. 나리는 대답 대신 종이에 무언가를 적기 시작했다.

공부하기 전에는 아무것도 하지 않기

"이게 무슨 말이에요? 아무것도 하지 말라니?"

"넌 아마 처음에는 공부를 하려고 독하게 마음먹었을 거야. 근데 괜히 스마트폰을 만지거나 컴퓨터를 하면서 정작 공부는 시작도 못 했겠지. 내 말 맞지?"

"대박, 어떻게 아세요?"

"그건 인간의 본능이거든. 사람은 누구나 하고 싶은 걸 먼저 하고, 하기 싫은 건 미루는 습성이 있어."

"저도 알아요. 아주 짜증 나는 본능이죠."

동구가 크게 한숨을 내쉬었다. 나리는 그런 동구를 보며 고개를 가로저었다.

"아니, 사실 이건 좋은 본능이야. 예를 들어서 옛날 원시인을 생각해 봐. 바로 눈앞에 맛있는 사과가 있어. 지금 안 먹으면 어떻게 될까? 남에게 빼앗기거나 썩어 버릴 수도 있겠지?"

"그렇죠, 그러니까 바로 먹어 치워야죠!"

"그거야. 인간은 좋아 보이는 건 바로 누리고 싶은 본능이 있어. 그래서 계속 생존할 수 있었던 거지."

"근데 지금은 아니잖아요. 하기 싫어도 억지로 해야 되잖아요."

동구가 인상을 쓰며 투덜거렸다.

"그렇지. 사실 하기 싫은 일을 억지로 해야 하는 것은 예나 지금이나 똑같아. 옛날 원시인들도 매번 사냥을 나가거나 밭에서 일을 하고 싶었을까? 아마 하기 싫을 때도 있었겠지. 근데 안 하면 굶어 죽을 거 아냐? 이런 상황에서 인간에게 특별한 능력이 생겨났어. 음, 마치 초능력 같은 거지."

"그게 뭔데요?"

"하기 싫은 일인데도 일단 시작하잖아? 그럼 우리 뇌에서는 이상한 호르몬 같은 게 나와. 일종의 마약 같은 거지. 그게 하기 싫다는 생각 자체를 마비시켜. 그래서 계속 그 일을 하게 만들고, 결국 인간을 생존할 수 있게 만들어 준 거야. 전문적인 용어로 '작업 흥분'이라 부르지."

"음…… 좀비처럼 되는 건가?"

동구의 말에 나리가 깔깔 웃었다.

"그래, 맞아. 좀비가 되는 거야. 일도 열심히 하고, 공부도 열심히 하는 좀비."

"공부를 잘하는 애들은 애초에 그 호르몬이 많이 나오는 거예요? 그럼 공부도 타고난다는 말이 맞네요?"

나리는 단호하게 고개를 저었다.

"아니, 그 호르몬은 누구에게나 나와. 단지 걔들은 잘 나오게 하는 방법을 아는 거지."

"어떻게 하는 건데요?"

동구의 물음에 나리가 잠시 뜸을 들였다. 나리는 자신이 지금 하는 말을 동구가 진부하게 듣지 않았으면 했다. 공부에 있어서 가장 중요한 말인 만큼, 동구가 평생 잊지 않고 기억해 주기를 바랐다.

"그 비결은…… 다른 건 아무것도 하지 않고 바로 시작하는 거야. 왜냐하면 이 호르몬은 어떤 일을 시작해야 비로소 나오거든."

동구는 눈이 휘둥그레진 채 아무 말도 없었다. 나리는 동구가 자신의 말을 듣고도 "뭐예요, 쌤? 당연한 말이잖아요!"라고 받아치지 않자 동구에게 가능성이 있다고 생각했다. 나리는 말을 이어 나갔다.

"동구야, 이건 정말 간단한 원리야. 그렇지만 네 삶을 완전히 뒤바꿀 만큼 중요한 원리기도 해."

나리는 동구를 뚫어져라 쳐다보았다. 제법 진지한 표정을 보니 무슨 말을 하든 받아들일 준비가 된 것 같았다. 나리는 몸을 앞으로 숙이고 조용히 말했다.

"동구야. 네가 목표를 정했다면, 그리고 너에게 꿈이 생겼다면, 다른 건 아무것도 하지 말고 지금 바로 시작해. 그러면 실제로 이루어져. 공부하기 싫다고 스마트폰이든 컴퓨터든 다른 뭔가를 하잖아? 그럼 백 퍼센트, 공부하는 게 더욱 싫어질 뿐이야. 결국 공부는 시작도 못 하고 스스로에게 실망만 쌓이지."

동구가 고개를 끄덕였다. 나리는 계속 말을 이었다.

"그러니까 공부하기 전에는 아무것도, 절대 아무것도 하면 안 돼. 책상에 앉자마자 곧바로 눈앞에 있는 책을 읽기 시작해야 해. 그러면 신기하게도 하기 싫다는 생각이 사라져. 시작과 동시에 이미 뇌에서 마법의 호르몬이 나왔거든. 그때부터는 공부를 그만두는 게 더 힘들지."

동구는 문득, 어릴 때 책을 읽던 기억이 떠올랐다. 무슨 책이었는지 몰라도 한참 동안이나 집중하며 읽었다. 배고

품도 잊은 채 몰두하다가 시계를 보곤 깜짝 놀랐다. 한 시간이나 지나 있던 것이다. 그때 동구는 시계가 고장이 난 줄 알았다. 아마 나리 쌤이 말하는 '작업 흥분'은 그런 게 아닐까?

"그래도 쌤. 계획은 세우고 시작해야 하지 않을까요?"

"우리 동구가 내 말을 잘 따라오고 있구나. 머리가 좋은 학생이라면 여기까지 들었을 때 그런 의문을 떠올려야 한다고 생각했어."

동구는 칭찬이 쑥스러운지 멋쩍은 웃음을 지었다. 나리가 다시 진지한 표정으로 말했다.

"근데 동구야. 내가 하는 말 명심해. 공부 계획, 그거 세우지 마."

"네?"

뜻밖의 대답에 동구는 깜짝 놀랐다.

"여기 내가 뭐라고 적었니? 아무것도 하지 말라고 적었지? 하지 말아야 할 것은 컴퓨터나 스마트폰처럼 공부에 방해되는 요소만을 가리키는 게 아니야. 그야말로, 공부 말고는 아무것도 하지 말라는 뜻이야. 여기에는 공부 계획도 포함돼."

"하지만 계획은 있어야 될 것 같은데……."

동구가 고개를 갸우뚱했다.

"당연히 계획은 세워야지. 다만 그날 해야 할 공부가 모두 끝난 뒤에 짜라는 거야. 아니면 휴일에 하든지. 그렇지 않고 무작정 계획부터 짜면, 그 일이 마치 컴퓨터 게임처럼 공부로부터 도망치는 구실이 돼. 그래서 자기도 모르게 계획을 짜는 데만 몇 시간을 보내 버리고 말지."

동구가 고개를 끄덕끄덕했다. 나리쌤이 종이에 적은 말의 의미를 이제야 알 것 같았다. 잠시 생각에 잠긴 동구는 문득 장난기 가득한 얼굴로 나리에게 물었다.

"쌤, 그러면 공부하려고 앉았는데 막 똥이 나오려고 하면 어떻게 해요?"

그렇게 말하고는 곧바로 무언가를 깨달은 듯, "아!" 하고 짧은 탄식을 뱉었다.

"일단 공부를 조금이라도 하고 나서 화장실에 가는 게 좋겠네요?"

나리가 활짝 웃으며 동구의 머리를 쓰다듬었다.

"이야, 우리 동구는 하나를 가르쳐 주면 열을 아는구나! 동구가 이해를 잘하는 것 같으니 쌤이 한 가지 더 팁을 줄게. 공부 잘하는 애들을 보면 버스에서도 단어를 외우고 그러지?"

"네!"

동구는 혜연이가 학원 차 안에서 단어장을 보던 장면을 떠올렸다.

"걔들이 공부를 왜 잘하는 거라고 생각해? 단지 그 5분 동안 남들보다 단어를 몇 개 더 외웠다고 공부를 잘하게 된 걸까?"

"그럼, 그게 아니라는 거예요?"

동구가 눈을 동그랗게 뜨며 의아해했다.

"아까 말한 그 호르몬 때문이야. 생각해 봐. 걔들은 장소에 상관없이 공부를 시작하잖아. 그럼 머릿속에서 마법의 호르몬이 나오고, 그 상태에서 곧바로 책상에 앉으니까 별다른 거부감 없이 금방 집중할 수 있는 거야."

"아하, 그런 원리군요!"

동구는 감탄했다. 단지 자투리 시간을 활용해서 공부를 잘하는 걸로만 여겼는데, 그런 원리가 숨어 있었다니 왠지 억울하기도 했다. 자신은 지금까지 왜 몰랐을까?

그때 책상 위에 놓여 있던 동구의 스마트폰이 드르륵 진동했다. 동구가 전화를 받았다.

"용쌤? 아, 맞다! 저 상담 중이었어요. 거의 다 끝났으니까 지금 바로 나갈게요."

나리는 후다닥 가방을 챙기는 동구에게 다시 한 번 단단히 일렀다.

"너 쌤이 얘기해 준 거 잊으면 안 돼!"

"걱정 마세요. 절대 안 잊을게요. 모른 거 있으면 또 물어봐도 돼요? 이제 곧 방학이니까…… 카톡해도 돼요?"

"당연하지!"

나리는 손가락으로 동그라미 표시를 했다. 동구가 벌떡 일어나 테이블에 놓인 종이를 집어 들었다.

"고마워요, 쌤! 이건 가져갈게요."

정신없이 상담실을 뛰쳐나가는 동구의 뒷모습을 지켜보며 나리는 흐뭇한 미소를 지었다. 그러고는 테이블의 한쪽으로 치워 두었던 노트북을 끌어와 모니터를 열었다. 아까 쓰다 만 인터넷 기사가 보였다.

"그래, 나리야. 네가 정말로 원하는 게 있으면 다른 건 하면 안 되지……."

나리는 가만히 눈을 감았다. 그러다가 몇 초 뒤에 다시 눈을 떠 마우스로 기사를 쓰던 창을 닫아 버렸다. 바탕화면 맨 구석에는 한글문서 파일이 하나 있었다. 파일명은 '내 생애 첫 소설'. 나리는 그 아이콘을 잠시 동안 바라보더니 더블클릭을 했다.

"지금 바로 시작하자. 그럼 꼭 이뤄질 거야."

나리는 자세를 바로잡고 앉아 글을 쓸 준비를 했다. 그러다 문득 테이블 맞은편에 놓인 스마트폰이 눈에 띄었다. 동구의 것이었다.

"얘도 참, 정신없기는."

나리는 스마트폰을 들고 냅다 뛰었다. 건물 현관을 나와 운동장을 달렸다. 저 멀리 학교 정문에 회색 봉고차 한 대가 서 있었고, 차에 막 타려는 동구의 모습이 보였다. 나리가 손을 흔들며 "동구야!" 하고 외치자, 동구가 멈춰서 돌아보았다. 나리는 그제야 뛰는 것을 그만두고, 천천히 학원 차를 향해 걸어갔다.

공부방에 도착한 후, 동구는 자리에 앉아 수학 문제집을 꺼냈다. 수업 시작 전까지는 아직 시간이 남았다. 주위를 둘러보니 아이들이 거의 와 있었다. 민제는 보이지 않았는데, 자리에 책을 펼쳐 놓은 걸로 봐서는 잠시 화장실에 간 듯했다. 혜연이와 루빈이가 앞자리에서 신나게 떠들어 대고 있었다.

"혜연아, 너 민제랑 학교에서도 친해?"

"여기서도 안 친하지만 학교에서는 더 안 친해. 나야 뭐, 친해지고 싶지만."

혜연이의 말에 동구의 귀가 쫑긋했다.

'뭐? 친해지고 싶다고? 저 기생오라비같이 생긴 놈이랑?'

동구가 못마땅한 표정을 지었다. 그러다 갑자기 뒤를 돌아본 혜연이와 눈이 마주쳤다. 혜연이는 동구를 향해 웃으며 "안녕?" 하고 인사했다. 동구도 멋쩍게 웃었다. 동구가 문제집을 펼치자 그 모습을 본 태걸이가 놀라서 물었다.

"야, 너 지금 뭐하는 짓이야! 설마…… 공부하냐?"

동구는 태걸이 쪽은 보지도 않고 오로지 문제집만 노려보며 말했다.

"지금, 바로, 시작한다!"

동구는 문제집을 뒤적이며 최대한 쉬워 보이는 문제를 찾았다. 제법 간단해 보이는 문제가 눈에 띄자 얼른 풀어 보았다. 정답을 확인해 보니, 맞혔다! 신이 난 동구는 동그라미를 크게 쳤다. 곧바로 다른 문제도 풀어 보았다. 더 이상 풀 수 있는 문제가 없었다. 한참을 집중하고 있는데, 앞에서 혜연이의 목소리가 들렸다.

"동구야, 우리 슈퍼에 다녀올 건데 혹시 필요한 거 있어? 뭐 사다 줄까?"

"아니, 괜찮아."

동구는 일부러 짧게 대답하고 다시 문제를 풀었다. 눈에 하나도 들어오지 않았지만 최대한 열심히 푸는 척했다. 공부에 집중하는 자신의 모습이 혜연이에게 멋있게 보일 것 같았다.

잠시 후, 혜연이와 루빈이가 교실을 나가는 소리가 들렸다. 그제야 동구는 어깨 힘을 풀고 의자에 등을 기댔다. 문제집을 이리저리 뒤적이다가 한숨을 푹 쉬었다.

"아씨, 어떻게 쉬워 보이는 문제가 하나도 없냐……."

동구는 민제의 빈자리를 바라보았다. 민제의 책상 위에는 문제집 한 권이 놓여 있었는데, 아무리 봐도 수업 교재는 아닌 듯했다. 동구는 슬그머니 자리에서 일어나 민제 자리로 다가갔다. 문제집을 뒤집어 표지를 확인해 보니, 고1 수학책이었다. 모든 문항 번호에는 동그라미가 표시되어 있었다. 동구가 혼자 중얼거렸다.

"우아, 이걸 다 맞혔다고? 이 새끼 쩌네……."

"너 뭐야?"

동구의 등 뒤에서 날카로운 목소리가 들렸다. 민제였다. 민제는 동구를 똑바로 노려보며 손수건으로 손에 묻은 물기를 천천히 닦아냈다. 동구가 아무 말도 못 하자 민제는 턱을 들어 동구를 가리켰다.

"뭐냐고?"

동구는 심장이 쿵쾅댔지만 아무렇지 않은 척하며 자리로 돌아가려 했다. 민제가 재빨리 동구의 어깨를 잡았다.

"뭐하는 거냐고? 왜 남의 물건에 손을 대?"

"……손 안 댔거든?"

"손댄 거 내가 봤는데?"

동구는 어이가 없었다. 자신이 뭘 훔친 것도 아닌데 왜 이렇게까지 화를 내는지 이해가 되지 않았다.

"아, 손 안 댔다고!"

동구는 민제의 손을 뿌리치고 자리로 걸어갔다. 그러자 민제가 따라와서는 동구의 어깨를 또다시 붙잡았다.

"이거 순 구라쟁이네."

'구라쟁이'라는 말을 듣자 동구의 머릿속에서 무언가 끊어지는 느낌이 들었다.

"뭐래, 이 미친놈이!"

동구는 아까보다 더 세게 민제의 손을 뿌리치고는 민제

의 가슴팍을 탁 밀었다. 순간 중심을 잃은 민제가 재빨리 몸을 돌려 책상에 손을 짚었다. 뒤에서 동구가 민제를 향해 씩씩대며 말했다.

"지는 바람둥이같이 생긴 주제에!"

민제가 동구 쪽으로 몸을 일으켜 주먹으로 동구의 턱을 갈겼다. 휙 하고 날아간 동구가 책상과 함께 우당탕 넘어졌다. 쓰러진 동구의 입에서 액체가 흘렀다. 손으로 닦아 보니 피였다.

"하? 너 지금 해보자 이거냐?"

동구가 일어서면서 민제를 노려보았다. 민제의 탄탄한 팔근육과 가슴팍이 보였으나, 상관없었다. 민제는 동구에게 손가락을 까딱까딱하며 덤비라는 시늉을 했다. 그 모습을 본 동구가 욕을 하며 민제에게 달려들던 그때였다.

"뭐야? 이것들아!"

굵직한 목소리가 교실 가득 쩌렁쩌렁 울렸다. 곰쌤이었다. 근육 돼지답게 곰쌤의 표정은 무척이나 험악했다.

"여기가 학교 운동장이야? 니들이 무슨 초등학생이야?"

"아니, 저 새끼가 먼저……."

동구가 억울해하자 곰쌤이 동구의 말을 막았다.

"다 큰 놈들이 말로 해야지. 깡패야? 너희 둘, 그렇게 몸이 근질거리면 수업 시간 내내 뒤에 서 있어. 힘이 아주 남 아도는 모양이니까!"

민제가 "죄송합니다" 하고는 자리에서 책을 가져와 교실 뒤에 섰다. 그러고는 아무 일 없던 것처럼 태연하게 책을 보았다. 동구는 그 모습을 어이없게 지켜보다가 곰쌤을 향해 따졌다.

"아, 쌤! 이 새끼가 먼저 시비 걸었다니까요!"

"시끄러, 인마! 너도 빨리 뒤에 가 서 있어!"

동구는 구시렁거리며 책을 가져와 민제 옆에 섰다. 그때 슈퍼에 갔던 루빈이와 혜연이가 교실로 돌아왔다. 동구는 둘을 못 본 척하며 오로지 손에 든 책만 바라보았다. 루빈이가 눈이 휘둥그레져서 곰쌤에게 물었다.

"쌤, 쟤네들 왜 뒤에 서 있어요?"

곰쌤이 교탁에 서서 문제집을 펼치며 말했다.

"몸이 근질거려서 가만히 앉아 있기가 힘들단다. 우리 저번 시간에 어디까지 했나?"

자리에 앉은 혜연이가 몸을 돌려 궁금하다는 표정으로 둘을 보았다. 동구는 혜연이와 눈이 마주치자, 별일 아니라는 듯 다문 입꼬리를 살짝 올려 보였다. 혜연이가 동구를 보면서 자신의 입술을 톡톡 두드렸다. 손으로 입술을 닦아 보니 아직도 피가 묻어 나왔다.

'아씨, 쪽팔려. 표민제 이 자식을 그냥 확 죽여 버릴까? 차로 뒤에서 확 칠까? 참, 난 운전을 못하지. 아님 총으로 쏴 죽여? 근데 총을 어디서 구한다냐. 각목으로 뒤통수를 갈길까? 아냐, 괜히 어설프게 때렸다가 죽지 않고 기절하면 그땐 이 새끼가 날 죽이려 들지 몰라······.'

동구는 옆에 서 있는 민제를 힐끔 보았다. 책을 들고 있는 팔뚝이 무척이나 단단해 보였다. 동구는 자신도 모르게 한숨을 푹 쉬었다. 그 소리에 민제가 동구를 돌아보았다. 눈이 마주치자 동구가 민제를 손가락으로 가리킨 후, 목을 긋는 시늉을 했다. 민제는 턱을 들어 동구를 가리켰다. 그러고는 다시 책을 보았다.

'도대체 저게 뭐지? 왜 자꾸 사람을 턱으로 가리켜? 아오, 내가 언젠가 저 턱주가리를 박살 내고 만다!'

"배동구, 인마! 너 앞에 안 보고 뭐해?"

칠판에 수학 풀이식을 적던 곰쌤이 동구를 향해 윽박질렀다. 동구는 얼른 고개를 앞으로 돌렸다. 그리고 속으로 다짐했다.

'표민제, 오늘 일은 반드시 갚아 준다. 꼭!'

❖

7월 21일. 동구는 구미에 있는 한 대형 서점에서 수학 문제집을 고르고 있었다. 학교는 엊그제 방학을 했고, 오늘은 공부방에 가지 않는 목요일이었다. 문제집도 새로 사고 서점 근처에 있는 도서관에서 공부도 할 겸, 곡삼에서 시외 버스를 타고 여기까지 나온 것이다.

동구가 가지고 있는 수학 문제집들은 모두 동구의 수준에서는 풀기가 어려웠다. 그래서 좀 더 쉬운 문제집을 풀어야겠다고 생각했다. 동구는 이것저것 뒤적이다가 스마트폰을 꺼내 나리쌤에게 전화를 걸었다. 신호가 몇 번 울린 뒤에야 나리쌤이 전화를 받았다.

"오전부터 웬일이니, 동구야?"

"쌤, 저 수학 문제집 뭐 풀어야 돼요? 서점 왔는데 문제집이 너무 많아요."

"수학은 기초가 중요하니까 자습서가 좋을 것 같은데? 중학교 1학년 자습서를 사면 될 거야."

동구가 어이없다는 듯 웃음을 터뜨렸다. 반대편에서 책을 보던 여자가 동구를 흘겨보았다. 동구는 구석으로 가서 조용히 말했다.

"쌤, 방금 잘못 말한 거죠? 고1 문제집을 사서 예습을 하라는 거죠?"

"아니, 제대로 말했는데? 중1 자습서를 사라고. 넌 설명이 자세하게 나와 있는 자습서를 보는 게 좋거든. 수학의 기초가 없으니까 중1 내용부터 차근차근 공부해야지."

"아, 쌤! 도대체 무슨 말씀이세요? 지금 중1 것 공부해서 언제 중3 것까지 다 봐요? 우리 공부방에 있는 어떤 자식은 벌써 고1 문제집을 푼단 말이에요."

"그런 애랑 너랑 비교하면 안 돼. 수학은 다른 암기 과목하고는 달라. 지금 중학교 수학 과정을 제대로 배워 두지 않으면 고등학교 가서도 절대 못 따라잡아. 그러니까 쌤 말대로 해. 게다가 자습서에 나오는 문제들은 아주 기본적인 문제라서 그리 오래 걸리지도 않아."

그 말을 들은 동구가 괴로운 표정을 지었다. 그러다가 무언가 생각난 듯 불쑥 말했다.

"쌤, 저 그냥 수학 포기하면 안 돼요? 거기에 투자할 노력으로 다른 암기 과목을 잘하는 게 더 효율적일 것 같아요. 게다가 수학을 반영 안 하는 대학도 있다면서요?"

"응. 안 돼. 네가 공부하기 쉬운 과목은 다른 애들도 마찬가지야. 그리고 수학을 반영 안 하는 대학이 있다고 쳐도, 그런 곳은 너랑 비슷한 수준의 애들이 몰려들기 때문에 합격하기가 더 어려워."

"그럼 저 문과 갈래요! 문과는 수학 못해도 되잖아요?"

"동구야, 내 말 잘 들어. 수학을 못해도 갈 수 있는 대학은, 딱 두 가지뿐이야. 뭔지 알아?"

"뭔데요?"

"첫째, 다른 과목들을 못해도 갈 수 있는 대학. 둘째, 다른 과목을 엄청나게 잘해야 갈 수 있는 대학. 첫 번째 경우의 대학은 너도 가기 싫은 곳이고, 두 번째 경우의 대학은 네가 들어가기 무척 힘든 곳이야."

나리쌤의 단호한 말에 동구는 기가 확 죽었다.

"하아, 수학 안 하는 방법이 정말 없을까요?"

수화기 너머에서 잠시 정적이 흘렀다. 몇 초 뒤 나리가 말했다.

"동구야. 네가 하기 싫고 힘들면 그건 다른 학생도 마찬가지야. 그러니까 네가 그걸 이겨내고 수학에서 좋은 점수를 받는다면, 너는 노력에 비해 훨씬 큰 보상을 받게 될 거야. 쌤도 문과 출신이지만 수학이 공부하기는 힘들어도 보상이 가장 큰 과목인 것만은 확실해."

"그래도 정말 어렵단 말……."

"동구야, 닥치고."

나리는 동구의 말을 막고 하던 이야기를 이어 나갔다.

"일단 쌤 말대로 중1 자습서부터 차근차근 풀어 봐. 해 보면 알겠지만 자습서는 너한테도 그리 어렵지 않을 거야. 빨리 풀 생각하지 말고, 거기 나와 있는 설명을 모두 꼼꼼하게 읽은 다음 한 줄씩 정확히 이해하려고 노력해 봐. 그럼 중1 문제 정도는 너도 다 풀 수 있어. 수학의 기초는 그렇게 쌓는 거야."

동구는 체념한 듯 고개를 끄덕였다.

"알겠어요. 그럼 일단 해볼게요. 고마워요, 쌤."

전화를 끊은 뒤, 동구는 중1 자습서를 가져가 계산대 위에 올려놓았다. 바코드 리더기를 손에 든 점원이 계산을 하다 말고 동구를 힐끔거렸다. 동구는 최대한 중1처럼 보여야겠다는 생각에 눈을 동그랗게 뜨고 입에 바람을 넣으며 귀여운 척을 했다. 점원은 마치 못 볼 꼴을 본 것마냥 재빨리 고개를 돌렸다.

자습서를 옆구리에 낀 채 동구는 서점을 나섰다. 거리의 사람들이 모두 중1 자습서를 든 자신을 보는 것만 같았다. 동구는 책을 돌려 앞표지에 적힌 '중1'이라는 글자를 몸으로 가렸다. 그리고 최대한 빠른 걸음으로 구미 시립도서관을 향해 걸어갔다.

 도서관에 들어서니 1층에 컴퓨터실이 보였다.

 '잠깐, 인터넷이나 좀 하고 갈까?'

 동구는 컴퓨터실 문을 열려다 멈칫했다.

 '아냐, 바로 시작해야지! 바로 시작하자, 바로 시작하자.'

 동구는 생각을 떨치려는 듯 고개를 절레절레 저으며 돌아섰다. 3층 열람실로 올라간 동구는 자리에 앉은 후, 책을 펼치고 볼펜을 꺼냈다. 그리고 스마트폰을 꺼내 잠금화면을 풀려다 그만 깜짝 놀라 자신의 뺨을 쳤다.

 '으아, 배동구! 이 미친놈아! 바로 시작하라고, 바로!'

 뺨 때리는 소리에 열람실에 있던 몇 사람이 동구를 쳐다보았다. 동구는 그들을 향해 씨익 한 번 웃고는 아무 일도 없었다는 듯 공부하기 시작했다.

 1학년 수학의 첫 단원은 '자연수'에 관한 내용이었다. 교재의 설명을 쭉 읽어 보니 의외로 어렵지 않았다. 자습서라 그런지 설명이 무척 쉬웠고 내용이 대부분 이해가 되었다. 동구는 예시 문제를 풀어 보았다. 확인해 보니 정답이었다.

 '어? 쉽네? 이런 걸 1학년 때는 왜 못 풀었지?'

이번에는 연습 문제가 나왔다. 1번 문제는 거뜬히 넘겼지만, 2번 문제는 쉽게 풀리지 않았다. 10분쯤 더 생각한 후, 동구는 자습서 뒤를 펼쳐 해설을 읽어 보았다. 가만히 읽던 동구가 무릎을 탁 쳤다.

"아하!"

그 소리에 열람실의 사람들이 다시 동구를 쳐다보았다. 그다지 호의적인 눈빛이 아니었다. 동구는 겸연쩍게 웃으며 "죄송합니다" 하고 고개를 굽실거렸다. 그러고는 다시 문제를 풀었다.

동구는 즐거웠다. 공부는 지겹고 끔찍하고 고통스러운 일이라 생각했는데, 막상 해 보니 꽤 할 만했다. 책에 있는 설명이 이해가 되는 게 신기했고, 문제가 술술 풀리는 것도 재밌었다. 제법 어려운 문제가 나올 때는 머리가 아팠지만, 그래도 해설을 보고 나서 어떻게 풀어야 할지 알게 되자 속이 후련했다. 해설을 덮고 난 후 스스로 그 문제를 다시 풀고 나면, 조금 전에 봤던 정답과 똑같은 결과가 나오는 것도 너무 신기했다. 자신이 조금씩 발전하고 있다는 느낌, 그것이 동구를 뿌듯하게 만들었다.

마치 열심히 달릴 때 이마에 느껴지는 상쾌한 바람처럼 힘들지만 뿌듯하고, 피곤하지만 짜릿한 기분이었다. 이전에는 맛보지 못한 느낌이었다. 동구는 한 시간 반 만에 자습서 1단원을 모두 끝냈다.

'오, 1학년 때는 학교에서 한 달 동안 배웠던 걸 내가 한 시간 반 만에 끝내다니! 이 속도대로라면 며칠 만에 중3 진도까지 다 끝나겠는데? 아, 슬슬 머리에 과부하가 걸리는 것 같으니까 좀 쉬고 와서 2단원이나 계속 봐야겠다.'

동구는 자리에서 일어나 1층으로 내려갔다. 자판기에 동전을 넣고 코코아를 뽑으려는데 그 옆에 800원짜리 아이스커피가 눈에 들어왔다.

'열공한 뒤에는 아무래도 커피를 빨아 줘야겠지? 비싸긴 하지만 그만큼 고생했으니까!'

동구는 아이스커피를 뽑아 도서관 밖으로 나섰다. 오늘따라 도서관 주위의 풍경이 사뭇 달랐다. 공부를 열심히 하기 전에는 그저 그런가 보다 하며 아무 생각 없이 지나쳤던 풍경들이 완전히 새롭게 느껴졌다. 나무라든가, 조형물이라든가, 팻말 하나하나에 관심이 가기 시작했다.

'저 책 읽는 소녀 동상은 쇠로 만든 건가? 아니면 동으로 만든 건가? 저기 구부러진 소나무에 기둥을 덧대어 놓았네? 아무래도 나무의 무게를 버티기 위한 것이겠지? 저게 없으면 나무가 쓰러질 테니까, 일종의 안전장치인 셈이

군. 여기 나무랑 꽃들은 다들 일정한 간격으로 심어졌네. 누가 다 관리를 하는 건가? 꽤 힘들겠는데? 여기 있는 나무랑 꽃들은 전부 몇 개일까? 다 세려면 방정식 같은 게 필요하겠지? 나무를 x로 잡고, 꽃을 y로 잡으면 식을 세울 수 있겠다! 그렇다면…….'

한참을 생각하던 동구는 갑자기 정신이 번쩍 들었다.

'으아, 뭐야! 내가 미쳤나? 아니, 미쳤다기보다는…… 생각이 좀 많아진 것 같은데? 생각하는 속도도 좀 빨라진 것 같고…… 굳이 수학적으로 표현하면 같은 시간에 드는 생각의 분량이 정비례로 늘어난 느낌이야. 이건 마치 음…… 일차함수 같달까?'

동구는 자신이 꼭 수학 천재가 된 것 같았다. 고작 한 시간 반 남짓 공부를 했을 뿐인데 두뇌 회전이 무척 빨라진 듯했다. 주위의 모든 사물들이 전과 달리 보였고, 심지어 성격도 좀 더 차분해진 것 같았다. 나쁘지 않은 느낌이었다. 동구는 그런 자신이 괜히 뿌듯했다.

"어? 동구야!"

어디선가 느닷없이 혜연이의 목소리가 들렸다. 동구는 자신이 헛소리를 들었나 싶어 고개를 갸우뚱했다.

"배동구?"

뒤를 돌아보니 교복을 입은 혜연이가 눈을 동그랗게 뜨고 동구를 보고 있었다. 동구는 우연처럼 혜연이를 만난 이 순간이 마치 영화에서의 한 장면 같이 느껴졌다. 혜연이의 등 뒤로 꼭 반짝반짝 광채가 비추는 것만 같았다.

"혜연아, 네가 여기 웬일이야?"

"그건 내가 할 말인데? 바로 옆이 송형중학교잖아. 우리 원래 학교 끝나면 여기서 자주 공부해. 근데 너야말로 여기까지 어쩐 일이야?"

"나도 공부하러 왔지. 곡삼에는 도서관이 없으니까."

동구는 그렇게 말하고는 혜연이 뒤에 서 있는 여자애들을 보았다. 둘은 신기한 듯 동구를 쳐다보면서 자기들끼리 뭐라 수군거렸다. 그러더니 혜연이에게 다가와 귀에 대고 속삭였다. 혜연이가 웃으며 친구들에게 동구를 소개했다.

"얘는 배동구라고, 나랑 같은 공부방에 다녀. 얘가 곡삼중학교 전교 1등이야."

그 말에 동구는 갑자기 숨이 턱 막히는 것 같았다. 머릿속이 하얘지면서 시간이 멈춰 버린 듯했다. 혜연이의 친구들은 의외라는 표정을 짓더니, 허리를 숙이며 "안녕하세요?"라고 했다. 그러자 혜연이가 "너네 왜 그래?" 하며 깔깔 웃었다. 혜연이가 동구에게 물었다.

"동구야, 너 커피도 마셔?"

"아? 응. 몸에 좋지 않은 건 아는데…… 음, 이게 나름 스트레스도 풀리고…… 음, 뭐랄까…….'

동구의 입에서 말이 제멋대로 나왔다.

"너만의 휴식 방법이구나? 뭔가 되게 어른 같다!"

당황해서 멍하니 서 있는 동구를 향해 혜연이가 웃으며 말을 이었다.

"히힛, 좋은 뜻이야. 이제 우리 여기서 자주 보겠네? 나중에 나도 그거 사줘. 알았지? 먼저 올라갈게, 이따 봐!"

동구가 어색한 미소를 지어 보이며 손을 흔들었다. 혜연이는 친구들과 함께 도서관 입구로 걸어갔다. 동구는 멀어져 가는 혜연이의 뒷모습을 가만히 바라보았다. 혜연이 옆의 한 친구가 웃으면서 혜연이에게 뭐라고 말하자, 혜연이가 두 손을 가로저으며 웃는 게 보였다.

동구는 빠른 걸음으로 도서관 모퉁이를 돌아 구석진 곳으로 갔다. 심장이 미친 듯이 쿵쾅거렸다. 방금 전에 혜연이와 나눈 대화가 생생하게 떠올랐다.

'나보고 어른 같다고? 아저씨 같다는 말인가? 아니야, 좋은 뜻이라고 했으니까 멋지다는 뭐 그런 뜻일 거야. 나중에 커피 사달라는 말은 또 뭐지? 설마 데이트 신청? 이

따가 보자는 말은 또 뭐야? 오늘은 공부방에 안 가는 날인데, 그럼 이따가 여기서 만나자는 말인가? 뭐가 뭔지 하나도 모르겠다!'

머리가 복잡했다. 그래도 방금 전의 대화는 확실히 좋은 신호였다. 혜연이와 좀 더 가까워진 느낌이 들었다.

'나쁘지 않군.'

동구는 씨익 미소를 지었다. 그러다 문득 혜연이가 한 말이 떠올랐다.

'얘가 곡삼중학교 전교 1등이야.'

또다시 숨이 턱 막혔다. 갑자기 이마에서 땀이 주르륵 흐르더니 배가 살살 아파왔다. 동구는 두 손으로 배를 부여잡고 화장실로 달려갔다.

그날 밤 10시. 집으로 돌아온 혜연이는 방 안에서 혼자 분주했다. 내일부터 방학이니, 오늘은 새로운 마음으로 책상을 정리할 생각이었다. 지난 1학기 동안 배운 책들을 책꽂이 위 칸으로 옮기고, 방학 동안 공부할 책들은 아래 칸에 꽂았다. 책상 위에 올려놓은 스마트폰에서 노랫소리가 흘러나왔다.

산책 길을 떠남에 으뜸가는 순간은
멋진 책을 읽다 맨 끝장을 덮는 그때

혜연이는 노래를 따라 부르면서 책상 위에 벌려 놓은 문제집들을 이리저리 살펴보았다. 그때 엄마가 문을 열고 들어왔다. 사뭇 심각한 표정을 한 엄마는 두꺼운 문제집 서너 권을 들고 있었다. 그러고는 그 문제집들을 혜연이가 앉은 책상 위에 쿵 하고 내려놓았다.

"이게 뭐야?"

"이번 방학 동안 네가 풀어야 할 문제집이야. 방학 내로 다 풀어야 해."

문제집들을 살펴보니 '고난이도 사고력 수학'이라느니, '고등 영어문법의 완성'이라느니, 전부 어려워 보이는 것들뿐이었다.

"엄마, 나 방학 때 공부할 거 많아. 이것까지 어떻게 다 풀어?"

"이걸 먼저 풀어. 엄마가 여기저기 알아보고 힘들게 구해 온 거야. 서울교대에 갈 실력이 되려면 중3 때 이 정도는 풀 수 있어야 한다더라."

혜연이가 인상을 찌푸리며 말했다.

"엄마! 진짜 이러지 좀 마. 내가 다 알아서 잘하잖아!"

"뭐어? 네가 알아서 잘해?"

엄마가 눈을 치켜떴다. 매서운 눈빛을 본 혜연이는 아무 말도 하지 못했다.

"너 뭔가 착각하는 것 같다? 반에서 5, 6등 정도로 서울교대는 꿈도 못 꿔. 적어도 전교에서 세 손가락 안에는 들어야지. 너는 네가 정말 잘하고 있다고 생각해?"

혜연이는 문제집으로 가득한 책꽂이를 멍하니 쳐다보았다. 그러고는 조그맣게 중얼거렸다.

"……나 열심히 하고 있어."

"열심히 했는데 성적이 왜 그 모양이야? 너 그런 식으로 하면 아무 소용 없어. 서울교대 안 갈 거야? 네가 가고 싶다고 그랬잖아."

"……가면 좋겠다는 거였지."

"그러니까! 그렇게 목표를 분명하게 정했으면 최선을 다해서 결과를 만들어 내야지. 너 제대로 안 하면 죽도 밥도 안 돼."

"최선을 다하고 있다고. 왜 그래, 엄마?"

혜연이의 목소리가 조금씩 떨렸다.

"넌 최선을 다한 게 아니야. 결과가 말해 주잖아. 책상에 앉아서 그렇게 아이돌 가수 노래나 틀어 놓고 있는데 뭐가 제대로 되겠니?"

"이거 아이돌 노래 아니야, 인디 밴드야."

그 말을 들은 엄마가 어이없다는 듯 피식거렸다.

"뭐? 야, 박혜연. 너 정신 차려. 네가 지금 인디언 타령이나 하고 있을 때가 아냐. 고등학교 올라가면 이미 늦어. 기회는 지금밖에 없다고. 엄마가 다 너 생각해서 하는 말이야."

혜연이는 아무 말 없이 책꽂이만 계속 보았다. 엄마가 문제집들을 손가락으로 톡톡 쳤다.

"어쨌든 이거 방학 동안 다 풀어 놔. 다 너한테 도움되는 거야. 지금은 힘들겠지만 나중에는 엄마한테 엄청 고마워할 거야."

엄마는 아무 말이 없는 혜연이의 등을 가볍게 쓰다듬고는 방을 나갔다.

혜연이는 고개를 돌려 엄마가 놓고 간 문제집들을 보았다. 스마트폰에서는 계속 음악이 흘러나왔다.

속아도 꿈결, 속여도 꿈결…… 굽이굽이
뜨내기 세상…… 그늘진 심정에 불 질러 버려라

혜연이는 노래를 끄고 두 손으로 얼굴을 감쌌다. 자신이 마치 어항 속의 물고기가 된 듯한 기분이었다. 유리벽이

사방을 막고 있는 것처럼 느껴졌다. 혜연이는 조용히 울먹였다.

"엄마, 나 열심히 하고 있어…… 열심히…… 하고 있단 말이야……."

다음 날 금요일. 구미 송형중학교는 오늘이 방학식이었다. 제일 앞자리에서 공부하는 민제를 제외하고 아이들 대부분이 삼삼오오 모여 떠들고 있었다.

혜연이는 공부방 수업을 예습하기 위해 수학 문제를 풀고 있었다. 그때 옆에 앉아 있던 세미가 혜연이에게 스마트폰을 들이밀며 말했다.

"혜연아, 이거 좀 봐. 기럭지 쩔지 않냐? 아, 이런 애랑 사귀면 진짜 좋겠다."

"흠……."

혜연이가 떨떠름한 표정을 짓자 세미가 의아해했다.

"반응이 왜 이렇게 시큰둥해? 별로야? 네 스타일은 다른가 봐?"

"잘생기면 좋지. 근데 너무 잘생기면 얼굴값 하지 않을까? 남자는 아무래도 성격이지."

"뭐래? 야, 일단 얼굴이 잘생겨야 데리고 다닐 맛이 나

121

지. 돈도 많고 학벌까지 쩔면 진짜 퍼펙트고."

세미가 스마트폰을 혜연이의 얼굴 앞에 대고 흔들었다.

"넌 그럼 착한 남자면 다 좋다는 거야?"

그 말에 혜연이가 잠시 고민하더니 대답했다.

"그건 아니지. 착하기만 하면 재미없잖아. 그보다는 뭐랄까…… 솔직하고 자신감 넘치는 거?"

"야, 그런 것도 잘생기거나 돈이 많거나 학벌이 좋아야 우러나는 법이야!"

세미가 한심하다는 듯 혜연이를 쳐다봤다. 혜연이는 고개를 갸우뚱했다.

"그런가? 난 못생기거나 공부 못해도 솔직하고 자신감 있는 남자면 괜찮던데."

그러자 세미가 혀를 쯧쯧 찼다.

"에휴, 네가 범생이라서 잘 모르는구나. 내 경험상 못생기거나 공부를 못하는 애들은 대부분 자신감도 없어. 오히려 거짓말만 잘하지."

"아냐, 그런 거랑 상관없이 성격 좋은 사람도 있을 거야."

그 말을 들은 세미가 잠시 생각하더니 목소리를 낮추며 물었다.

"혹시 너, 우리가 어제 도서관에서 마주친 걔 말이야. 곡삼중학교. 걔가 네가 말하는 그런 애야?"

당황한 혜연이가 손을 가로저었다.

"야! 아냐. 걔는 공부 잘해. 성격도 좋고……. 그러니까 공부 못해도 성격 좋은 스타일은 아니지."

세미가 눈을 흘기며 혜연이의 어깨를 툭 쳤다.

"거봐. 공부 잘하는 애들이 성격도 좋다니까? 원래 잘난 게 없으면 성격도 삐딱해지는 법이에요."

세미는 스마트폰을 보며 연예인 사진들을 휙휙 넘겼다. 혜연이는 더 이상 아무 말도 하지 않고 풀던 문제를 계속 풀었다.

예전부터 혜연이는 친구들과 얘기할 때마다 자신의 생각이 친구들과 다르다는 느낌을 종종 받았다. 지적 수준의 차이, 뭐 그런 것은 아니었다. 공부 잘하는 친구들과 얘기할 때도 똑같이 느꼈기 때문이다. 혜연이는 그 느낌이 정확히 무엇인지 한동안 깊이 고민했다. 요즘 들어서 나름의 정답을 찾았는데, 바로 '친구들이 아직 어리다'는 결론이었다.

친구들이 지금 하는 생각들은, 대부분 혜연이가 3~4년 전에 생각하던 것들이었다. 초등학교 6학년 때라면 모를까, 이제는 유치하게 느껴지는 그런 생각들을 친구들은 이제야 하고 있었다.

처음에는 또래보다 훨씬 어른스러운 생각을 하는 스스로가 대견하게 느껴졌다. 그러나 시간이 지나니 그게 꼭 좋은 것만도 아니라는 사실을 깨달았다. 주위의 친구들이 하는 얘기가 어리고 유치하게 들리기 시작한 이후로, 혜연이는 친구들과 얘기하는 게 재미가 없었다. 물론 겉으로는 친구들과 함께 웃고 떠들며 맞장구도 쳐주었지만 실은 외로웠다. 자신도 누군가와 속 깊은 이야기를 하고 싶었다. 남자든 여자든 상관없이, 생각과 가치관이 맞는 상대와 만나 깊은 대화를 나누고 싶었다.

그런 혜연이에게 민제는 호기심의 대상이었다. 물론 워낙 말수가 없어서 어떤 아이인지는 모르겠으나, 민제가 가끔씩 툭툭 던지는 말을 들어보면 어딘가 어른스럽고 가치관도 확실해 보였다. 그래서 혜연이는 민제와 가까이 지내고 싶었다. 딱히 이성으로서 사귀고 싶다는 게 아니라, 말 그대로 친해지고 싶었다. 그러나 민제는 좀처럼 다가가기 힘든 스타일이었다. 무슨 질문을 해도 돌아오는 건 언제나 짧은 대답이었다. 심지어 눈도 마주치지 않았다. 그렇게 민제와 친해지려는 노력을 포기할 무렵, 혜연이의 눈앞에 배동구라는 아이가 나타났다.

동구는 정말로 신선한 스타일이었다. 공부를 잘하는 친구들이 흔히 가지고 있는 오만한 눈빛이 동구에게는 전혀 없었다. 겸손한 척 가식을 떨거나 이기적이거나 냉정하지도 않았다. 무엇보다 동구가 가끔씩 툭 내뱉는 말이 자신의 생각과 일치하는 경우가 많았다. 동구라면 말이 통할 것 같았다. 게다가 혜연이는 동구의 표정이 무척 귀여웠다. 어쩌다 서로 마주칠 때마다, 동구가 짓는 특유의 당황하는 표정이 마음에 쏙 들었다.

혜연이는 동구가 자신을 좋아한다는 걸 진작에 눈치챘다. 그동안 계속 모른 척했던 이유는 동구가 맘에 들지 않아서가 아니었다. 동구의 당황하는 표정을 왠지 계속 보고 싶어서였다. 혜연이는 그런 자신을 보며 '내가 원래 이렇게 짓궂었나?' 하는 생각이 들기도 했다. 그러나 자신을 볼 때마다 어쩔 줄 몰라 하는 동구의 표정은 언제 봐도 귀여웠다. 솔직히 언제나 저런 표정을 짓고 있었으면 좋겠다는 생각도 했다.

혜연이는 흐뭇한 미소를 짓고는 다시 문제집을 풀었다. 마침 모르는 문제가 나와 해설을 찾아보았다. 한참을 읽던 혜연이가 인상을 살짝 찌푸렸다. 고개를 들고 둘러보니, 교실 맨 앞자리에서 열심히 공부하고 있는 민제의 뒷모습이 보였다. 혜연이는 풀던 문제집을 손에 들고 민제에게 다가갔다.

"표민제, 나 이것 좀 알려 줄래?"

"뭔데?"

민제가 무표정한 얼굴로 대답했다.

"이 확률 문제 말이야. 여기 해설에 있는 대로 일일이 수형도를 그려서 풀어야 되는 거야? 그렇게 하면 나도 풀 수는 있는데, 그럼 시간이 오래 걸리는 것 같아서. 혹시 공식을 활용할 수는 없어?"

민제가 문제를 쓱 읽더니 대답했다.

"경우의 수 문제네? 순열이나 조합 공식이 있기는 하지. 근데 그 공식은 고등학교 때나 배우는 거라서, 지금은 이렇게 푸는 게 맞아."

"아, 진짜? 공식이 있어? 그럼 나 좀 가르쳐 줘."

"나도 자세히는 몰라. 그건 고2나 고3때 배우는 거라서. 아직 거기까지는 안 했거든."

혜연이는 실망한 듯 입술을 지그시 깨물었다. 그러다 불현듯이 동구의 얼굴이 떠올랐다.

"아, 혹시 동구는 알려나? 이따 공부방에 가면 한번 물어 봐야겠다."

그 말을 듣자 민제가 코웃음을 쳤다.

"뭐? 배동구? 걔가 어떻게 알아? 중1 수학 공부하기도 바쁜 애가……."

혜연이가 깜짝 놀라서 되물었다.

"중1 수학? 걔가 왜 그걸 공부해? 네가 어떻게 알아?"

"어제 서점 갔다가 걔가 중1 자습서 사는 거 봤어. 아마 기초부터 차근차근 공부하고 싶은가 보지?"

"아, 그래……?"

자리로 돌아온 혜연이는 볼펜으로 문제집을 톡톡 두드리며 생각에 잠겼다. 전교 1등이라도 중학교 전 과정을 복습하는 경우도 있다. 게다가 여기는 비평준화 지역이니까 연합고사를 준비한다고 보면 전혀 이해 못 할 바도 아니었다. 하지만 그렇다 하더라도 '중1 자습서'를 보는 것은 도무지 납득이 되지 않았다.

'혹시 동구에게 동생이 있던가? 아니면 정말로 자기가 보려고 산 건가? 분명 동구가 곡삼중학교 전교 1등이라는 말을 내가 들었는데…… 내가 그걸 누구한테 들었더라? 동구는 아니고…… 아, 맞다! 태걸이가 그랬지. 태걸이는

동구의 친한 친구니까 그럼 혹시…….'

한참 고민하던 혜연이는 무언가 생각난 듯 들고 있던 볼펜을 탁 내려놓았다.

같은 날 금요일 오후 4시. 동구는 평소보다 한 시간 일찍 공부방에 도착했다. 오전부터 내내 도서관에 있었지만 에어컨이 영 시원찮았다. 도서관에서는 정부로부터 내려온 정책이라는 이유로 실내 온도를 26도로 제한했다. 그탓에 가만히 앉아 있어도 땀이 주르륵 흘렀다. 그런데 공부방에 오니 이렇게 시원할 수가 없었다.

"캬, 역시 사교육이 공교육보다 낫네!"

동구는 중얼거리며 공부방 문을 열었다. 교실에는 용빈이 혼자 있었다. 용빈은 교실 제일 뒤쪽에 있는 소파에 앉아 문제집처럼 생긴 책을 읽고 있었다. 언제나처럼 머리 위에 선글라스를 올린 채 해골이 그려진 티셔츠를 입은 차림이었다. 동구가 책상 위로 가방을 툭 던지며 용빈에게 물었다.

"용쌤. 왜 여기 계세요? 공부하세요?"

"동구 일찍 왔네? 보다시피 먹고살려고 공부 중이시다. 여기가 제일 시원해서……"

동구는 용빈이 들고 있는 문제집의 표지를 슬쩍 넘겨보았다. 까만 배경에 노란 글자로 'LEET 5개년 기출 문제'라고 적혀 있었다.

"이게 뭐에요? 엘이이티?"

동구가 묻자 용빈은 선글라스를 내려 썼다. 그러고는 비장한 목소리로 동구에게 말했다.

"이건 말이야, 야망이 있는 멋진 남자가 레벨이 높은 마법사가 되는 과정이라고나 할까? 현실 세계에서 실제로 법사가 된다고 볼 수 있지."

동구는 신기한 듯 문제집을 이리저리 들춰 보았다.

"정말요? 오오, 굉장히 어려운 시험인가 봐요? 표지도 새카만 게 꼭 어둠의 마법서 같아요."

"자식, 바로 그거야!"

용빈은 손가락으로 동구를 가리키더니 선글라스를 다시 머리 위로 올려썼다.

동구는 자리에 앉아 자습서를 펼쳤다. 산 지 이틀밖에 되지 않았지만 거의 절반 이상을 풀었다. 방학이라 시간이 많은 데다 하루에 열 시간이 넘도록 문제를 푸는 데만 매달린 결과였다. 이 정도 속도라면 1~2주 만에 중학교 수학 범위 전체를 다 볼 수 있을 것 같았다. 물론 이후에는 좀 더 어려운 문제집을 풀거나 다른 과목들도 공부해야겠지만, 딱히 어려울 거라는 생각은 들지 않았다. 지금처럼 과목별로 기본서 한 권씩 선택해서 하루 종일 몰아치듯 공부하면, 결국에는 하나하나 정복할 수 있을 것 같았다.

한 30분쯤 지나자, 아이들이 한 명씩 교실로 들어오기 시작했다. 늘 그랬듯이 민제는 맨 앞자리에 앉았고, 그다음으로 윤서가 들어와 동구의 옆자리에 앉았다. 윤서 말에 의하면 태걸이는 잠시 피시방에 들렀다 온다는데 아마도 안 올 작정인 듯했다.

'혜연이는 언제쯤 오려나?'

동구가 궁금해하며 교실 뒷문 쪽을 바라보았다. 바로 그때 스르륵 문이 열리며 혜연이가 들어왔다.

동구는 너무 신기했다. 마침 혜연이 생각을 하던 중이었는데, 마법처럼 정말로 혜연이가 딱 들어왔던 것이다. 비록 사소한 우연일지라도, 마치 서로가 운명으로 이어질 사이를 암시하는 것 같아 기분이 좋아졌다. 동구는 반갑게 웃으며 혜연이를 향해 손을 흔들었다.

"안녕, 혜연아! 밖에 많이 덥지?"

"응."

혜연이는 짧게 대답한 후 곧장 앞쪽 자리로 갔다. 지나칠 때 본 혜연이의 표정은 몹시 어두웠다. 동구는 괜스레 긴장되었다.

'혜연이가 왜 저러지? 오늘 무슨 안 좋은 일이 있었나? 아니면 내가 뭘 잘못했나? 혹시 어디가 아픈가?'

동구는 혜연이의 뒷모습을 한참 동안 쳐다보다가, 풀고 있던 자습서로 눈을 돌렸다. 이상하게 집중이 되지 않았다. 기분도 괜히 우울해졌다. 누군가를 좋아한다는 게 이렇게 힘든 일인지 그동안은 잘 몰랐다. 좋아하는 상대의 표정 하나하나에 자신의 기분이 냉탕과 온탕을 오갈 수 있다는 사실을 처음 깨달았다. 좋아하는 상대가 자신을 차갑게 대할 때, 가슴이 시릴 만큼 아프다는 것도…….

동구는 마음을 가다듬고 다시 문제를 풀기 시작했다. 열심히 수학 문제를 풀고 있는데, 갑자기 귓가에 혜연이의 목소리가 들렸다.

"저기…… 동구야?"

깜짝 놀라 고개를 들어보니 어느새 혜연이가 바로 옆자리에 서 있었다. 동구의 심장이 미친 듯이 쿵쾅거렸다.

"응, 왜?"

동구는 애써 밝게 웃어 보였다. 혜연이가 들고 있던 문제집을 책상 위에 내려놓으며 물었다.

"궁금한 문제가 있는데, 혹시 가르쳐 줄 수 있어?"

혜연이의 말이 끝나자, 늘 공부만 하던 민제가 처음으로 뒤를 돌아보았다. 뭐가 그리 재밌는지 무척 흥미롭다는 표정이었다. 동구가 째려보자 민제는 가소롭다는 듯 피식하더니 몸을 돌려 다시 앞을 보았다.

'저 자식, 왜 저래? 뭐 잘못 처먹었나? 아차, 지금 내가 저놈한테 신경 쓸 때가 아니지. 비상이다, 비상! 혜연이가 나한테 질문을 했다. 집중해라, 배동구! 넌 반드시 이 상황을 탈출할 수 있어!'

"음? 무슨 문젠데?"

"여기 이 문제 말이야. 확률 문제 같은데 수형도 그리는 거 말고는 다른 풀이 방법이 없는 거야?"

"흠, 어디 보자……."

'아씨, 이게 뭔 소리야? 확률이라니? 난 아직 정수와 자연수밖에 모르는데…… 수형도는 또 뭐야? 감옥의 수형자를 말하는 건가? 으, 멍청아! 그럴 리가 없잖아. 이건 수학이라고! 잠깐, 혜연이가 '그린다'라고 말한 걸 보니 도표

같은 건가? 그런 비슷한 용어를 본 적 있는데…… 아, 뭐였더라?'

"그, 뭣이냐, 벤? 벤다이아? 그런 것도 되지 않을까?"

동구는 말을 내뱉고 재빨리 혜연이의 표정을 살폈다. 제발 운이 좋아서 뭔가라도 얻어걸리길 간절히 기도했다. 그러나 동구의 바람과 달리, 혜연이는 고개를 갸우뚱했다.

"벤다이어그램 말하는 거야? 그건 집합 단원에서 나오잖아. 그걸로 어떻게 풀어?"

저 앞에서 민제의 비웃는 소리가 들렸다. 동구의 이마에서 식은땀이 흘러내렸다. 민제가 저런 반응을 보이는 걸로 봐선 이건 정답이 아닌 듯했다. 동구는 최대한 태연한 표정을 지으려 노력했다.

"꼭 그렇다는 건 아니고, 하나의 가능성으로 생각할 수는 있다는 거지만…… 이 문제에서는 좀 적용하기 어려울 것 같고……."

동구는 심각하게 고민하는 척하다가 고개를 들어 혜연이를 보았다. 혜연이는 무표정한 얼굴로 동구를 똑바로 쳐다보고 있었다. 당황한 동구는 다시 문제집을 내려다보았다. 혜연이의 문제집 밑으로 자신의 중1 자습서가 살짝 보였다. 동구는 재빨리 연습장으로 자습서를 가리면서 말을 더듬거렸다.

"뭔가…… 더 쉽게 그릴 수 있는 방법이 있을 것 같은데. 그림이 아니라면…… 표를 그린다든지? 그 왜 있잖아? 도수표?"

혜연이가 또다시 고개를 갸웃했다.

"도수분포표를 말하는 거야? 그건 계급값 구할 때나 쓰는 건데 그게 여기서 왜 나와?"

"음, 그러니까……."

동구는 눈을 질끈 감았다.

'혜연아. 아무래도 난 여기까지인가 봐. 짧은 시간이었지만 덕분에 행복했어. 미안해, 그동안 너한테 거짓말해서. 그리고 고마워. 나 같은 놈한테 웃어 줘서. 이제는 너를 놓아줘야 할 시간이 온 것 같아…….'

동구는 천천히 눈을 뜨고 혜연이를 보았다.

"혜연아, 사실은……."

"동구 말이 맞아!"

갑자기 소파에 앉아 있던 용빈이 껴들었다. 용빈은 읽고 있던 문제집을 옆에 내려놓더니, 한 손을 주머니에 찔러 넣은 채 다가왔다. 그러고는 손가락으로 문제를 쓰윽 훑으며 읽어 보더니 고개를 끄덕였다.

"동구 말이 맞아. 확률은 결국 통계로 풀리기 마련이거든. 주어진 자료들의 평균과 표준편차를 구한 다음, 그걸 정규분포표로 옮기면 그 면적만큼의 확률도 계산해 낼 수 있어. 해당 면적에 대한 구체적인 확률 값은 이미 도표로 정리된 게 있으니까 그것대로 정답이 결정되는 거지."

혜연이는 놀란 눈으로 용빈을 쳐다봤다. 민제도 눈이 휘둥그레져서 뒤를 돌아보았다.

그사이 상황 파악을 끝낸 동구가 마치 용빈이 말한 모든 내용을 알고 있었다는 듯 천천히 고개를 끄덕였다. 용빈이 계속해서 말했다.

"이 방법은 고등학교 때 배우는 거라 많이 어려워. 그러니까 좀 귀찮더라도 일일이 수형도를 그려서 푸는 게 제일 나아. 근데 동구는 어떻게 그런 것까지 알고 있대?"

용빈이 한 손을 들어 동구의 어깨에 턱 올렸다. 동구의 어깨를 잡은 용빈의 손에는 잔뜩 힘이 들어가 있었다. 고개를 들어 보니 용빈이 의미심장한 눈빛을 동구에게 보내고 있었다. 그 눈빛의 의미를 눈치챈 동구가 아무렇지 않은 척 대답했다.

"아, 저도 잘은 몰라요. 그냥 그러면 될 것 같아서……
하하핫!"

동구는 용빈을 향해 씨익 웃었다. 그러면서 동시에 혜연이의 표정을 살폈다. 아까보다는 누그러진 듯했다.

"고마워, 동구야."

혜연이의 얼굴에 옅은 미소가 번졌다. 그걸 본 동구는 마음이 조금 놓였다. 자리로 돌아가 앉는 혜연이의 뒷모습을 지켜보며, 동구는 가슴을 쓸었다.

"아무튼 난 루빈이 데려오마."

용빈이 자동차 열쇠고리에 손가락을 끼고 빙글빙글 돌리며 문 쪽으로 걸어갔다. 그러다 갑자기 걸음을 멈추고는 다시 돌아와 동구의 등을 콕콕 찔렀다.

"근데 동구야, 너 내일 점심쯤에 특별한 일 있냐?"

"별일 없는데, 왜요?"

"너희 동네 저수지에 낚시나 가려는데 너도 시간되면 같이 갈래?"

"저는 힘들겠는데요. 그때 도서관에 갈지도 몰라서요."

"그래? 아쉽네……."

용빈은 알겠다는 듯 고개를 끄덕이고는 동구의 어깨에 손을 쓰윽 올렸다. 그리고 아까보다 더욱 힘껏 동구의 어깨를 움켜쥐었다.

"아아악! 그, 근데 다시 생각해 보니 괜찮을 것 같아요."

용빈은 그제야 흡족한 미소를 지으며 선글라스를 내려 썼다.

"그럼 내일 낮 12시에 너네 동네 입구에서 보자."

용빈은 콧노래를 부르며 교실 밖으로 나갔다.

동구는 조금 전의 상황을 다시 떠올렸다. 꼼짝없이 실력이 들통날 판이었는데, 용쌤의 도움으로 운 좋게 위기를 넘겼다. 그러나 같은 상황이 반복된다면, 그때는 여지없이 들킬 것이 뻔했다. 상상만 해도 끔찍했다. 갑자기 오줌이 나올 것만 같았다. 동구는 자리에서 일어나 화장실로 달려갔다.

소변기 앞에 서서 지퍼를 내린 동구는 한숨을 길게 내쉬었다. 그때 민제가 화장실에 따라 들어왔다. 민제는 동구 바로 옆에 서서 지퍼를 내렸다.

'이 자식은 왜 내 옆에 딱 붙어 서는 거야? 저쪽에도 자리 많은데……'

동구는 소변기 앞으로 한 발 더 바짝 다가갔다. 민제가 정면을 응시한 채 동구에게 말했다.

"너 연기했지?"

"뭐?"

"너 그 문제 못 풀잖아."

"네가 뭔 상관이야?"

동구는 일부러 목소리를 크게 높였다. 그러나 속으로는 가슴이 철렁했다. 아마도 민제는 동구가 전교 1등이 아니라는 사실을 알고 있는 듯했다. 동구는 당황한 티를 내지 않으려고 일부러 민제를 노려보았다. 민제가 피식하고 웃었다.

"남자가 자존심도 없이 거짓말을 하면 쓰나."

"그러니까 네가 뭔 상관이냐고?"

"지난번에 얼핏 보니까 너 중1 자습서 문제도 많이 틀리더라? 그래서 어디 공부나 하겠냐?"

"뭐? 너 내 거 봤냐? 너야말로 왜 함부로 남의 걸 건드려?"

"얼핏 봤다고 했지, 건드렸다고는 안 했어. 난 누구처럼 거짓말은 안 하거든."

민제 역시 동구를 똑바로 노려보았다. 동구는 뭐라고 받아칠 말이 없었다. 화가 났지만 주먹을 날려 봤자 이 녀석을 이길 수 없을 것 같았다. 동구는 별 한심한 놈을 다 보겠다는 듯 고개를 절레절레 흔들며 세면대로 갔다.

손을 씻고 있는 동구에게 민제가 다가섰다. 민제는 세면대 거울을 보며 머리칼을 매만졌다.

"사람이 정직하게 살아야지. 몰라도 아는 척? 그래 봤자 오래 못 가."

동구는 이기든 지든 지금 당장 이놈의 뒤통수를 후려쳐야겠다고 생각했다. 주위를 둘러보니 한쪽 구석에 대걸레 두어 자루가 보였다.

"왜? 또 한번 해보게?"

"도대체 네가 뭔 상관이냐고?"

손을 씻은 민제가 물기를 털더니 한심하다는 표정으로 말했다.

"그래, 내가 상관할 바 아니지."

그러고는 화장실 문을 닫고 나가 버렸다.

동구는 민제가 나간 문 쪽을 뚫어져라 노려보다가 주먹으로 화장실 문을 쾅 쳤다.

토요일 정오. 동구는 마을 입구 버스 정류장에서 용빈을 기다렸다. 아무도 없는 정류장에는 매미들의 요란한 울음소리만 울렸다. 정류장 아래 그늘진 자리에 앉았는데도

숨을 쉬기 힘들 만큼 공기가 무척 뜨거웠다.

5분쯤 뒤 회색 봉고차 한 대가 정류장에 도착했다. 동구가 다가가자 조수석 창문이 스르륵 내려가더니 선글라스를 낀 용빈이 고개를 내밀었다.

"앞에 타라, 동구야. 여기가 더 시원하다."

"뭔가 대접받는 기분이네요."

동구가 올라타자, 용빈은 에어컨 바람을 더욱 세게 틀었다. 그러고는 콧노래를 흥얼거리며 도로를 빠르게 달렸다.

"쌤, 저수지 가려면 동네 안쪽으로 들어가야 되는데요?"

"됐고, 너 점심 안 먹었지?"

"네? 네……."

"일단 뭐 좀 먹으러 가자!"

차는 널따란 들판을 가로질러 구미로 향했다. 이마트에 도착한 용빈은 주차장에 차를 세웠다. 1층에 있는 푸드코트에서 점심을 먹으려나 보다 생각했지만, 용빈은 푸드코트를 그냥 지나쳤다. 잠시 후 동구는 용빈이 들어서는 가게를 보고 가슴이 설렜다.

'버거킹? 진짜 여기서 먹는 건가!'

용빈이 선글라스를 벗으며 동구에게 말했다.

"먹고 싶은 거 있음 아무거나 다 시켜라."

"진짜요? 진짜로 아무거나 다 시켜도 돼요?"

"그럼!"

"그러면 전 갈릭스테이크버거 세트에다가 너겟킹 열 조각이랑…… 근데 쌤, 로또라도 당첨됐어요?"

"아니."

"음, 그럼 전 와퍼 세트 하나만 할게요."

동구는 신이 나서 구석 테이블로 뛰어갔다. 빨갛고 기다란 의자에 몸을 던지니 꽤 폭신했다. 잠시 후, 용빈이 음식이 가득한 쟁반을 들고 동구가 있는 자리로 왔다. 동구는 정신없이 햄버거 포장지를 벗긴 뒤 크게 한입 물었다.

"너 혜연이 좋아하지?"

느닷없는 용빈의 질문에, 하마터면 동구의 입안에 있던 내용물이 다 튀어나올 뻔했다. 용빈은 아무렇지 않게 케첩을 뜯었다. 동구가 눈이 휘둥그레져서 용빈을 쳐다봤다.

"그냥 남자끼리 솔직하게 다 까놓고 얘기하자."

용빈은 콜라 뚜껑을 벗긴 다음 뚜껑 위에 케첩을 짰다.

"어떻게 아셨어요?"

"딱 보면 알지. 그리고 어제 말이야. 내가 너 구해 준 거 알지?"

"네? 아, 네……."

"그러니까 혜연이를 좋아해서 공부 잘하는 척을 했는데 그게 뽀록날 뻔한 거잖아, 그렇지? 근데 어제는 어찌어찌 지나갔을지 몰라도 보아하니 너 조만간 제대로 낚일 것 같아."

동구는 고개를 숙이고 한숨을 쉬었다.

"저도 그럴 것 같아요. 어떡해요, 저?"

용빈은 햄버거 포장지를 벗겨 크게 한입 베어 물고는 의자에 등을 기댔다. 동구는 용빈이 후딱 씹고 어서 대답하기를 기다렸다. 용빈이 휴지로 입을 닦으며 말했다.

"연극은 오래 못 가. 실력은 언젠가 뽀록나게 마련이거든. 그냥 지금 당장 다 까발리든가, 아니면 혜연이가 진실을 알아채기 전에 진짜로 공부를 잘하는 길밖에 없어."

"저도 그렇게 생각해서 열심히 공부하고 있어요."

동구가 또다시 한숨을 내쉬었다.

"속도가 관건이야. 2학기 중간고사 성적으로 바로 증명해야 해."

"음, 그렇게 빨리는 무리일 것 같은데요……."

"그럼 이건 어때? 내가 널 다음 시험에서 10등 안에 들게 만들어 준다면?"

감자튀김을 집으려던 동구가 그 말을 듣고 깜짝 놀라
손을 멈췄다.

"정말요? 그게 가능해요?"

"내 말대로 하면 가능해."

"근데…… 쌤, 공부 잘했어요? 이런 거 물어봐도 되나,
대학은 어디 나오셨어요?"

"고려대. 우리나라 최고의 대학이지."

"서울대가 최고 아니에요? 그리고 고려대보다는 연세대
가 더 좋잖아요!"

그 말을 듣자 용빈이 주먹으로 테이블을 내리쳤다. 매장
안에 있던 모든 사람이 용빈을 쳐다봤다.

"무슨 소리야? 너 어디 가서 그런 소리 하면 무식하단
소리 들어!"

"솔직히 고려대는 좀…… 촌스러운 느낌이에요. 연세대
는 어딘가 세련되어 보이는데."

용빈이 더욱 발끈했다.

"하아? 네가 뭘 모르는구나. 우리가 보통 SKY 대학이라
고 하잖아. 그게 무슨 뜻인지 알아?"

"당연히 알죠. 서울대, 연대, 고대잖아요."

"아니지! S, K, Y니까 서울대, 고대, 연대지."

"……헐?"

"그리고 또 있어. 대한민국이 영어로 뭐냐?"

"코리아요."

"그렇다면 코리아를 대표하는 대학은?"

"서울대요."

"아니지! 바로 코리아 유니버시티. 즉, 고려대라 이거
야!"

"쌤……."

"왜, 인마?"

"그만하시는 게 좋을 것 같아요. 좀 불쌍해 보여요."

"흠, 그러냐? 어쨌든 내 말은 내가 널 도와줄 능력은 충
분히 된다 이거야. 게다가 난 심리학 전공이라서 공부하는
사람의 심리랄까 이런 것에는 아주 전문가야."

용빈의 말에 동구가 눈을 동그랗게 떴다.

"쌤, 진짜 심리학 전공했어요? 그러면 독심술이나 최면
술 같은 것도 할 줄 아세요?"

"뭘 모르는 사람들이 나한테 항상 그 소리 하는데 심리
학은 과학이라고, 과학."

"뭐, 어쨌든…… 그럼 전 이제 어떻게 해야 돼요?"

용빈은 헛기침을 두어 번 하더니 동구에게 물었다.

"혹시 너네 담임 선생님 말이야. 남자 친구는 있냐? 아니면 이미 결혼하셨나?"

"없다고 들었는데 왜요? 근데 쌤이 나리쌤을 어떻게 아세요?"

"그때 봤잖아. 그분이 네 스마트폰 가져다주러 학교 정문에 나오셨을 때 말이야."

"아하! 근데 우리 담임쌤은 왜요?"

동구의 말에 용빈은 잠시 고민하더니, 몸을 앞으로 기울이며 조용히 말했다.

"그래, 우리 까놓고 얘기하기로 했지. 저기 말이야, 내가 너네 담임 선생님한테 호감이 좀 있거든. 그러니까 네가 다리를 놔주면 좋겠다. 어때? 그 대신 나는 네가 공부를 잘하게 만들어 주마."

"제가 어떻게 다리를 놔요? 그냥 쌤이 남자답게 직접 찾아가서 고백하시는 게 어때요?"

"야, 인마! 쌩판 모르는 남자가 갑자기 찾아와서 그런 소리하면 세상의 어느 여자가 받아 주겠냐? 남녀 관계는 소개로 만나는 게 제일 자연스러운 거야. 그래서 네가 미리 밑밥을 까는 거지."

"밑밥? 어떻게요?"

"예를 들면 네가 담임 선생님한테 말하는 거야. 혹시 남친 있으시냐, 없으면 제가 소개를 좀 해드리겠다, 잘생기고 나이도 적당하고 능력도 있는 남자다, 뭐 이런 식으로 찔러 보는 거지."

"지금 저보고 거짓말을 하라고요?"

"뭐? 뒤지고 싶냐?"

"아, 아뇨. 제 말은…… 만약 담임 쌤이 쌤을 맘에 안 들어 하면 어떡해요?"

"그러니까 맘에 들게끔 네가 말을 잘해야지."

동구는 고개를 계속 갸우뚱하며 햄버거를 베어 물었다. 용빈이 초조한 듯 동구에게 말했다.

"야, 동구야! 네가 나를 도와준다면 난 널 혜연이와 확실하게 맺어 주마."

혜연이의 이름이 귀에 들어오자 동구가 귀를 쫑긋했다. 동구는 잠시 생각하더니 결심한 듯 고개를 끄덕였다.

"알겠어요. 한번 해볼게요."

"진짜? 남자 대 남자로서 약속이다, 너?"

"알겠다니까요. 잘 얘기해 볼게요. 이제 제가 방학 동안 어떻게 해야 하는지 알려 주세요."

용빈은 햄버거 포장지를 뭉쳐서 한쪽으로 치웠다. 그리고 남은 콜라를 단번에 벌컥 마셨다.

"오케이! 일단, 너 지금 뭐 공부하고 있냐?"

"중1 자습서부터 풀고 있어요. 아마 2주 내로 중3 진도까지 다 끝날 것 같아요."

"오? 누가 알려 준 거냐? 네가 그렇게 해야겠다고 생각했을 리는 없고……."

"나리쌤이 알려 줬어요. 저는 기초부터 쌓는 게 나중을 위해서도 꼭 필요하면서."

"맞아, 좋은 방법이다. 그럼 그 뒤에 뭘 해야 할지도 알려 주셨냐?"

"아뇨, 거기까지는 아직 안 물어봤어요."

"그럼 지금 계획을 다 짜자. 일단 2주 동안은 수학만 공부해서 빨리 자습서를 끝내 버려."

"그동안 다른 과목은 하지 말아요?"

"원래는 같이 하는 게 좋은데, 너는 워낙 수학이 급하니까 그것부터 빨리 훑어보는 게 좋을 것 같다. 그렇게 한 과목을 빠르게 훑고 나면 자신감도 생기거든."

"2주 뒤에는요?"

"그때부터 개학하기 전까지는 2학기 예습을 하는 게 좋겠지? 중간고사 범위까지 말이야."

"그럼 그때는 하루에 전 과목을 다 같이 공부해요? 아니면 지금처럼 한 과목씩 해요?"

"하루에 한 과목만 공부하면 너무 지겹고, 그렇다고 여러 과목을 벌려 놓으면 정신만 사나워져서 진도가 제대로 나가질 못해. 하루에는 딱 세 과목 정도가 적당할 거다. 그러니까 평일에는 국영수를 공부해. 참, 시간대별로 공부할 과목도 미리 정해 놓아야 쓸데없는 고민이 줄어들 거야. 보통은 오전에 영어, 오후에 수학, 저녁에는 국어. 이렇게 하는 게 제일 무난하지."

"어? 그러면 사회랑 과학은 안 해요?"

"주말에 그걸 하는 거지! 완자든 셀파든 네 맘에 드는 기본서 한 권을 딱 정해라. 그리고 토요일이 되면 아침부터 밤까지 도서관에 앉아서 쭉쭉 읽어 봐. 물론 거기 있는 문제도 다 풀어 보고. 틀린 문제가 나오면 관련된 개념도 꼭 다시 읽어 봐. 그렇게만 하면 하루에 반 권씩도 풀 수 있을 거다."

"오호, 그럼 되겠네요. 쌤, 근데 궁금한 게 있어요. 사회랑 과학 공부할 때요, 책에 있는 모든 개념을 다 읽고 나서 문제를 풀어야 돼요? 아니면 개념 설명을 읽자마자 거기 딸린 문제를 바로바로 푸는 게 나아요?"

"첫 번째 방법은 네가 중상위권이 되면 써라. 그럼 시간이 절약되거든. 근데 지금 넌 하위권이잖아. 그러니까 두 번째 방법이 훨씬 나아. 방금 읽은 개념 설명이 머릿속에 아직 남아 있을 때 바로바로 관련된 문제를 풀어야 개념도 익히고, 맞히는 문제가 많아져서 재밌을 거다."

가만히 고개를 끄덕이던 동구가 또다시 물었다.

"그럼 국영수는 무슨 문제집을 풀어야 돼요?"

"일단 국어하고 영어는 무조건 자습서가 기본이야. 왜냐하면 그 두 과목은 교과서로 수업을 나가잖냐. 시험 문제도 교과서 본문 위주로 나오고. 그러니까 자습서에 있는 본문 설명부터 꼼꼼히 읽어 봐야겠지. 거기 있는 문제도 빠짐없이 풀어 보고. 그것만 해도 내신은 충분히 대비가 돼. 그리고 개학을 하면 학교 진도에 맞춰서 그걸 다시 복습하는 거야. 거기에 곁들여서 평가 문제집까지 싹 풀어 주면 퍼펙트지!"

"오오! 진짜 그러면 될 것 같아요. 쌤, 근데 자습서에 있는 단어도 꼭 다 외워야 돼요?"

"당연하지. 말 나온 김에 단어를 쉽게 외우는 법도 알려줄게. 너 그동안 단어 어떻게 외웠냐?"

"저요? 그냥 연습장에 계속 써봐요."

"그러면 머릿속에 잘 남지 않을 텐데?"

"맞아요! 아무 생각 없이 쓰다 보면요, 손은 저절로 움직이는데 정작 머리는 자꾸 딴생각을 해요."

"그건 누구나 그래. 그래서 단어는 손이 아니라 입으로 외워야 하는 거다. 게다가 발음과 뜻을 붙여서 하나의 덩어리로 외워야 하지. 예를 들어 'Apple'의 뜻이 '사과'라면 이걸 마치 하나의 단어처럼 붙여서 계속 중얼거리는 거야. "애플사과, 애플사과"이런 식으로 말이야. 그렇게 대략 30~40번 정도 입술을 달싹거리면서 중얼거려 봐. 입을 움직이면 잡생각은 절대 생기지 않아. 게다가 그렇게 수십 번 중얼거리고 나면 단어가 얼추 머리에 남게 되지. 그러다가 나중에 시험 문제를 풀 때 'Apple'이라는 단어를 보잖아? 그 순간 바로 '사과'라는 뜻이 자동적으로 생각나. 평소 단어를 외울 때 "애플사과, 애플사과"이렇게 붙여서 외웠으니까!"

"우아, 쌤! 진짜 심리학자 같아요. 그럼 단어를 쓰면서 외우는 건 아예 하지 말아요?"

"아예 안 쓰는 건 좀 그렇고, 손가락의 감각만 익힌다 생각하고 재미로 대여섯 번만 써보면 돼."

"그렇구나. 아, 궁금한 거 또 있어요. 단어를 막 외웠는데 다음 날이 되면 다 까먹잖아요. 그때는 어떻게 해요? 까먹은 단어는 다시 외워야겠죠?"

"아니, 아니! 절대로 그러지 마. 어차피 잊어버리는 게 정상이야. 오늘은 오늘 외워야 할 단어만 공부해. 어제 외운 거, 그건 그냥 잊게 놔둬. 어차피 중요한 단어라면 나중에 또 나오니까 그때 가서 다시 외우면 돼. 동구야, 단어를 외운다는 건 말이야, 마치 수채화를 그리듯이 여러 번 머릿속에 덧칠해 가며 정복하는 거야. 딱 한 번에 완벽하게 내 것으로 만드는 게 아니라."

"수채화 그리듯이 여러 번? 이야, 뭔가 그럴 듯한 표현이네요 쌤. 아! 영어에 대해 말 나온 김에…… 독해는 어떻게 해요? 저 독해는 진짜 못하겠어요!"

"독해 공부하는 법도 간단해. 일단 영어 문장을 한 줄 읽었잖아? 그럼 곧바로 해석을 봐! 해석을 읽으면서 한글로 된 뜻을 알고 난 뒤에 다시 그 영어 문장을 읽어 봐라. 해석처럼 뜻이 이해되도록, 영어 단어의 순서를 바꿔 가며 끼워 맞추는 거지. 몇 번 해보면 '한글 해석을 영어로는 이렇게 표현한다'는 일종의 감각이 생겨. 문장을 읽을 때 어떤 단어부터 해석해야 되는지 감도 생기고. 그렇게 한 문장씩, 한글 해석부터 보고 영어 문장을 읽어 봐. 하루에 2시간 정도씩 매일 연습해. 그럼 한 달쯤 뒤에는 스스로 해석할 수 있는 영어 문장이 조금씩 보이기 시작할 거다. 그럼 그때부터는 영어 문장을 먼저 읽는 거지. 그러다가 또 해석이 안 되는 문장이 나오면, 다시 한글 해석을 보고 영어 문장을 읽고. 이런 식으로 계속 연습하면 독해 문제는 별 어려움 없이 다 맞힐 수 있다."

"대박! 쌤, 저 사실 그게 제일 고민이었어요. 아무리 읽어도 해석이 안 돼서 영어는 거의 버리려고 했는데…… 이제부터 그렇게 해야겠어요. 음, 그리고…… 쌤, 영어 문법이랑 듣기는요?"

"그건 지금의 네 실력으로는 무리다. 문법과 듣기는 단어와 독해 실력이 어느 정도 있을 때 공부해야 효율이 높아. 게다가 영어 시험문제의 대부분은 독해잖아? 그러니까 일단은 단어부터 많이 외우고 독해 연습만 해라. 그것만 해도 영어 점수는 확 올라. 문법과 듣기는 나중에 겨울방학에 하면 돼. 그때도 별거 없어. 문법이나 듣기용으로 된 문제집을 한 권씩 사서 2~3번 반복하며 공부하면 돼."

동구는 고개를 끄덕였다. 지금 당장은 문법이나 듣기 공부를 하지 않아도 된다는 말에 마음이 한결 가벼워졌다.

"쌤, 마지막으로 수학이요. 지금 보는 자습서를 다 풀면 뭐 풀어야 돼요?"

"솔직히 말해서 수학은 시중에 파는 문제집 아무거나 봐도 돼. 수학은 어떤 문제집을 푸느냐가 중요한 게 아니라 문제를 어떤 방법으로 푸느냐가 더 중요하니까."

"어떻게 풀어야 되는데요?"

"혹시 너 수학 공부하다가 모르는 문제가 나오면 어떻게 하냐?"

"당연히 해설을 보죠."

"해설을 보고 풀이 방법을 알면, 다음 날 그 문제를 다시 풀어 본 적 있냐?"

"네. 다음 날 다시 풀어 봤는데 또 틀려요. 그래서 또 해설을 봐요."

"바로 그거야. 수학은 문제를 많이 푼다고 실력이 더 느는 게 아니다."

"그럼 어떻게 해야 되는데요?"

"내 말 명심해. 수학은 안 풀리는 문제를 머리 아프게 고민하는 시간! 딱 그 시간 만큼만 실력이 느는 거야. 그러니까 모르는 문제가 나왔다고 해서 곧바로 해설을 보면 실력이 하나도 안 늘지."

"그 말은 저도 들어 본 것 같아요. 그럼 구체적으로 몇 분 동안 고민해야 되는 거예요?"

"지금은 한 문제당 최소 10분은 고민해라. 참고로, 문제를 읽기 시작한 후부터 10분을 의미하는 게 아냐. 한참 풀다가 '이건 내가 도저히 못 풀겠는데?'라는 생각이 든 이후부터 10분을 더 고민하라는 뜻이야. 그리고 나중에 중위권이 되면 30분, 혹시라도 네가 상위권이 되면 그때는 한 시간 동안 고민해라."

"쌤, 그럼 진도가 느려지잖아요. 차라리 바로바로 해설 보면서 더 많은 문제를 푸는 게 낫지 않아요?"

"다른 과목은 그렇게 하는 게 좋아. 근데 수학은 정반대야. 수학 시험은 네가 어떤 지식을 제대로 암기하고 있는지를 측정하려는 게 아냐. 그보다는 네가 스스로 풀이 방법에 대한 아이디어를 떠올리는 능력을 가지고 있는지 테스트하는 거지. 그 능력을 기르려면 평소에 고민을 많이 해보는 수밖에 없어. 별다른 고민 없이 해설만 주구장창 읽는다면 성적이 오르는 데 한계가 생겨. 계속 말하지만 수학은 머리 아프게 고민하는 딱 그 시간 만큼이! 바로 네가 공부한 시간이야."

"네! 알겠습니다! 쌤, 진짜 마지막 질문! 그럼 예체능 과목은 아예 공부하지 말아요?"

"방학 동안은 예체능을 공부할 필요 없다. 그럴 시간도 없고. 나중에 개학하더라도 시험 기간이 아니면 평소에 공부할 필요는 없어. 대신 수업 시간에는 정말로 집중해서 잘 들어야 해. 필기도 꼬박꼬박 하고 말이야. 필기만 잘해도 나중에 벼락치기할 때 효율이 정말 높아지거든. 예체능은 수업 잘 듣고, 쌤이 강조하는 거 필기만 잘해도 시험을 못 치려야 못 칠 수가 없다. 아, 목 아프다. 혹시 더 궁금한 거 있냐?"

"음…… 일단은 다 해결된 것 같아요!"

"자, 그럼 넌 이제부터 뭘 해야 되겠냐?"

동구가 음흉한 미소를 띠며 대답했다.

"흐흐, 나리쌤한테 다리를 놔야겠죠?"

"와, 이 자식 천잰데?"

용빈은 동구의 대답을 듣고 껄껄 웃었다. 용빈이 자리에서 일어서며 동구에게 말했다.

"너겟킹 열 조각도 시켜 줄게. 포장해서 가져가라!"

다음 날. 동구는 윤서와 구미 시립도서관에서 아침부터 공부를 하고 있었다. 동구와 윤서는 방학 동안 함께 도서관에 다니기로 했다. 매일 피시방에서 죽치는 태걸이에 비하면 윤서는 성실한 친구였다. 자리에 한번 앉으면 좀처럼 일어나지 않았고, 동구가 말을 걸어도 알아채지 못할 만큼 집중력도 좋았다. 만약 태걸이와 함께 왔다면? 애당초 그럴 일도 없었겠지만 태걸이는 한 시간마다 컵라면을 먹으러 가자느니, 동전 노래방에 가자느니, 피시방에서 잠시 스트레스 풀자느니 하며 동구를 꼬드겼을 테고 결국 동구는 유혹에 넘어갔을 것이다. 그러나 윤서는 한 번도 그러지 않았다. 덕분에 동구도 자리에 오래 앉아 공부할 수 있었다.

점심 무렵이 되자 동구와 윤서는 도서관 근처에 있는 중국집으로 갔다. 동구는 간자장을, 윤서는 볶음밥을 주문했다. 식탁 위에 수저를 놓던 동구가 불만스러운 듯 입을 삐죽거렸다.

"넌 뭔 공부를 그렇게 열심히 하냐? 너 때문에 나까지 일어날 수가 없잖아."

"응? 일어나기 귀찮아서. 쉬고 싶으면 신경 쓰지 말고 말해."

"됐어, 그럼 내가 꼭 널 꼬드기는 것 같잖아."

"나야말로 네가 너무 열심히 하니까 그냥 있던 거지."

"뭐야, 그런 거였어? 그럼 우리 이제 한 시간 반 공부할 때마다 10분씩 쉴래?"

"그래, 그러자."

점원이 음식을 가지고 와서 테이블에 놓았다. 동구가 점원에게 말했다.

"저도 숟가락 하나만 주세요."

그러자 윤서가 동구를 쳐다봤다.

"내 거 먹게? 좀 덜어 줘?"

"아냐, 괜찮아. 간자장 소스를 퍼먹으려고 달라 한 거야."

윤서는 동구의 말에도 아랑곳하지 않고 빈 그릇에 자신의 볶음밥을 덜었다. 그리고 같이 먹으라며 동구에게 내밀었다.

그때 테이블에 올려 둔 윤서의 스마트폰이 진동했다. 동구가 힐끗 보니 화면에 메시지가 떠 있었다.

> 윤진아 어디니?

 메시지를 확인한 윤서가 엄마에게 전화를 걸었다. 동구와 도서관에 왔고, 지금은 밥 먹는 중이며, 집에는 저녁 무렵에 들어가겠다고 말했다. 윤서가 전화를 끊자마자 동구가 물었다.

"엄마야?"

"응."

"근데 왜 너한테 윤진이라고 해?"

"아, 예전 우리 누나 이름이야. 헷갈리셨나 봐."

"너 누나가 있었어? 그리고 누나면 누나지, 예전 누나는 또 뭐야?"

"있었는데 죽었어. 내가 초등학교 때 교통사고로."

 윤서는 아무렇지 않은 듯이 볶음밥을 먹었다.

 동구는 깜짝 놀랐다. 윤서와 같은 초등학교를 다녔지만 그건 처음 듣는 말이었다. 물어보고 싶은 게 많았지만 왠지 예의가 아닌 것 같아 더 이상 아무 말 하지 않았다.

"몇 년이나 지났는데 아직도 이름을 헷갈려 하시네."

 윤서가 씁쓸한 미소를 지으며 말했다.

"……그래?"

"어떨 때 보면 헷갈리는 게 아니라 일부러 그러는 건가
도 싶어. 왜냐하면 엄마 아빠가 누나를 엄청 예뻐하셨거
든. 얼굴도 예뻤고, 공부도 잘했고, 학교에서 상장도 많이
타고……."

"아…… 그랬구나."

"나 같은 건 진짜 발끝도 못 따라갈 만큼……."

"야, 그게 뭔 소리야!"

동구는 자신도 모르게 버럭 소리를 질렀다. 그러자 윤서
는 옅은 미소를 띤 채 고개를 가로저었다.

"아냐. 진짜로 그랬어. 그건 나도 인정해. 엄마 아빠도 확
실히 그렇게 생각하고 계실 거야."

윤서의 말에 동구가 젓가락질을 멈추고 인상을 팍 썼다.

"야, 야. 그건 진짜 아니라고 본다."

"나도 열심히 하는데 누나처럼은 못 될 것 같아."

"무슨 공부가 부모님을 위해서 하는 거냐? 다 자기 인
생, 잘 먹고 잘 살려고 하는 거지."

"하지만 나는 그래. 부모님을 위해 하는 마음도 커. 꼭
누나만큼은 아니라도 내가 공부를 잘하면…… 그래도 부
모님이 좋아하실 건 분명하잖아, 안 그래?"

"아, 물론 공부 잘하는 걸 싫어하진 않으시겠지. 야, 그

래도……."

"어떻게 보면 그게 날 위한 거기도 하지. 나는 엄마 아빠
가 더 이상 누나 생각을 안 했으면 하니까."

"……."

동구는 아무 말도 하지 못했다. 뭐라고 말해 주면 좋을
지 도무지 생각이 나지 않았다. 아니, 정확히 말하면 지금
이 주제에 대해 계속 말하는 게 잘하는 일인가 싶었다. 윤
서의 생각이 너무나 확고해 보여서 더 이상 대화를 이어
나가기는 힘들 것 같았다.

"그래. 넌 열심히 하니까 앞으로는 더 잘할 거야. 그건
그렇고 우리 이거 먹고 산책이나 할까? 이 형님이 아이스
크림도 쏜다."

"오, 진짜? 나야 땡큐지, 그럼!"

윤서의 표정이 훨씬 밝아졌다.

식당을 나선 동구와 윤서는 편의점에 들렀다. 아이스크
림을 손에 하나씩 쥐고 도서관 근처 공원으로 향했다. 동
구는 이 공원이 무척 마음에 들었다. 도서관 면적보다 열
배쯤 커 보이는 공원에는 알록달록한 꽃들과 푸른 나무들
이 많아서 마치 만화영화에 나오는 숲속 같았다. 군데군
데 예쁜 정자도 있고, 농구장에서는 고등학생 형들이 유

니폼을 맞춰 입은 채 농구를 하고 있었다. 동구와 윤서는 공원을 한 바퀴 돌고는 연못이 보이는 정자에 앉았다. 멍하니 연못을 바라보던 동구가 갑자기 무언가 생각난 듯 외쳤다.

"아, 맞다! 나리쌤한테 그거 말해야 되는데!"

"뭘?"

"용쌤이 나보고 나리쌤이랑 다리 좀 놔달래. 그러면 나랑 혜연이랑 이어 주겠다고……."

"뭐? 너 혜연이 좋아해?"

윤서의 눈이 휘둥그레졌다.

"안 그래도 너한테 말하려고 했는데 사실 나도 좋아한 지 얼마 안 돼서……."

"음…… 뭐, 그건 그렇고. 용쌤이 너랑 혜연이를 어떻게 이어 줘?"

"이게 좀 복잡한데…… 간단히 말하자면 혜연이는 지금 내가 공부를 잘하는 줄 알거든. 근데 걔가 공부를 잘하는 남자를 좋아하는 것 같단 말이지. 그래서 본의 아니게 내가 연기를 하게 됐어. 용쌤이 그걸 알고는 내가 실제로 공부를 잘하게 도와주겠대. 어제 나한테 공부법도 알려 줬어."

"어쩐지 네가 갑자기 열심히 공부하는 게 좀 이상하더

라. 그래서 그저께 혜연이가 너한테 수학 문제를 물어본 거였구나?"

윤서는 이제야 모든 게 납득이 된다는 듯 고개를 계속 끄덕였다.

"그나저나 나리쌤한테는 뭐라고 말해야 되지?"

동구가 머리를 긁적였다.

"일단 카톡 보내 봐. 쌤 남친 없으시다 그랬죠, 이렇게?"

동구는 카톡을 열어 윤서가 말한 대로 메시지를 썼다.

몇 분 뒤 나리쌤에게서 답장이 도착했다.

> 우리 동구가 쌤한테 소개라도 해주게?

> 네~ 진짜 진짜 괜찮은 사람 있어요.
> 29살이라니까 쌤하고 나이 차이도 얼마 안 나요!

> 진짜로 소개해 주려고? ㅎㅎ
> 뭐하시는 분인데?

동구는 답장을 받고 잠시 망설였다. 윤서에게 물었다.

"야, 여자들은 어떤 남자를 좋아하지?"

"글쎄, 용쌤의 장점을 일단 죄다 말해 보는 게 좋지 않을까?"

"그게 좋겠다, 그중에 뭐라도 얻어걸리겠지!"

> 제가 다니는 공부방에 잠깐 일 도와주러 오시는 분인데요,
> 운전도 잘하시고... 공부도 많이 알려 주세요!

> 맛있는 것도 잘 사주시고... 또....
> 아! 패션 감각이 남다르세요!

메시지를 보냈지만 반응이 없었다. 분명히 읽음 표시는 사라졌는데 거의 10분 동안이나 답장이 오지 않았다.

> 동구야 ㅎㅎ 네가 내 연락처를 그분에게 알려 드리렴

> 그렇게만 하면 돼요?

> 응. 그러면 나머지는 그분이 알아서 하실 거야

> 알겠어요. 쌤~ 예쁜 사랑하세요!! ♥

동구가 쓴 메시지를 보고 윤서가 피식 웃었다.

"우엑, 뭐야? 마지막에 그 하트는?"

"뭐긴? 두 분의 명복을 빌어 주고 있잖냐!"

"엥? 야, 축복이겠지."

윤서가 낄낄거렸다. 둘이서 웃고 있는데 나리쌤의 답장이 도착했다.

> 그건 모르겠지만...ㅎㅎㅎ 어쨌든 고마워 ♥

"alone 홀로 외로이, alone 홀로 외로이, effort 노력하다, effort 노력하다……."

8월 3일 수요일. 동구가 본격적으로 공부를 시작한 지 어느덧 2주가 지났다. 수학의 전 범위 자습서를 풀어 보는 것은 어제 모두 끝냈고, 오늘부터는 영어와 국어도 함께 공부할 작정이었다. 동구는 영어 자습서를 펼쳐 놓은 채 용쌤이 알려 준 대로 단어를 계속 중얼거렸다.

방학 동안 공부방 수업은 오후 1시부터 시작했다. 곰쌤은 수업이 끝난 뒤에도 아이들이 남아서 자습을 할 수 있도록 공부방을 개방해 주었다. 덕분에 공부방 수업이 있는 날은 시원한 교실에서 저녁까지 마음껏 공부할 수 있었다. 오늘은 수업이 끝나자마자 가버린 민제와 루빈이를 제외하고 모든 아이들이 남았다. 심지어 태걸이도 오늘만큼은 남아서 공부를 했다.

무엇보다 이곳에는 혜연이가 있었다. 사실 그동안 동구는 혜연이와 친해질 기회가 별로 없었다. 가끔 마주칠 때 인사 정도만 했을 뿐이었다. 동구는 혜연이에게 장난도 치고 말도 걸어 보고 싶었지만, 혜연이가 늘 공부에 열중하고 있어 좀처럼 틈이 나질 않았다. 게다가 민제에게 모르는 문제를 물어보는 혜연이의 뒷모습을 볼 때마다 다가갈 의욕을 상실했다. 동구에게 유일한 낙은 혜연이를 몰래 훔쳐보는 일뿐이었다.

동구가 혜연이 쪽을 힐끔거리며 영어 단어를 중얼거리고 있는데, 갑자기 교실 문이 열리더니 곰쌤이 들어왔다.

"야. 배동구. 너 혹시 저녁까지 계속 있을 거냐?"

"네. 왜 그러세요?"

"잘됐다! 그럼 너 심부름 좀 해라. 구미에 가서 약 좀 사다 줘. 구미 역 앞에 김약국이라고 있는데 내가 몇 년째 약 지어 먹는 곳이 있다."

처방전을 손에 든 곰쌤은 지갑에서 만 원짜리 세 장을

꺼냈다. 동구는 귀찮다는 표정을 애써 감추며 말했다.

"아, 쌤! 그냥 용쌤이 차 타고 갔다 오면 금방이잖아요."

"용빈이가 없으니까 그렇지, 인마! 걘 대구에 내려갔어. 이번 일요일에 시험이 있어서 그때까지는 못 나와. 야, 똥구! 그러지 말고 네가 좀 다녀와. 자, 여기 처방전하고 약값이다."

이번에는 동구가 대놓고 입을 삐죽거렸다.

"아, 저 길치예요! 구미 위치도 잘 모른다고요. 김약국이 어디인 줄 알고 찾아가요?"

"찾기 쉬워, 인마. 역 앞에 2번 도로에 있는 곳인데 중앙시장 바로 입구에 있다."

"2번 도로는 또 어딘데요?"

동구가 계속 투덜대자 혜연이가 불쑥 끼어들었다.

"쌤! 저 거기 잘 알아요. 제가 다녀올게요."

"그래, 혜연이 네가 구미에 오래 살았지? 그럼 네가 다녀와라. 어이, 배동구! 너도 따라가라."

"네?"

동구의 눈이 휘둥그레졌다.

"인마, 여자애가 그 먼 곳을 어떻게 혼자 가냐? 네가 잘 모시고 갔다 와라. 여기 만 원 더 줄 테니까 차비 하고 남은 건 둘이 뭐라도 사 먹어라."

동구는 어쩔 수 없다는 표정을 지으며 자리에서 천천히 일어섰다. 혜연이와 함께 계단을 내려가 버스 정류장으로 향했다. 걷는 내내 혜연이는 아무 말이 없었다. 동구는 무슨 말을 꺼내야 할지 몰라 계속 머리를 굴렸지만, 도무지 아무것도 떠오르지 않았다.

그때 마침 버스가 도착했다. 올라타니 뒤편에 두 자리가 나란히 비어 있었다. 동구는 속으로 만세를 불렀다. 자연스럽게 혜연이와 같이 앉을 수 있는 절호의 기회였다. 동구가 혜연이에게 말했다.

"네가 안쪽에 앉아."

"아냐. 난 그냥 서 있을래."

동구는 가슴이 철렁했다. 구미 역까지는 30분이 넘게 걸리는데 서서 간다니…… 아무래도 혜연이가 자신과 같이 앉기를 꺼리는 것 같았다. 조금 전까지만 해도 한껏 들떴던 마음이 갑자기 축 가라앉았다.

"왜 서서 간다는 거야?"

"……햇빛."

혜연이의 시선을 따라 창가 자리를 보니 유리창을 통과한 따가운 햇빛이 그대로 쏟아져 내렸다.

'으아, 이 멍청한 자식아! 혜연이가 날 얼마나 매너 없는 놈으로 생각할까…….'

동구는 재빨리 안쪽 자리로 들어가 앉았다. 그러고는 혜연이에게 앉으라는 손짓을 했다. 혜연이는 그제야 바깥쪽 자리에 얌전히 앉았다.

동구는 어느 책에선가 봤던 내용이 생각났다. '카이로스'라는 신은 '기회의 신'이다. 그는 앞머리가 길었지만 뒷머리는 대머리였고 발에는 날개가 달렸다. 앞머리가 긴 이유는, 그가 지나갈 때 누구라도 손을 내밀면 붙잡을 수 있게 하기 위해서란다. 반면 뒷머리가 대머리인 이유는 한번 지나가고 나면 다시는 붙잡을 수 없기 때문이며, 순식간에 지나가 버리므로 발에 날개가 달린 것이라 한다.

동구는 바로 지금이 기회의 신 카이로스가 긴 앞머리를 휘날리며 지나가는 순간이라고 생각했다. 어쩌면 오늘이 혜연이와 친해질 수 있는 유일한 기회가 될지도 모른다는 느낌이 들었다. 그러나 막상 구체적으로 뭘 어떻게 해야 할지는 전혀 생각나지 않았다. 여자애와 단둘이, 그것도 좋아하는 여자와 이렇게 나란히 앉아 본 적은 머리털 나고 처음이었다.

동구는 혜연이 쪽을 힐끔 보았다. 혜연이는 귀에 이어폰을 꽂고, 무표정으로 앞을 바라보고 있었다. 동구의 가슴이 또다시 무너졌다. 마치 혜연이가 '너랑 대화하느니 차라리 음악을 듣고 말겠다' 하고 말하는 것 같았다.

동구는 주머니에서 스마트폰을 꺼내어 이것저것 만져보다가, 자신도 괜히 이어폰을 귀에 꽂았다.

"넌 무슨 노래 들어?"

혜연이가 불쑥 물었다.

"뭐? 나? 난 아무것도 안 들어. 그냥 귀, 귀에 꽂고만 있으려고……."

동구가 당황하며 말했다. 그 표정을 보자 혜연이가 피식 웃었다. 동구는 '뭐가 웃기지?'라는 생각이 들었지만, 그래도 혜연이가 자신을 보며 웃었다는 사실에 기분이 좋아졌다. 그래서 저도 모르게 혜연이를 따라 미소를 지었다.

"그럼…… 내 거 같이 들어 볼래?"

혜연이는 끼고 있던 이어폰 한쪽을 뺐다. 동구가 이어폰을 받으려고 손을 내밀었지만, 혜연이는 직접 동구의 귀에 이어폰을 꽂아 주었다. 귀에 스치듯이 느껴진 혜연이의 손길에 동구는 두 눈을 질끈 감아 버렸다. 귀에서 시작된 짜릿한 전기가 순식간에 온몸으로 퍼져 나가더니, 이내 심장으로 다시 모여들었다. 누군가 동구의 심장을 꽉 움켜쥔

것만 같았다. 쿵쾅거리던 심장박동이 겨우 진정될 때쯤,
동구의 왼쪽 귀에서 달콤한 노랫소리가 들려왔다.

영원히 넌 알 수 없겠지만
어떤 의미에선 넌 내게 참 특별했어
그래 왔던 너였기에 더욱 미웠던 거야

"노래 진짜 좋다. 누구야?"
동구는 일부러 이어폰을 귀에 더 꽉 끼웠다. 그걸 본 혜
연이가 볼륨을 한 단계 더 높여 주었다.
"줄리아 하트의 〈기도〉라는 곡이야. 나온 지 좀 된 노래
라서 넌 모를 수도 있겠다."
"응, 몰랐는데 들어 보니까 되게 좋네."
동구의 말을 듣자 혜연이는 표정이 환하게 밝아져서 "그
렇지? 좋지?" 하고 자꾸만 물었다. 동구는 그런 혜연이가
무척 귀여웠다. 다시 가슴이 두근거리고 얼굴이 화끈거렸
다. 동구는 재빨리 창문 밖으로 고개를 돌렸다. 혜연이가
말했다.
"너 요새 공부 되게 열심히 하더라? 손에서 뭘 놓고 있
던 적이 없던데, 가끔 존경스러워."

"뭐? 아냐, 난 그냥⋯⋯."

동구가 당황해하며 손을 휘휘 저었다.

"근데 궁금한 게 있는데⋯⋯ 넌 왜 그렇게 공부를 열심히 해? 특별한 목표나 꿈 같은 게 있는 거야?"

동구는 '네가 바로 그 목표란다'라고 대답하고 싶었으나, 지금 상황에서 그렇게 말하는 건 도무지 제정신이 아닌 행동 같았다.

"음, 딱히 그런 건 없는데⋯⋯ 그냥 할 수 있는 만큼 최선을 다해 보려는 거지, 뭐."

"오, 멋있다!"

혜연이가 배시시 웃었다. 이번에는 동구가 혜연이에게 물었다.

"혹시 넌 그런 거 있어? 꿈이라든가⋯⋯."

혜연이가 몇 초쯤 생각하더니 한숨을 푹 쉬었다.

"꿈⋯⋯ 있기는 한데 요즘은 그것 때문에 너무 힘들어."

"그게 무슨 말이야?"

"음, 그러니까 꿈을 가지고 열심히 하는 건 좋은데, 그 꿈이 때로는 사람을 숨 막히게 하는 것 같아. 게다가 주위 사람들이 나에게 꿈을 강요할 때는 더더욱 그렇고⋯⋯."

동구는 혜연이가 하는 말을 한 단어, 한 단어씩 집중해서 들었다. 혜연이가 왜 그런 생각을 하는지, 어떤 감정인지 이해하려고 노력했다. 동구는 지금 혜연이에게 말 못할 고민이 있다는 것을 직감했다. 만약 태걸이나 윤서였다면 별생각 없이 꼬치꼬치 캐물었겠지만, 혜연이에게는 그럴 수가 없었다. 다만, 지금 자신이 할 수 있는 최선의 방법은 혜연이의 마음을 알아주고, 함께 고민하는 것뿐이었다.

"맞아. 물론 꿈이 있어서 공부를 열심히 하는 경우도 있겠지. 그렇지만 난 반대의 경우라도 꼭 틀린 것은 아니라고 생각해."

"그게 무슨 말이야?"

혜연이와 동구의 눈이 서로 마주쳤다. 혜연이의 눈빛은 동구의 말에 따지려 하기보다 다음에 나올 말을 궁금해하는 것 같았다. 그 눈빛을 본 동구는 마른침을 한 번 꼴깍 삼키고, 차분하게 말을 이어 나갔다.

"그러니까 내 말은, 간절한 꿈이 꼭 있을 필요는 없다는 거지. 꿈을 먼저 가져야만 제대로 된 공부를 할 수 있다는 건…… 뭐랄까, 좀 잔인한 것 같아. 공부도 열심히 해라, 꿈도 열심히 찾아라, 그렇게 강요하면 당사자는 이중으로 힘들지 않을까?"

"그래도 꿈은 있어야 하지 않아? 아무런 이유 없이 그냥 공부하는 건…… 어딘가 이상하잖아."

동구는 혜연이가 방금 한 말이 본심이 아닐 것이라 생각했다. 혜연이의 본심은 오히려 반대 같았다. 그래서 일부러 자신에게 그런 질문을 던지는 듯했다. 동구는 아까보다 더욱 자신감 넘치는 목소리로 말했다.

"물론 공부하는 이유는 있어야겠지. 하지만 거기에 너무 집착하면 마음이 금방 지칠 것 같아. 어차피 해야 할 공부라면, 이유와 상관없이 일단 열심히 하는 게 우선일 수도 있다고 생각해. 꿈이라는 건…… 공부를 점점 잘하게 되면 생길 수도 있고, 계속 커져 나가는 게 아닐까?"

"동구 너, 꼭 철학자처럼 말한다? 근데 나도 그게 맞는 말 같아."

혜연이의 반응에 동구는 마음이 놓였다. 한편으로는 혜연이와 함께 이런 주제에 대해서 이야기하고 있는 자신의 모습이 신기하게 느껴졌다. 동구는 신이 나서 떠들었다.

"얼마 전에 내 꿈이 뭐였는지 알아? 고등학교만 졸업하고 포항으로 가서 과메기 공장에 취업하는 거였어. 근데 막상 공부를 열심히 하다 보니 생각이 바뀌더라. 나도 남들이 다 아는 좋은 대학에 가보고 싶고, 좋은 회사에 취업하는 상상도 하고 그러더라고. 사람마다 다르겠지만 나 같은 경우는 처음부터 꿈을 가지고 공부했다기보다, 공부를 하면서 조금씩 꿈이 보였던 것 같아. 물론 그 꿈이란 게 생겼다가 없어지기도 하고, 또 금방 다른 걸로 바뀌기도 하지만…….."

"얼마 전까지 그랬다고? 전교 1등인데?"

혜연이가 의아해하며 물었다. 순간 동구의 머릿속이 다시 하얘졌다.

'아차, 내가 너무 신이 나서 잠시 정신줄을 놨구나. 얼른 머리를 굴려라, 배동구!'

"으하하, 아주 예전에 그랬다는 거지. 예전에! 어쨌든 내 말은, 명확한 꿈이 공부를 이끄는 경우도 있지만 그보다는 일단 공부를 열심히 하면서 꿈도 함께 키워 나가는 게 더 자연스러운 게 아닐까…… 뭐 그렇다고."

"우아, 되게 멋진 말이다! 일단 공부를 열심히 하면서 꿈도 함께 키워 나간다…….."

혜연이가 감탄하자 동구가 멋쩍게 웃었다.

그렇게 한참을 대화하는 사이, 어느덧 버스는 구미 역에 도착했다. 혜연이와 동구는 길을 건너 김약국을 찾아갔다. 곰쌤이 보내서 왔다고 말하자 약국 주인이 무척 반가워했다. 약봉지를 받아 거리로 다시 나서니 햇볕이 따가웠다.

혜연이가 손으로 햇빛을 가리며 얼굴을 찡그렸다. 그 모습을 본 동구가 말했다.

"더운데 뭐라도 마실까? 곰쌤이 준 돈에서 7천 원쯤 남았는데 우리가 써도 된다고 했잖아."

"아, 맞다! 그럼 우리 프라푸치노 먹을래? 나한테 쿠폰 있으니까 두 잔 사 먹을 수 있어."

"푸락, 뭐? 프락치?"

동구가 더듬거리자 혜연이가 깔깔대며 웃었다. 혜연이는 자신만 따라오면 된다며 동구의 손을 잡아끌고 횡단보도로 걸어갔다. 그러고는 횡단보도 바로 앞에 도착하자 동구의 손을 놓아주었다. 움찔했던 동구는 그제야 깨달았다. 오는 내내 자신이 바보같이 입을 쩍 벌리고 있었다는 사실을.

두 사람은 스타벅스로 들어가 프라푸치노 두 잔을 주문했다. 음료를 받은 뒤 앉을 자리를 찾는데, 아무리 둘러봐도 매장에는 자리가 없었다.

'아, 어쩌지? 자리가 날 때까지 기다리자고 할까? 아냐, 다리 아프다고 싫어할지도 몰라. 근처에 공원 같은 데 가자고 할까? 아냐 아냐, 지금은 너무 더워서 아마 짜증 낼 거야. 시원한 피시방에 가서 먹자고 그럴까? 미친, 뭐래?

내가 지금 태걸이랑 왔냐? 아오!'

동구는 머리를 쥐어짰지만 해결책이 떠오르지 않았다. 매장 안을 여기저기 둘러본 혜연이가 동구에게 말했다.

"여긴 자리가 없네. 동구야, 우리 서점이나 갈까?"

"서점? 어디?"

"구미 역 2층에 춘양당 서점이라고 있는데 꽤 괜찮아. 구경할 것도 많고 앉아서 마실 데도 있어. 거기 가서 구경 좀 하다가 갈까?"

혜연이는 중학교 때 곡삼으로 이사를 왔지만 그 전까지는 계속 구미에서 살았다. 게다가 지금도 구미에 있는 중학교에 다니는 터라 시내 지리는 훤히 꿰고 있었다. 덕분에 둘은 길거리에서 헤매지 않고 곧장 서점으로 향했다. 서점 안에 들어서자 혜연이는 마법의 궁전에라도 온 것마냥 눈을 반짝였다. 베스트셀러 매대에 놓인 책들을 일일이 꺼내 읽더니, 이번에는 소설 코너로 가서 이 책 저 책을 한참 뒤적거렸다. 그 모습이 꼭 장난감을 보며 즐거워하는 꼬마 같았다. 동구는 서너 걸음 뒤에서 혜연이를 따라다녔다. 오늘따라 혜연이의 뒷모습이 달라 보였다. 줄무늬 티셔츠와 청반바지, 발목을 살짝 덮는 새하얀 양말이 무척 잘 어울렸다. 걸어갈 때마다 바람에 흩날리는 길고 검은 머리카락이 왠지 모르게 발랄해 보였다.

평소에 혜연이를 볼 때는 그저 귀엽다, 예쁘다, 이런 말들이 떠올랐는데 오늘은 달랐다. 마치 온 세상을 서서히 물들이는 붉은 노을을 바라볼 때나 수많은 별로 뒤덮여 반짝이는 밤하늘을 볼 때처럼…… 동구는 혜연이의 뒷모습에서 그런 신비로운 아름다움을 느꼈다. 확실히 동구가 처음 느껴 보는 감정이었다.

"동구야, 얼른 안 오고 뭐해?"

혜연이가 뒤를 돌아봤다. 그러고는 반짝이는 눈빛으로 동구를 향해 더없이 환하게 웃었다. 정신이 번쩍 든 동구가 손에 쥐고 있던 물건을 혜연이에게 내밀었다. 접이식 부채와 머리끈이었다.

"뭐야, 이거?"

"선물이야. 저쪽에서 방금 샀어."

"나 주는 거야? 와, 이 분홍색 머리끈 너무 예쁘다. 근데 이 부채 비싼 거 아니야?"

"싸구려야. 2천 원밖에 안 해. 밖에 돌아다닐 때 그걸로 햇볕 가리고 다니라고."

"……야, 배동구! 너 진짜 감동이다. 고마워!"

혜연이는 동구가 선물해 준 분홍색 머리끈으로 머리를

묶고는 밝게 웃으며 물었다.

"어때? 잘 어울려?"

동구의 가슴이 또다시 두근거렸다. 그런데 그때, 혜연이 뒤에 있던 거울로 둘을 지켜보는 누군가의 모습이 보였다. 정확히는 동구 쪽을 쳐다보는 것 같았다. 얼핏 보았을 뿐인데 왠지 익숙한 사람처럼 느껴졌다. 동구가 몸을 돌려 자세히 살폈으나 그 사람은 이미 사라지고 없었다.

이틀 뒤, 금요일 저녁. 공부방 교실 안에는 민제와 루빈이만 남아 있었다. 혜연이는 오늘 공부방에 나오지 않았고 동구와 윤서, 태걸이는 컵라면을 사러 슈퍼에 가고 없었다. 집에 갈 채비를 하던 루빈이는 가방을 싸다 말고 민제에게 조심스레 물었다.

"민제야, 넌 저녁 안 먹어?"

"먹을 거야."

민제가 책에서 눈도 떼지 않은 채 말했다.

루빈이가 그 모습을 잠시 쳐다보더니, 일어나 민제 곁으로 다가갔다.

"그럼 우리 같이 나가서 맛있는 거 사 먹을래? 나도 저녁 먹고 집에 들어가려고 했거든."

이번에도 민제는 책에서 눈을 떼지 않고 대답했다.

"아니."

"……."

실망한 루빈이가 막 돌아서려는데 갑자기 민제가 고개를 돌려 물었다.

"근데 혜연이는 어디가 아프대?"

"응? 혜연이? 그냥 더위를 좀 먹었는지 약간 어지럽대. 아마 다음 주부터 나올걸?"

민제는 다시 책을 보았다. 그러자 루빈이가 물었다.

"왜? 걱정돼? 너 혜연이한테 관심 있어?"

"그냥 물어본 거야. 안 나와서."

민제는 여전히 책만 보며 말했다. 그런 민제를 물끄러미 바라보던 루빈이가 의미심장한 말을 뱉었다.

"하긴, 혜연이는 이제 동구가 챙길 테니까……."

'배동구'란 말에 민제가 들고 있던 펜을 놓았다. 그러고는 루빈이를 향해 물었다.

"그게 무슨 말이야?"

"너 몰랐어? 혜연이랑 동구랑 사귀는 것 같던데?"

"확실해?"

"엊그제 둘이 구미 역에서 데이트하는 걸 내가 봤거든. 아주 다정하더라고. 아마 우리한테는 사귀는 걸 비밀로 하고 싶은가 봐."

민제는 잠시 생각하더니 피식했다.

"하, 이 새끼…… 혜연이한테 계속 구라 치고 있는 모양 이네……."

그 말을 들은 루빈이가 귀를 쫑긋거리며 물었다.

"응? 그건 또 무슨 소리야?"

"아, 아냐. 그냥 혼자 한 말이야."

민제는 다시 책으로 눈을 돌렸다.

일요일 오후. 여느 날처럼 동구는 윤서와 함께 도서관에서 공부 중이었다. 오늘은 온종일 역사 공부를 할 참이었다. 그래서 오전에는 교과서를 읽으며 일제강점기에 대한 단원을 꼼꼼히 공부했다. 점심을 먹고 나서는 해당 단원의 문제집을 풀었다.

그런데 문제가 생각보다 잘 풀리지 않았다. 분명히 오전에 공부한 내용인데도 막상 문제를 풀려니 아리송했다. 심지어 생전 처음 보는 내용을 묻는 문제도 많았다. '이런 건 없었는데?'라는 생각으로 교과서를 살펴보면 황당하게도 그 내용이 고스란히 교과서에 적혀 있었다. 분명 동구가 오전에 줄까지 치면서 읽었던 부분이었다.

동구는 깊은 한숨을 쉬었다. 아무리 열심히 공부해도 머릿속에 집어넣는 그 순간 바로바로 빠져나가는 것 같았다. 스스로가 한심하고 바보처럼 느껴졌다. 동구는 괴로운 듯 머리를 벅벅 긁더니 옆에 앉은 윤서에게 속삭였다.

"야, 잠깐 산책이나 할래?"

"그래."

윤서가 흔쾌히 따라나섰다.

동구와 윤서는 각자 음료수 한 캔을 손에 쥔 채, 도서관 주위를 거닐었다. 그러다 연못이 훤히 내려다보이는 정자에 올라가 앉았다. 동구가 몸을 앞으로 축 늘어뜨렸다.

"아, 너무 지친다."

"왜? 힘들어?"

"에효, 공부하는 건 괜찮은데 해도 해도 머리에 남는 게 없으니까…… 마음이 점점 지치는 것 같다."

"그래도 자꾸 하다 보면 괜찮아지겠지."

그때, 정자 아래쪽에서 낯익은 목소리가 들려왔다.

"배동구!"

동구와 윤서가 깜짝 놀라 아래를 내려다보았다. 민제가
테이크아웃 커피를 손에 들고 서 있었다. 민제가 정자 안
으로 올라오자 동구가 인상을 잔뜩 찌푸리며 말했다.

"야, 야. 딴 데 가, 인마! 여긴 이미 우리가……."

순간 동구는 말을 멈췄다. 민제의 뒤로 혜연이가 따라
들어오고 있었다. 게다가 손에는 민제와 똑같은 커피가 들
려 있었다. 혜연이는 동구와 눈도 마주치지 않은 채 윤서
를 향해 말했다.

"윤서야, 우리 조금만 있다 갈게."

혜연이의 싸늘한 표정을 보자 동구는 불길한 느낌이 들
었다.

'뭐지? 혜연이가 왜 민제와 같이 있지? 그리고 둘이 왜
똑같은 커피를? 설마 데이트라도 했나?'

혜연이와 민제는 동구네 맞은편에 앉았다. 둘은 아무
일도 없다는 듯 웃으며 대화를 나눴다. 동구가 두 사람을
향해 말을 걸었다.

"오…… 둘이 친한가 봐?"

"같은 반이니까."

민제가 뭘 그리 당연한 걸 묻느냐는 표정으로 대꾸했다. 동구는 더 이상 할 말이 생각나지 않았다. 슬쩍 보니, 혜연이는 다른 곳을 바라보고 있었다. 아무래도 이상했다. 그러고 보니 혜연이는 지금까지 한 번도 자신과 눈을 마주치지 않았다. 꼭 일부러 피하는 것 같았다. 동구는 혜연이에게 직접 말을 걸어 보기로 했다.

"혜연아, 몸은 좀 괜찮아?"

그러자 혜연이가 동구를 흘깃하더니 다시 고개를 돌렸다. 아주 찰나였지만 혜연이의 눈빛은 얼음장처럼 차가웠다. 그것은 동구를 피하는 정도가 아니라, 원망하는 듯한 눈빛에 가까웠다. 동구가 기억하는 둘의 마지막 만남은 분명 즐거웠다. 아무리 생각해 봐도 그 이후에 혜연이에게 잘못한 행동도 딱히 없었다. 그런데 혜연이의 태도가 백팔십도 돌변했다면, 짐작이 가는 이유는 오직 하나뿐이었다. 동구가 그토록 피하고 싶었던 일. 세상이 무너지는 한이 있더라도 제발 일어나지 말았으면 했던 그 일.

혜연이가 동구를 향해 고개를 돌렸다. 그러고는 똑바로 쏘아보며 말했다.

"배동구. 너 나한테 거짓말했지?"

동구의 온몸이 순식간에 굳어 버렸다. 혜연이가 말을 이었다.

"나만 모르고 있었더라? 사람 바보 만드니까 재밌니?"

혜연이의 싸늘한 표정에 동구의 가슴이 서늘해졌다. 무슨 변명이라도 해야 할 것 같아 입을 벌렸지만, 입술만 달싹거렸을 뿐 아무 말도 할 수가 없었다. 머릿속이 새하얘져서 어떤 할 말도 생각나지 않았다. 혜연이는 동구의 대답은 들을 필요도 없다는 듯 다시 고개를 돌렸다.

동구가 오늘 같은 날을 전혀 예상하지 못한 건 아니었다. 평소 나름의 대응책도 준비했다. 만약 혜연이가 자신의 비밀을 알아 버린다면, 멋쩍은 듯이 웃으며 장난처럼 넘어갈 작정이었다. '사실 어쩌다 보니 그렇게 되었다, 깜짝 놀란 네 표정을 보고 장난 좀 쳤다, 근데 연기를 하다 보니 실제로 공부를 열심히 하게 되었다, 그러니까 이것도 다 혜연이 네 덕분이다, 고맙다 혜연아' 이런 식으로 훈훈하게 말이다.

그러나 막상 일어난 현실은 예상하던 것과는 완전히 딴판이었다. 혜연이는 동구에게 화를 내지도, 따지지도 않았다. 단지 차가운 눈빛으로 동구를 쏘아볼 뿐, 아무 말도 하지 않으려 했다. 예상치 못한 반응이었기에 더더욱 어떻게 해야 할지 몰랐다. 결국 동구는 고개를 떨구었다.

모든 게 다 끝났다. 더 이상 할 수 있는 게 없었다. 혜연이를 보니, 이제는 어떠한 방법으로도 마음을 돌이킬 수 없을 것 같았다. 갑자기 혜연이가 벌떡 일어서며 말했다.

"민제야, 가자! 우리 딴 데 가서 얘기하자."

그러고는 먼저 정자에서 내려갔다. 민제가 일어나 동구 앞으로 걸어갔다. 동구가 고개를 들었다. 둘의 눈이 마주치자 민제가 입꼬리를 살짝 올리며 말했다.

"거봐, 오래 못 간다 그랬잖아."

민제가 정자에서 나간 뒤에도 동구는 한참 동안이나 서서 바닥만 노려보았다. 윤서가 그런 동구를 걱정스레 쳐다보았다. 동구가 천천히 입을 열었다.

"야, 내가 만약 사람을 죽인다면…… 금방 잡히겠지?"

"내가 어떤 과학 잡지에서 읽었는데 사람은 살인을 저지를 때 증거를 백 가지 정도 남긴대. 근데 아무리 천재라도 그중에서 서른 가지 이상은 미리 알 수 없대."

"그래, 참 위로가 된다. 내가 만약 교도소에 잡혀 가면 넌 나 찾아올 거냐?"

"당연히 가야지. 근데…… 이번 일은 그냥 잊어버리는

게 어때?"

윤서가 조심스레 위로했지만, 동구는 무섭게 바닥만 노려본 채 아무 대답도 하지 않았다.

그날 정오. 잔뜩 열이 오른 동구가 공부방 교실 문을 벌컥 열어젖혔다. 그 바람에 교실 뒤편에 혼자 앉아 공부하던 용빈이 흠칫하며 놀랐다.

"뭐야, 동구냐? 왜 이렇게 일찍 왔냐? 오늘 아침엔 도서관 안 갔어?"

"네. 도서관은 이제 안 가요."

용빈의 말에 동구가 귀찮다는 듯 퉁명스럽게 대꾸했다.

"뭐? 도서관을 왜 안 가?"

"아무 의미가 없어서요."

"의미가 없다니?"

용빈은 교실 주위를 한 번 쓱 둘러보더니 목소리를 낮추고 다시 물었다.

"갑자기 왜 그래? 요새 혜연이랑 잘 안 되냐?"

동구가 에어컨 바로 밑에 있는 책상에 걸터앉았다. 그러고는 땅이 꺼져라 깊은 한숨을 내쉬었다.

"저…… 털렸어요. 혜연이가 다 알아버려서 이제 절 벌레 보듯 쳐다봐요."

예상치 못한 대답에 용빈의 입이 쩍 벌어졌다.

"헉, 진짜냐? 그래도 잘 얘기해 보면 어떻게 오해가 풀리지 않겠……."

"저랑은 눈도 마주치지 않으려고 한단 말예요!"

동구가 격앙된 목소리로 외쳤다. 용빈은 그런 동구를 안쓰럽게 쳐다보았다.

"근데 혜연이는 어떻게 안 거야? 너한테 또 수학 문제 물어봤냐?"

"아뇨, 어떤 촉새 같은 개자식이 혜연이한테 다 꼰질렀어요."

동구가 눈을 부릅떴다. 둘은 한참 동안 말이 없었다. 멍하니 교실 바닥을 내려보던 동구가 씁쓸하게 말했다.

"혜연이……하고는 끝난 거겠죠? 더 이상 방법이 없겠죠? 아, 맞다! 쌤 심리학과잖아요! 이럴 때 저 진짜 어떡해야 돼요?"

"야, 심리학과가 무슨 여자 꼬시는 법 가르쳐 주는 덴

줄 아냐? 하여튼 혜연이의 태도가 그렇다면, 내가 보기에
도 이제 답이 없는 것 같다."

"답이 없다고요?"

"네가 마음 정리를 하는 수밖에……."

동구가 고개를 푹 숙였다. 용빈이 동구의 눈치를 슬슬
보며 말했다.

"그래도 하던 공부는 계속해야지? 너도 네 인생을 살아
야……."

그러자 동구가 고개를 홱 들어 용빈을 쏘아보았다.

"뭐, 지금은 내 말이 귀에 안 들어오겠지만…… 이러는
것도 시간이 지나면 나중에는 다 추억이 될 거고, 훗날 너
는 웃으면서 지금의……."

"아, 쌤! 그게 뭔 소리예요? 열 받아 죽겠는데 불난 집에
부채질하는 것도 아니고! 사람 미치겠다고요, 지금!"

동구가 잔뜩 화가 나서 외쳤다. 용빈이 한 마디라도 더
꺼냈다가는 책상이라도 들어 엎을 판이었다.

"아, 쏘리 쏘리! 난 애들을 데리고 올게. 너무 상심하지
말고, 인마!"

용빈이 나가자 동구는 책상 위에 아무렇게나 던져 놓은
자신의 가방을 멍하니 바라보았다. 잠시 후, 교실 뒷문 쪽

에서 누군가 들어오는 인기척이 났다. 하지만 동구는 쳐다 보지 않았다. 만약 혜연이라면 그 차가운 눈빛을 더는 볼 자신이 없었다.

"이제 공부 안 하냐?"

민제였다. 민제는 턱으로 동구를 가리키며 한마디 던지 고는 자기 자리로 갔다. 동구는 민제의 뒤통수를 노려보 았다. 민제는 가방에서 책을 꺼낸 다음, 몸을 돌려 의자에 가방을 걸었다. 그러다 동구와 눈이 마주치자, 또 한마디 내뱉었다.

"아, 내가 상관할 일이 아니지."

민제가 다시 앞을 보고 책을 펼쳤다. 동구는 그 모습을 가만히 지켜보다가 민제에게 다가가 말했다.

"재밌냐?"

"뭐가?"

"내가 우습지?"

"어, 좀."

그러자 동구는 어이없다는 듯이 껄껄 웃었다.

"이야, 이 자식 말하는 꼬라지 좀 봐? 야, 공부 잘하면 다냐? 다냐고!"

동구의 목소리가 높아졌다. 책을 보던 민제는 피식하더

니 동구를 올려다보며 말했다.

"그럼 너도 잘하든가?"

그 말을 듣자 동구는 주먹으로 뒤통수를 얻어맞은 기분이 들었다. 마음속에서 16년 동안 굳게 지켜온 자존심이 와르르 무너지는 소리가 들리는 것 같았다. 한껏 열이 받은 동구는 급기야 아무 말이나 내뱉기 시작했다.

"너 진짜 까불지 마! 내가 맘만 먹으면 너 같은 건 금방 이길 수 있어, 새꺄!"

"네가 나를 이긴다고? 그것도 공부로?"

민제가 크게 웃었다. 지금까지 본 적 없는 아주 환한 웃음이었다. 비웃는 것보다 더더욱 사람을 열 받게 만드는 기분 나쁜 웃음이었다.

"이 새끼가, 웃어? 내가 바로 다음 시험에서 너 이겨 줄까? 내기라도 할래?"

말을 마치기가 무섭게 동구의 마음속에서 마지막 이성의 목소리가 들려왔다.

'으아아, 너 지금 무슨 소리 하는 거야?'

그러나 그 목소리는 이내 또 다른 목소리에 덮였다.

'아냐, 지금 저 자식에게 밀리면 절대 안 돼! 일단 지르고 보자!'

민제가 말했다.

"무슨 내기?"

"평균 내기하자고. 다음 시험에서 평균 점수 더 낮은 사람이 여기서 깨끗하게 꺼지기로 하자."

그 말을 듣고 민제가 또다시 피식했다. 더는 대꾸할 필요가 없다는 듯 책을 내려다보았다.

"왜? 쫄리냐? 겁나?"

동구는 일부러 깔깔 웃었다. 민제가 고개를 들어 교실 천장을 올려다보았다. 그러고는 목 운동을 한 번 한 뒤, 다시 동구를 쳐다보았다.

"만약에 네가 지면? 그날 바로 여기서 나가겠다고?"

"그래. 근데 그럴 일은 없어. 너 정도는 맘만 먹으면 금방 이기니까. 어디서 별 그지 같은 게 굴러와서는……."

이렇게 말하면서도 동구는 민제가 정말로 내기를 받아들일까 봐 걱정이 들었다. 하지만 설사 진짜 받아들인다 하더라도, 일단 지금은 세게 나가야 이 상황을 주도할 수 있을 것 같았다. 동구가 말을 이었다.

"하나 더, 내가 너한테 지면 무릎 꿇고 사과한다. 됐냐? 쫄리면 꺼지시든가!"

동구는 민제의 표정을 살폈다. 딱히 대꾸가 없는 것을

보니 이 정도면 충분해 보였다. 만약 민제가 "뭐래? 어이없네" 하고 다시 공부를 하면, "에휴, 불알도 없는 새끼!" 정도의 말을 내뱉고는 교실을 확 나가 버릴 참이었다. 그럼이 신경전에서 승자는 자신이 될 게 분명했다. 그런데 천장을 보던 민제가 고개를 돌려 동구에게 말했다.

"괜찮네. 그 내기, 받아들일게. 네 실력이 나보다 한참 아래인 건 확실하니까, 공평하게 핸디캡도 걸어 주지. 다음 중간고사에서 네가 단 한 과목이라도 나보다 점수가 높으면 내가 지는 걸로."

동구가 당황해서 눈을 껌벅였다. 그러자 이번에는 민제가 되물었다.

"왜? 쫄리냐?"

"뭐? 누, 누가 쫄려 인마! 그래, 오케이. 쌤들한테 미리 인사나 해둬라. 두 달 뒤에 넌 여길 그만둬야 할 테니까."

민제는 말없이 문제집을 꺼내 펼치고 공부하기 시작했다. 동구는 그런 민제의 모습을 멍하니 쳐다보다가 이내 정신을 차렸다. 방금 자신이 무슨 짓을 저지른 건가 싶었지만, 후회해 봤자 이미 엎질러진 물이었다. 동구는 갑자기 아파오는 배를 부여잡고 화장실을 향해 냅다 뛰었다.

그날 저녁, 동구는 용빈과 함께 버거킹 계산대 앞에 서 있었다.

"웬일로 네가 나한테 햄버거를 사주겠다는 거야? 엄마 돈이라도 훔쳤냐?"

"그런 거 아니에요. 저희 와퍼 세트 두 개 주세요."

동구가 주머니에서 지갑을 꺼내며 점원에게 말했다.

"됐어, 인마. 중딩한테 얻어먹을 정도는 아니다."

용빈이 끼어들어 자신의 카드로 계산을 했다. 두 사람은 음식을 받고 자리를 잡았다. 동구는 햄버거를 거들떠보지도 않은 채 두 손으로 얼굴을 감쌌다.

"왜 그래? 또 무슨 일 있어?"

용빈이 걱정스레 물었다.

"쌤, 저 진짜 어떡해요?"

"뭔 일인지 말을 해봐. 여기까지 날 끌고 온 걸 보면 보통 일은 아닌 것 같은데."

"저질러 버렸어요."

"뭘?"

"민제한테 내기하자고 그랬어요. 다음 중간고사 때 한 과목이라도 그 새끼를 못 이기면 공부방 그만두겠다고요. 거기다 무릎 꿇고 사과까지 한다고……."

"뭐? 너 미쳤어?"

용빈이 깜짝 놀라 외쳤다. 그러고는 잠시 생각에 잠긴 듯 아무 말이 없더니 갑자기 물었다.

"민제였나 보지? 혜연이한테 얘기했다는 사람이?"

"네……."

동구가 힘없이 고개를 끄덕였다.

"야, 그렇다고 홧김에 시험 점수 내기를 하냐? 아니, 좀 이길 수 있는 걸로 덤벼야지."

"어쩌다 보니 그렇게 됐어요."

"흠. 어쨌든 그래서 나한테 방법을 물어보려는 거군?"

"네, 쌤은 알고 있을 거 아니에요. 민제를 이길 수 있는 방법 좀 알려 주세요."

용빈은 고개를 끄덕였다. 그러고는 한 손으로 동구의 어깨를 툭 치며 말했다.

"그래, 알려 주마. 내가 시키는 대로만 해."

"알겠어요. 말씀해 보세요."

"일단 민제를 찾아가라. 가서 이렇게 얘기해. 지난번에는 내가 실수한 거니까 내기는 없던 걸로 하자, 그때 사실은 내가 정신줄을 잠시……."

"뭐라고요? 쌤! 차라리 저보고 죽으라고 그러세요!"

"알겠다, 그래 그래. 너도 자존심이 있겠지……."

"좀 알려 주세요, 해결 방법을……."

동구가 다시 머리를 쥐어뜯었다.

"아, 그래! 너의 자존심을 지킬 수 있는 방법이 생각났다. 이렇게 하는 건 어떠냐? 중간고사를 보기 전에 네가 먼저 공부방을 그만두는 거야. 그러면 넌 내기에서 져서 그만두는 게 아닌 셈이지."

"……쌤?"

동구가 어이없다는 듯 용빈을 쳐다봤다. 그러다 곧 두 손을 모으고 간곡하게 부탁했다.

"쌤, 제발요! 제발 좀 알려 주세요. 민제 자식, 한 번이라도 이겨 보고 싶단 말이에요!"

용빈이 동구를 안타깝게 쳐다봤다.

"너 진심이야?"

"네."

"진짜로? 진짜 민제를 이기고 싶다고?"

"네. 그렇다니까요!"

동구는 아까보다 훨씬 우렁찬 목소리로 대답했다.

"걔는 매 학기마다 올백을 받는 애라고. 네가 걔를 이기려면 기적이 두 번이나 일어나야 돼. 정말로 운이 좋아서 네가 백 점을 맞는 기적, 거기다 걔가 실수로 문제를 틀리는 기적까지 또 일어나야 된다고. 넌 그게 말이 된다고 생각하냐?"

"확률이 1퍼센트는 있지 않을까요?"

"1퍼센트는 아니고 0.0001퍼센트쯤 될 거다."

"그래도 0퍼센트는 아니네요, 뭐."

동구의 말에 용빈이 피식 웃었다.

"그건 그렇지. 정 그렇다면 내가 공부 방법을 알려 주마. 단, 이건 중간고사 때 성적을 빨리 올리는 방법일 뿐, 민제를 확실히 이길 수 있는 방법이라고는 할 수 없다. 그건 불

가능하다는 거 명심해."

"알겠으니까 얼른 말씀해 주세요."

동구는 가방에서 종이와 펜을 꺼낸 다음, 한 글자라도 놓치지 않겠다는 비장한 표정으로 용빈을 보았다.

"일단 국영수는 포기해라."

"네?"

"앞으로 영원히 포기하라는 말이 아냐. 국영수는 점수를 올리기까지 시간이 많이 걸리잖냐. 그러니까 그 과목들로 승부해서는 바로 다음 시험에서 민제를 이길 확률이 제로란 뜻이야."

"역사는 어때요? 그건 어차피 다 외우는 거니까, 어떻게 해볼 수 있지 않을까요?"

"음, 어떤 과목이든 다 가능성이 낮지만, 네 말대로 그나마 암기 과목이 낫겠다."

"근데요, 제가 역사 공부도 해봤거든요? 아무리 공부해도 머릿속에 안 남아요. 무슨 말인지도 모르겠고……."

"어떻게 공부했는데?"

"쌤이 말해 준 대로 기본서 읽고 문제집도 풀고 그랬죠. 근데 기본서에서 읽은 내용이 머릿속에 하나도 안 들어오고요, 문제 풀 때는 방금 공부한 내용인데도 기억이 안 나요. 그래서 다 틀려요."

"그건 네가 기본서를 제대로 안 읽어서 그래. 너 기본서 어떻게 읽었냐? 한 줄 읽고, 다음 줄 읽고, 그러지?"

"당연하죠. 안 그러면 어떻게 하는데요?"

"그렇게 하면 머릿속에 안 남아. 한 줄 읽었잖아? 그럼 바로 멈춰야 해. 그리고 볼펜으로 방금 읽은 문장을 가린 다음 내용을 떠올려 봐라. '방금 읽은 게 뭐였더라?' 하고 생각하는 거지."

"그럼 뭐가 달라요?"

"그래야만 방금 읽은 문장이 비로소 머릿속에 남는 거야. 그냥 읽기만 해서는 머리가 절대 안 돌아가. 머릿속은 백지인 상태로 눈으로만 쭉쭉 지나가 버리는 거지. 그러면 기본서를 백날 읽어도 소용없어."

"그러니까, 방금 내가 읽은 문장이 무슨 뜻인지 한 번씩 다 음미하고 넘어가라는 말씀이세요?"

"바로 그거지!"

"그럼 이건 그렇다 치고, 읽으면서 바로바로 내용을 다 암기해야 돼요?"

"아니, 그건 시간 낭비다. 하나하나 외우려면 끝이 없어. 그렇게 공부하면 몇 페이지 못 가서 금방 지칠 거다."

"그래도 외울 건 외워야죠."

"암기는 문제를 풀면서 같이 하는 게 가장 좋아. 만약 네가 어떤 문제를 틀렸다고 쳐. 그게 무슨 의미겠냐? 그 개념에 대해 암기가 제대로 안 되어 있다는 뜻이겠지? 그럼 그때 관련 개념을 외우는 거지."

"그러니까 암기하고 문제를 풀지 말고, 문제를 풀면서 틀린 것만 암기하라고요?"

"그렇지! 네가 모르는 것 위주로 암기를 해야 시간 대비 효율을 높일 수 있다."

"쌤, 고민이 하나 더 있는데요……."

"뭔데?"

동구가 깊은 한숨을 쉬더니 물었다.

"암기할 게 진짜 너무 많아요. 제가 문제를 풀잖아요? 그럼 〈보기〉 ①번부터 ⑤번까지 전부 다 모르겠어요. 그걸 일일이 책 찾아보면서 공부하려니까 시간이 너무 오래 걸려요."

"그게 왜 그런지 아냐?"

"왜 그런데요? 공부하는 사람의 심리가 원래 그런 거예요?"

"아니, 그건 네가 지난 학기까지 공부를 너무 안 해서 그래. 다 네 죗값인 거지."

"네…… 그건 그렇죠. 확실히 말씀해 주셔서 고마워요."

동구가 쓴웃음을 지었다. 그러자 용빈이 동구 쪽으로
몸을 숙이며 말했다.

"내가 이거 하나는 약속하마. 네가 지금은 공부할 게 너
무 많아서 가슴이 답답하고 미칠 것 같잖아? 근데 그건
딱 지금뿐이야. 하나하나 해결해 나가다 보면 나중에는 반
드시 쉬워진다. 그때부터는 공부가 무척 재밌어질 거야."

"그럼 그때까지는요? 미칠 것 같아도 그냥 참고 해요?"

"그렇지. 그때까지는 결국 인내가 답이다. 실력이 쌓일
때까지, 그래서 공부가 재밌어질 때까지 일단은 묵묵히 참
으면서 하나하나 머릿속에 채워 넣는 수밖에 없다."

동구는 고개를 한 번 끄덕이더니 그제야 햄버거를 먹기
시작했다. 눈 깜짝할 사이에 햄버거 하나를 해치운 동구
가 무언가 생각난 듯 다시 물었다.

"궁금한 게 또 있는데요. 역사 문제 풀다가요, 〈보기〉에
모르는 내용이 나오면 일단 그냥 넘어가요? 점수부터 다
매기고 나서 그때 해설을 보는 게 좋겠죠?"

"아니. 그러지 말고 바로바로 찾아봐라."

용빈이 콜라를 집어 들었다. 그러고는 단번에 쭉 들이킨

뒤에 말을 이었다.

"예를 들어볼게. 만약 '다음 사진의 유물이 사용되었을 당시 생활 모습으로 올바른 것은?'이라는 문제가 나왔어. 근데 그 유물을 보니까 빗살무늬토기인 거야. 그럼 언제냐? 신석기잖아?"

"아, 그래요?"

동구는 처음 알았다는 듯 눈을 동그랗게 떴다.

"이야, 너 진짜 기초가 없긴 하구나! 어쨌든 그건 신석기 유물이야. 근데 〈보기〉 ①번을 보니까 '이 시대는 간석기를 사용하였다'라고 적혀 있는 거야. 넌 이게 정답인 걸 알았어. 그럼 어떡할 거야?"

"뭘 어떻게 해요? 그게 정답이라면서요? 다음 문제로 바로 넘어가야죠."

"그러지 말라는 거야, 인마. 생각해 봐. 그렇게 바로 넘어가면 넌 이 문제를 풀면서 얻은 게 하나도 없는 셈이잖아. 모르는 걸 발견하고 해결해야 실력이 성장하는데, 넌 너에게 이미 있는 실력만 확인했을 뿐이잖아."

"그럼 어떻게 하라는 말씀이세요?"

"평소 공부할 때는 문제를 잘 맞히는 게 전혀 중요하지 않아. 그보다는 내가 모르는 내용을 어떻게든 발견하려고 노력해야지. 나머지 〈보기〉도 다 읽어봐야 해. 예컨대 〈보기〉 ②번을 보니까 '동굴이나 막집에서 생활하였다'라고 적혀 있네? 근데 정답은 ①번이니까 이건 오답이겠지? 왜 오답인지도 생각해 보라는 거야. 이게 구석기인지 청동기인지까지도 고민해 봐. 물론 기본서도 다시 들춰 보고."

"문제에서 묻지도 않은 것까지 고민하라고요? 그럼 너무 피곤할 것 같은데, 꼭 그렇게까지 해야 돼요?"

"문제란 네가 뭘 모르고 있는지 점검하기 위한 수단일 뿐이야. 〈보기〉 ②번을 읽으면서 내가 '막집에서 생활한 시기가 어느 시대인지 몰랐다'는 사실을 알았잖아. 그럼 바로 기본서를 살펴봐야지. 이리저리 뒤적이며 찾아보라고. 그러다가 관련된 개념을 발견하면 거기에 별표를 치든가 밑줄을 긋든가 하란 말이야. 왜냐하면 그 개념은 문제로 나올 만큼 중요한 내용인데, 너는 방금 전까지 몰랐던 셈이니까."

"별표 치고…… 암기도 그때 해요?"

"그래. 암기하는 방법도 간단해. 저번에 내가 영어 단어 외우는 법 가르쳐 줬잖아? 그거랑 똑같이 하면 돼. 구석기는 막집, 막집은 구석기, 이런 식으로 입으로 수십 번 중얼거리라고. 그럼 머릿속에 얼추 남아."

그 말을 듣고 동구가 입을 삐죽거렸다.

"하, 무슨 말씀인지는 알겠는데요, 그런 식으로 일일이 〈보기〉⑤번까지 다 보면…… 진짜 시간 오래 걸려요. 한 문제 푸는 데 아마 30분도 넘게 걸리겠어요."

"내 말 믿어라. 오래 걸리는 방법 같지만 따지고 보면 가장 시간이 절약되는 방법이다. 왜냐하면 넌 네가 모르는 것만 쏙쏙 골라서 공부하고 있는 거니까."

"……에휴, 네. 참, 한 가지 더요! 노트 필기는 하기 싫어도 꼭 해야 돼죠?"

"노트 필기? 수업 시간에 선생님이 설명한 거 그대로 받아 적는…… 그거 말하는 거냐?"

"네, 뭐 그런 거라고 볼 수 있죠. 노트에 개념을 쭉 정리하는 거요."

"하지 마라. 시간 낭비다."

"왜요?"

"생각해 봐라. 네가 노트에 적는 건 교과서나 기본서에 이미 있는 내용들이잖아. 그걸 왜 굳이 옮겨 적고 있냐? 시간 낭비다. 차라리 그 시간에 교과서나 기본서를 한 번이라도 더 읽어 봐라."

"그래도 수업 시간에 학교 쌤이 강조하는 내용은 필기

해야 하지 않아요?"

"물론 그렇지. 하지만 선생님이 하는 말을 일일이 다 받아 적는 건 비효율적이야. 그냥 교과서나 기본서를 펼쳐 놓고 선생님이 강조하는 내용에 밑줄을 긋거나, 별표를 치거나, 빈 공간에 간략히 메모만 하면 돼. 그럼 시간도 절약되고 수업도 더욱 집중해서 들을 수 있다."

동구는 천천히 고개를 끄덕였다. 그러다가 또 무언가 생각난 듯 물었다.

"문제집은 최대한 많이 풀어보는 게 좋겠죠? 이참에 서점 가서 역사 문제집 한 다섯 권쯤 사려고요."

그러자 용빈이 손을 내저었다.

"열정은 가상하다만 그건 돈 아까운 짓이야. 물론 문제를 많이 푸는 게 좋기는 한데, 일단은 한 문제집을 선택해서 최소한 세 번은 반복하고 넘어가는 게 우선이야."

"세 번 반복하라고요?"

"그래. 일단 한 권만 사서 중간고사 범위까지 쭉 풀어봐. 다 풀고 나면 다시 처음으로 돌아가서 또 푸는 거지."

동구가 의아해하며 물었다.

"정답 표시가 다 되어 있는데 어떻게 다시 풀어요?"

"그러니까 애초에 문제집에 정답 표시를 하면 안 되지.

문제집을 풀 때는 반드시 연습장이나 수첩에 정답을 써라. 문제집에는 맞혔는지 틀렸는지 표시만 해두고. 그러면 문제집을 여러 번 풀더라도 새 문제집처럼 풀 수 있을 거 아니냐?"

"오, 그거 괜찮네요. 그럼 두 번째 풀 때는 처음에 풀었던 문제를 전부 다시 풀어야 돼요?"

"굳이 맞힌 문제까지 다시 풀 필요는 없어. 두 번째는 그냥 처음에 틀린 문제만 골라서 풀어 봐. 세 번째 풀 때도 마찬가지로 두 번째 풀 때 틀린 문제만 골라서 풀고."

"세 번째 풀 때 또 틀리면요?"

"그게 바로 엑기스지. 너에게 기적을 가져다줄 마법의 엑기스! 시험 직전이 되면 그동안 풀었던 여러 권의 문제집에서 그 문제들만 골라 공부하면 돼. 그럼 빠르게 전 범위를 복습할 수 있어."

"아, 시험 직전에 전 범위를 꼼꼼하게 보는 게 아니었구나……."

"시간도 없는데 언제 전 범위를 다 읽고 있냐? 시험 직전에는 네가 여태까지 풀었던 문제들 중에서 계속 틀린 것만 골라서 보는 거야. 이게 가장 효율적인 최종 마무리지. 그렇게 하고 다음 날 시험지를 보잖아? 그럼 신기하게도 문제를 읽자마자 정답이 다 보인다."

동구는 입을 벌리고 연신 감탄했다. 듣고 보니 정말로 그럴 듯했다. 용쌤은 민제를 이길 가능성이 없다고 했지만, 앞으로 이렇게만 하면 1퍼센트의 가능성이 생길지 몰랐다.

"고맙습니다! 제가 민제를 이기면 쌤한테 진짜로 크게 한턱 쏠게요."

그러자 용빈이 피식 웃으며 대답했다.

"마음만이라도 고맙다."

일주일 뒤, 동구는 도서관에서 한창 공부 중이었다. 광복절인데도 시립도서관 열람실에는 여전히 사람이 많았다. 열람실은 설날과 추석을 제외하고는 항상 개방되어 있었다. 덕분에 동구와 윤서는 공휴일이라도 이곳에서 공부를 할 수 있었다.

요즘 동구는 아침 8시부터 공부를 시작했다. 9시쯤 도서관에 오면, 얼마 하지도 못하고 공부방으로 가야 해서 먼 거리까지 오는 보람이 없었다. 도서관에 8시까지 오려면 최소한 아침 6시에는 일어나야 했다. 집에서 도서관까지 거리도 멀고, 아침밥도 먹어야 했기 때문이다.

처음에는 귀찮아서 아침밥을 먹지 않았다. 그런데 빈속으로 도서관에 오니, 오전 내내 속이 쓰렸다. 배에서 연신 꼬르륵 소리가 나는 바람에 사람들이 자꾸 쳐다봐서 집중도 되지 않았다. 그래서 동구는 아침밥을 꼭 먹기로 다짐했다. 엄마에게 아침밥을 차려 달라고 말하자, 엄마는 코웃음을 치며 '새벽부터 또 어디를 싸돌아 다니느냐'고 빈정거렸다. 그러나 동구가 매일같이 도서관에 가는 걸 보고는 아침마다 요리를 하기 시작했다.

아침에 일찍 일어나려면 밤에는 일찍 자야 했다. 물론 동구는 처음에 무수한 시행착오를 겪었다. 하루 종일 공부만 하다가 집에 돌아오면, 밤에는 꼭 딴짓이 하고 싶었다. 그래서 밤 12시가 넘도록 컴퓨터 게임을 하거나 스마트폰만 붙잡고 있었다. 그러면 다음 날 아침에 도저히 일찍 일어날 수가 없었다. 알람이 요란하게 울려도 그냥 꺼버리고 계속 잤다. 그런 날은 오전 10시가 다 돼서야 겨우 일어났는데, 잠을 푹 잤어도 마음이 영 찜찜했다. 인생의 실패자가 된 기분이랄까. 이미 하루를 망쳤다는 생각에 아예 공부를 포기해 버렸다.

이러한 시행착오를 몇 번 겪고 나자, 동구는 집에 돌아오면 아무것도 하지 않고 무조건 잠들기로 했다. 하루에 최소 여덟 시간은 자야 하니까, 밤 10시에는 잠자리에 들기로 결심했다. 평일에는 컴퓨터를 아예 켜지 않았고, 카톡 프로필 메시지에는 '카톡 안 함'이라고 적어 두었다.

동구는 그동안 하루 종일 열심히 공부하는 삶은 고3이라든가 어려운 시험을 준비하는 어른에게만 해당되는 줄 알았다. 또 그런 삶을 사는 사람들은 하루하루 끔찍한 고통을 억지로 버텨 내고 있는 것이라 생각했다.

그런데 막상 자신이 해보니, 전혀 고통스럽지 않았다. 오히려 하루가 상쾌했다. 해가 뜨지 않은 아침, 집을 나설 때면 산뜻한 풀 내음이 코끝에 느껴졌다. 버스를 타고 가면서 사람들의 표정을 하나하나 구경하는 일도 나름 재미있었다. 이른 아침 버스 안에 그토록 사람들이 많다는 사실을 동구는 처음 알았다. 모두가 하루하루 열심히 사는 사람들 같았다.

시원한 아침에 출발을 하니, 한여름인데도 도서관에 가는 내내 덥지 않았다. 덕분에 도서관에 도착해서 따로 땀을 식힐 필요도 없었다.

이 시간에 열람실에 오면 중학생으로 보이는 또래들은 아무도 없었다. 고등학생조차 몇 없었다. 이미 자리를 잡고 공부하는 사람들 대부분 대학생 이상 되어 보이는 어른들뿐이었다. 이들의 눈빛은 동구가 늘 학교에서 보던 친구들과 전혀 달랐다. 어딘가 절박하면서도 간절한 눈빛이었다. 각자 어떤 사연으로 이곳에 앉아 있는지 모르겠지만, 다들 하나같이 자신의 꿈을 이루기 위해 집중하는 모습이었다. 동구는 그 사람들이 멋지게 느껴졌다. 그리고 그 멋진 사람들 중 한 명이 바로 자신이라는 사실에 내심 뿌듯했다. 이곳에 오면 왠지 모르게 스스로가 어른스러워지는 듯한 기분이 들었다. 학교에서 친구들과 놀 때나 피시방에서 게임을 할 때 느끼던 즐거움과는 완전히 차원이 다른 것이었다.

또 최근에 동구는 신기한 경험을 했다. 역사 문제집 한 권을 일주일 만에 다 풀어 버린 것이다. 동구의 16년 인생에 처음 있는 일이었다. 지난 학기까지 동구는 기껏해야 하루에 두세 페이지, 그것도 마음을 다잡고 열심히 했을 때나 그 정도였다. 대부분 문제집은 1단원에 나온 몇 문제만 풀고는 책꽂이에 둔 채 들춰 보지도 않았다. 예전에는 '공부 잘하는 애들은 어떻게 한 학기 만에 문제집 한 권을 다 푸는 걸까?' 하고 내심 부러웠다. 그러나 막상 해보니 한 학기는커녕 일주일 만에도 다 풀 수 있었다.

물론 동구는 여전히 공부가 어려웠다. 이해가 안 되는 내용이 더 많았고, 틀리는 문제도 많았다. 하지만 일단 무조건 책상에 앉았다. 어려워도 계속 읽고, 하기 싫어도 계속 풀었다. 한 가지 목표를 정해서 하루 종일 몰아치니 결국에는 할 수 있었다. 동구는 인생의 진리를 깨달은 것만 같았다. 방학이 일주일밖에 남지 않았지만, 이런 식으로 공부하면 다음 중간고사 범위까지 국영수 예습도 할 수 있을 것 같았다.

한참을 집중하며 공부하던 동구가 책을 덮고 옆에 있는 윤서에게 속삭였다.

"야, 벌써 11시 반이야. 슬슬 가방 챙겨서 나가자. 밥도 먹어야지."

"벌써? 언제 시간이 이렇게 됐지?"

둘은 늘 가던 도서관 바로 옆 중국집으로 향했다. 오늘도 동구는 간자장을, 윤서는 볶음밥을 주문했다. 숟가락을 하나 더 달라고 말하는 것도 잊지 않았다. 윤서가 컵에 물을 따르며 동구에게 물었다.

"공부는 잘돼?"

"뭐, 그럭저럭. 넌 2학기 예습하고 있는 거야?"

윤서가 고개를 가로저었다.

"아니, 난 1학기 때 배운 내용 복습하고 있어. 제대로 모르는 것 같아서. 근데 벌써 방학이 다 끝나가네. 아마 겨울방학 때 다시 한 번 봐야 할 것 같아."

"뭐? 중3 겨울방학 때는 보통 고1 선행하지 않아?"

"수학 선행은 2월에 하려고. 교과서로 하면 쉬우니까 한달 만에도 가능할걸? 그때까지는 국영수 전 범위를 복습할까 해. 기초를 잘 다지는 게 고등학교 올라가서도 좋을 것 같아."

동구가 고개를 끄덕이며 대답했다.

"그래? 뭐, 네가 다 알아서 잘하겠지."

윤서는 자신의 손톱을 만지작거리다가, 조심스레 동구의 눈치를 살피며 물었다.

"혜연이하고는 별일 없어? 아직도 얼음 공주신가?"

"그래, 여전히 찬바람이 쌩쌩 분다."

"가서 말 한번 해봐. 어쩌다 보니 그렇게 됐다고, 아님 이참에 고백이라도 하든가."

그 말에 동구가 어이없다는 듯이 웃었다.

"그러니까 혜연이를 찾아가서, 내가 거짓말해서 미안하

다! 하지만 널 좋아한다! 이렇게 말하라고?"

"……듣고 보니 좀 이상하긴 하네."

"에휴……."

동구는 한숨을 푹 쉬었다. 잠시 후 점원이 음식을 가져오자 윤서가 앞 접시에 볶음밥을 덜어내며 말했다.

"그래도 잘 얘기해 보면 되지 않을까? 이대로 포기하기엔 너무 아까운데. 너 혜연이 많이 좋아하잖아."

"이제 나도 모르겠어. 혜연이가 날 사랑스럽게 쳐다봐도 고백할 용기가 날까 말까 한데, 그런 눈빛으로 보니 무슨 말도 못 걸겠더라."

윤서는 볶음밥을 동구 쪽으로 내밀었다. 그러고는 동구를 잠시 동안 바라보다가, 무언가 생각난 듯 말을 꺼냈다.

"저기, 그러면 내가…… 아, 아니다."

"네가 뭐?"

"아니야. 아무튼 지금 네가 열심히 공부하는 건 민제를 이기고 싶어서 그런 거지?"

이번에는 동구가 앞 접시에 간자장을 덜어 윤서에게 건넸다.

"처음에는 그랬지. 근데 요즘 가만히 생각하니까 역시 좀 불가능할 것 같아. 그 녀석이 지금껏 쌓아 온 실력이 있

218

는데, 그걸 내가 두 달 만에 뒤집는다는 건 아무래도 말이 안 돼. 걔가 지금 놀고 있는 것도 아닌데 말이야."

그러자 윤서가 의아해하며 물었다.

"그럼 왜 이렇게 열심히 공부해?"

"글쎄? 나도 몰라."

동구는 자장면을 우걱우걱 입에 넣었다. 윤서의 말을 듣고 보니 자신도 이해되지 않았다. 처음에는 혜연이에게 잘 보이려고, 그 뒤에는 민제를 이기고 싶어서 공부를 열심히 했다. 하지만 결국 혜연이에게 거짓말이 들통났다. 민제를 이길 가능성은? 더더욱 없다. 그런데도 왜 자신은 공부를 열심히 하는 걸까? 갑자기 특별한 꿈이나 목표가 생긴 것도 아닌데 말이다. 아주 잠시 고민했지만, 딱히 납득할 만한 이유가 떠오르지 않았다.

"내기에서 지면 너 진짜로 공부방 그만둘 거야?"

윤서가 걱정스레 물었다.

"그래야지. 쪽팔려서 어떻게 다니겠냐?"

"뭐 어때? 이번 중간고사 끝나면 곰쌤이 연합고사 최종 정리도 해준다고 그랬어. 겨울방학 때는 고등학교 선행도 나가 준다 그랬고."

"아마 표민제, 그 새끼가 가만 안 있을걸? 또 구라 쳤다면서 날 비웃을 게 뻔하고, 혜연이도 옆에서 같이 비웃겠지. 죽어도 그 꼴은 못 본다, 내가!"

그러자 윤서가 피식하고 웃었다.

"결국 혜연이 때문에 쪽팔려서 그만두는 거네. 내기에서 져도 혜연이가 계속 다니라고 하면 그냥 다니겠다?"

"아, 물론 혜연이가 내 손을 잡아끌면서 제발 다니라고 부탁하면 어떻게 그걸 뿌리치겠냐? 남자로서 여자의 마음을 아프게 할 수는……."

동구가 갑자기 멈췄다.

"야, 나 지금 뭐라는 거냐? 미쳤나 봐. 말도 안 되는 소릴 하고 있네, 내가!"

"그렇지. 그건 있을 수 없는 일이지."

윤서가 낄낄대며 웃었다.

"어쨌든 내가 그만둬도 너는 계속 다녀라. 곰쌤 잘 가르치잖아. 그러니까 너는 네 갈 길을 가."

"너 꼭 죽으러 가는 사람 같다?"

"응. 머지않았어. 기왕 죽을 거면 장렬하게 죽어야지."

동구는 젓가락으로 자장면 그릇을 휘적거렸다. 더 이상 면발이 없자, 그릇째 들고 숟가락으로 소스를 퍼먹기 시작했다.

8월 22일 월요일. 곡삼중학교의 개학 날이다. 오늘따라 3학년 교실이 유달리 시끄러웠다. 교실 앞쪽에 모인 아이들이 하나같이 놀란 표정으로 웅성거리고 있었다. 그 중심에 동구가 있었다. 아이들은 동구의 공부하는 모습을 보면서 '세상에 이런 일도 있구나' 하며 신기해했다.

"아, 좀 꺼지라고!"

동구가 문제를 풀다 말고 아이들에게 짜증을 냈다.

"너무 신기해서 그래. 네가 공부하는 거 3년 만에 처음 봐. 너 방학 동안 뭐 잘못 먹었어?"

행식이의 비아냥에도 동구는 대꾸하지 않고 하던 공부를 계속했다. 그러자 아이들이 서로 속닥대며, 역시 동구가 정신이 이상해진 것 같다는 둥, 상담 선생님한테 말해야 하는 게 아니냐는 둥 난리 법석을 떨었다.

잠시 후 한 여자애가 동구에게 와서 말했다.

"동구야, 나리쌤이 지금 잠깐 교무실로 와보래."

동구는 의아해하며 교무실로 향했다. 문을 열고 들어서니 맨 구석진 자리에 앉아 있던 나리쌤이 손을 흔들었다. 동구가 다가가자 나리쌤은 책상 옆에 있던 작은 의자를 가리키며 동구에게 앉으라고 했다. 나리쌤이 동구를 향해 환하게 웃으며 물었다.

"방학 동안 잘 지냈어? 공부는 어떻게 좀 해봤니?"

"네. 그때 쌤이 잘 알려 주신 덕분에 그럭저럭 잘하고 있어요."

"그래? 동구 너 뭔가 분위기가 방학 전보다 많이 달라진 것 같다?"

"글쎄요. 전 잘 모르겠어요."

동구가 머리를 긁적거리며 수줍게 웃었다.

"확실히 그래. 아까 전에 어떤 애들도 와서는 네가 좀 이상하다고 하던데?"

"하, 진짜 이 자식들……."

동구가 귀찮다는 듯 인상을 찌푸렸다.

"우리 동구가 쉬는 시간에도 열심히 공부하고…… 확실히 마음을 다잡은 모양이네?"

"그냥 하는 데까지 해보려고요."

"그래. 좋은 태도야. 그리고 너, 쌤이 듣기로는 이번 중간고사 때 성적 잘 받아야 한다며?"

동구의 눈이 휘둥그레졌다.

"네? 누가 그래요?"

"다 아는 방법이 있지."

나리쌤이 깔깔 웃었다. 그러고는 다시 말을 이었다.

"네가 제대로 공부하려는 것 같으니까 쌤이 몇 마디 해 주려고. 어때? 들어볼 거야?"

"저야 그래 주시면 정말 감사하죠!"

"쌤이 널 도와주고는 싶지만 그렇다고 시험 문제를 미리 알려 줄 수는 없잖아? 그건 공평하지 않으니까. 하지만 네가 스스로 시험 문제를 미리 알아낼 수 있는 방법은 알려 줄 수 있어."

"시험 문제를 미리요? 어떻게요?"

동구가 갑자기 주변을 살피더니 목소리를 낮췄다.

"잘 들어, 사실 어떤 선생님이든지 평소 수업 시간에 앞으로 시험 문제에 뭘 낼지 얘기하기 마련이야. 다만 아이들이 그걸 못 알아챌 뿐이지."

"어떻게 미리 알아채요? 에이, 설마 수업 시간에 집중해서 잘 들으라는 말씀하시려고요?"

동구는 나리쌤이 자신도 아는 당연한 말을 할 것 같아 걱정되었다.

"그거야 당연하고, 더 구체적인 방법을 알려 줄게. 만약 평소에 선생님이 '이게 중요하다'라고 말한다면, 그건 시험

에 나올 가능성이 높으니까 꼭 별표를 쳐야겠지? 근데 그
것 말고도 시험 문제의 힌트를 주는 경우가 세 가지 더 있
어."

"세 가지나요?"

동구가 귀를 쫑긋했다.

"그래. 일단, 첫 번째. 학생들에게 '얘들아, 잘 알겠어?'
하고 물어보는 부분이야. 선생님 입장에서는 그게 중요한
내용이니까 학생들이 제대로 알고 있는지 궁금한 거지. 그
러니까 당연히 그 부분이 시험 문제로 나오겠지?"

"음, 일리가 있네요. 그럼 두 번째는요?"

"두 번째는 학생들이 정말로 알고 있는지 다시 확인하
는 경우야. 예를 들어서 어떤 애를 콕 찍어 '동학 운동이
몇 년에 일어났니?' 하고 물으면, 그 순간 얼른 책을 펴서
해당 부분에 별표를 쳐야 해. 왜냐하면 선생님 입장에서
는 이게 중요한 내용이니까 학생들이 제대로 알고 있는지
확인하고 싶어서 물어보거든. 나한테 질문하지 않았다고
해서 멍하니 있으면 절대 안 되고, 즉시 해당 내용에 표시
를 해놔. 그게 바로 시험 문제니까."

동구는 고개를 끄덕였다.

"세 번째는 뭐예요?"

"마지막은, 선생님의 설명이 옆으로 새는 경우야. 예컨대 선생님이 명성황후 시해 사건을 설명하다가, 뜬금없이 명성황후 드라마 얘기를 막 해. 그러면서 주인공이 예쁘다느니 하는 식으로 설명이 옆으로 샐 때가 있어. 넌 선생님이 왜 그런다고 생각하니?"

"음, 그 드라마를 재밌게 봐서요? 아님 애들이 졸려 하니까?"

"물론 그런 경우도 있겠지만 대부분은 선생님이 그 주제에 관심이 많아서 그런 거야. 명성황후 시해 사건에 개인적으로 관심이 많다 보니 관련된 드라마도 갑자기 떠오른 거지. 그럼 나중에 시험 문제를 낼 때, 자기도 모르게 그 내용에서 출제하기 마련이야. 그러니까 평소에 신호를 놓치면 안 돼. 반드시 책에다 표시를 해둬야 하는 거야."

"아……!"

동구가 짧은 탄식을 내뱉었다. 평소 선생님의 말이나 표정 하나하나가 사실은 시험 문제의 힌트였다고 생각하니, 이걸 왜 지금까지 몰랐을까 하는 억울함이 들었다.

"진짜 감사해요, 쌤."

동구가 고개를 숙여 꾸벅 인사했다.

"기대할 테니까 앞으로 열심히 해봐."

나리쌤이 동구의 머리를 쓰다듬자 동구가 난감한 표정으로 손사래를 쳤다.

"아, 아니에요. 쌤. 기대는 하지 말아 주세요."

"그래. 내가 그렇게 말하면 부담되겠지? 알겠어. 그리고 여기 이것도 가져가서 한번 풀어 볼래?"

나리쌤이 책꽂이에서 책 한 권을 꺼내 동구에게 주었다. 역사 문제집이었다.

"저 주시는 거예요?"

"응. 쌤은 문제집이 많아서 어차피 다 버리고 말거든. 그러니까 너 하나 줄게. 다른 애들한테 내가 줬다는 말은 절대 하지 말고, 알겠지?"

나리쌤이 주위를 둘러보며 조용히 속삭였다. 동구는 연거푸 고개를 끄덕이며 자리에서 일어섰다. 감사하다는 말도 잊지 않았다. 나리쌤은 활짝 웃으며 주먹을 꽉 쥐고는 파이팅을 해 보였다. 처음이었다. 동구는 선생님의 편애를 받는 게 이런 느낌이구나 하고 생각했다. 자신이 아주 특별한 사람이 된 것만 같았다. 문제집 앞표지에 적힌 '교사용'이라는 글자를 보니 뭔가 가슴이 벅차올랐다. 한편으로는 이제 더 이상 혼자만의 공부가 아니라, 자신을 응원하는 누군가의 기대까지 함께 짊어졌다고 생각하니 부담스럽기도 했다. 하지만 그 부담감이 결코 싫지는 않았다. 마치 경기장 한가운데 서서 관중들의 환호와 격려를 받는 것마냥 가슴을 뛰게 하고 열정을 불태우게 만드는, 그런 기분 좋은 부담감이었다.

교실 뒷문으로 들어온 동구는 재빨리 사물함에 문제집을 넣고 자리에 가서 앉았다. 아까 풀다 만 문제를 다시 푼 뒤 정답을 확인해 보았다. 총 열다섯 문제를 풀었는데, 그중에 열한 문제나 맞혔다. 백 점 만점으로 치면 칠십 점을 넘긴 셈이다. 높은 점수라고 할 수는 없지만, 그래도 동구가 처음 맞아 보는 점수였다. 동구는 페이지 맨 위에 '11/15=73.3%'라 쓰고는 물끄러미 바라보았다.

그 숫자는 성장의 표시였다. 세월이 지날수록 키가 점점 자라는 것처럼, 그 숫자는 동구의 실력이 성장하고 있다는 것을 의미했다. 동시에 자신이 그동안 얼마나 노력해 왔는지, 앞으로 얼마나 더 성장할 것인지를 보여 주는 숫자였다. 그제야 비로소 동구는 깨달았다. 자신이 왜 이렇게 열심히 공부하고 있는지를.

동구는 노력하면서 성장하는 그 과정이 즐거웠다. 노력을 한다고 키가 더 크지는 않는다. 노력을 한다고 더 잘생겨질 수도 없으며, 민제처럼 머리가 똑똑해질 수도 없다.

노력을 한다고 해서, 혜연이의 마음을 얻을 수 있는 것은 더더욱 아니었다. 그러나 11/15, 이것은 가능했다. 노력하니까 점수가 올랐고, 실력이 성장했다. 공부는 지겹고 힘들었으나 공부가 주는 보상은 달콤했다. 동구는 단순히 점수가 올라서가 아니라, 목표를 이루기 위해 열심히 하는 사람이 된 것 같아 뿌듯했다. 예전에는 문제집만 보면 다 찢어버리고 싶었는데, 지금은 도전해 보고 싶다는 마음이 먼저 들었다.

민제와의 승부, 여기에서 이길 수 없다는 것은 동구 자신이 누구보다 더 잘 알고 있었다. 하지만 이제 상관없었다. 동구는 민제에게 무릎을 꿇는 상상을 해보았다. 그리고 민제의 옆에서 자신을 혐오스럽게 바라보는 혜연이의 모습도⋯⋯.

그래도 공부는 계속 잘하고 싶었다. 자신에게 남은 것은 이제 공부뿐이었다. 혜연이는 민제가 차지했을지 몰라도 11/15, 이 숫자만큼은 나의 것이었다. 스스로 노력해서 만든 결과이자 오로지 나만의 것. 이것만큼은 누구에게도 절대 내줄 수 없었다. 마지막 남은 자존심이니까.

동구는 입술을 꽉 물었다. 그리고 매서운 눈빛으로 다음 페이지를 넘겼다.

❖

"1972년 7월 4일 남북 공동성명이 이뤄졌는데, 여기서는 1972년이라는 연도를 꼭 암기해. 그리고 '자주, 평화, 민족 대단결'이라는 용어까지 외워 두면 좋아. 이렇게 마무리 하면 여긴 끝이야."

시간이 흘러 어느덧 10월 초순. 도서관에서 돌아온 민제는 다음 주부터 시작되는 중간고사를 대비하기 위해 과외 수업을 받고 있었다. 시험은 월요일과 화요일, 이틀 동안 치르는데 공교롭게도 곡삼중학교와 같은 날짜였다.

책상 위에는 과외 선생님이 가져온 문제집과 온갖 프린트물이 널려 있었다. 민제가 과외 선생님에게 말했다.

"선생님, 그건 이미 다 외웠어요. 차라리 좀 더 자세히 설명을 해주세요. 그리고 이 부분을 보면 '자주통일의 구체적인 모습에 대해 남북간에 이견이 있어 대화는 어려움을 겪었다'라고 적혀 있는데요. 구체적으로 무슨 이견이 있었다는 거죠?"

과외 선생님은 잠시 생각하더니 대답했다.

"내가 알기로 그때 북한은 주한미군 철수를 주장했을 거야. 그게 자주통일이라는 거지."

"그럼 남한은요? 남한은 자주통일이 뭐라고 주장했는데요?"

민제가 과외 선생님을 빤히 보며 물었다.

"남한은 그게 아니라는 거고……."

당황한 과외 선생님이 말끝을 흐렸다. 그러자 민제가 재차 물었다.

"남한도 자주통일은 이런 의미다, 하고 주장했을 거잖아요. 그렇지 않고 단순히 주한미군 철수는 자주통일이 아니다, 이렇게만 주장했다고요?"

과외 선생님이 고개를 갸웃거렸다.

"글쎄, 거기까지는 잘 모르겠다."

민제가 과외 선생님을 흘깃 보고는 페이지를 넘겼다. 그리고 곧이어 다른 질문을 던졌다.

"그리고 여기 이 부분요. 남한에서 유신체제가 들어선 후 남북 대화가 중단되었다는데, 왜 그런 거죠?"

"음…… 그러니까 유신체제에 독재가 강화되었잖아. 그래서 중단된 거지."

"잠깐만요, 그 설명은 뭔가 좀 이상한데요? 남한에서 독재가 강화된 것과 남북 대화가 중단된 게 도대체 서로 무슨 상관이라는 거예요?"

과외 선생님은 깊은 한숨을 내쉬었다.

"음, 민제야. 여기 이 부분은 그렇게까지 깊게 공부할 필요 없어. 그냥 연도하고 용어만 외워 두면 돼. 그럼 어떤 문제가 나와도 다 맞힐 수 있어."

"아뇨, 그건 완벽하지 않아요."

민제가 입술을 지그시 깨물었다. 최근 몇 달 동안 민제는 동구가 노력하는 모습을 지켜보았다. 처음에는 별 시답잖은 게 시비를 걸어 우습게 느껴졌다. 얼마나 가겠느냐 싶어 신경 쓰지 않았다. 그런데 동구 이 자식은 단단히 착각을 하고 있었다. 정말로 내기에서 이길 수 있다고 믿는 모양이었다. 그런 동구의 태도에 민제는 모욕감을 느꼈다. 그동안 민제가 힘들게 쌓아 올린 실력을 단지 두세 달 공부하고 뒤집을 수 있다 생각하는 자체가 자신에 대한 모욕이었다. 저런 녀석에게는 따라올 수 없는 실력의 차이를 확실히 보여 줘야 했다. 지금 철저하게 밟아 둬야지, 안 그러면 또다시 우습게 보며 기어오를 테니까.

민제는 예전에 혜연이가 수학 문제를 물었을 때를 떠올렸다. 그때 동구가 말했던 대답은 분명히 틀린 것이었다. 혜연이가 물어본 수학 문제는 경우의 수를 구하라는 것일 뿐, 확률을 묻지는 않았다. 따라서 평균이니, 표준편차니,

더군다나 정규분포까지 나올 일이 전혀 없었다. 그런데 웬일인지 용빈쌤이 나섰다. 동구의 대답이 맞는 것인 양 감싸 주었다. 그때 민제는 용빈쌤에게 똑똑히 말해 주고 싶었다. 하지만 괜히 대드는 모양새만 될 것 같고, 얻을 것도 없겠다 싶어 그냥 잠자코 있었다.

그런데 그날 이후, 동구 이 녀석은 더욱 기고만장해졌다. 자기가 진짜 곡삼중 전교 1등인 양 설쳐댔다. 입만 열면 거짓말을 밥 먹듯이 하는 놈, 사람을 속이는 게 인생의 재미인 것마냥 사는 놈이었다.

혜연이에게 거짓말을 들킨 뒤에도 그 자식은 똑같이 행동했다. 여전히 자기가 전교 1등인 것처럼 쉬는 시간에도 공부하는 꼬라지를 보니, 사기를 치는 게 몸에 밴 모양이었다. 그건 분명 잘못된 일이다. 도저히 그냥 지나칠 수가 없었다. 주제도 모르고 설쳐대는 동구 녀석이 자신의 모자란 수준을 알도록 확실하게 깨우쳐 주고 싶었다.

'배동구, 진짜 전교 1등은 어떻게 공부하는지 보여 줄게. 이건 너처럼 쉬는 시간에 공부 좀 한다고 될 수 있는 게 아냐. 90점을 받는 건 노력으로 가능할지 몰라도, 백 점은 정말로 완벽해야 받는 거라고. 어떤 부분에서, 어떤 문제가 나와도 절대 실수하지 않고 다 맞히는 진짜 실력은 하

루아침에 생기는 게 아냐. 그걸 네가 잘 모르는 모양인데, 이번에 내가 확실히 알려 줄게.'

민제가 과외 선생님에게 말했다.

"선생님, 오늘은 여기까지 하죠. 나머지는 제가 정리할게요. 아까 여쭤 본 내용은 집에 가서서 바로 조사해 주세요. 이따 밤에라도 괜찮으니까 저한테 꼭 연락주시고요."

과외 선생님이 인상을 찌푸렸다.

"민제야, 이 부분은 그렇게까지 안 해도 된다니까?"

"저는 그런 거 배우려고 과외하는 거예요. 부탁 좀 드릴게요."

과외 선생님은 할 수 없다는 듯 고개를 끄덕이고 가방을 챙겨서 일어났다.

"알겠다. 그럼 오늘은 여기까지 하고, 이따가 집에 가서 알아보고 연락 줄게."

민제는 책상에 앉아 고개만 까딱거렸다. 과외 선생님은 그런 민제를 보더니 방문을 쾅 닫고 나가 버렸다.

같은 시각. 혜연이는 책상에 앉아 스마트폰만 만지작거렸다. 동구에게 보낸 카톡 대화창을 다시 열어 보았지만, 며칠째 동구는 메시지를 읽지 않았다. 혜연이는 땅이 꺼져라 한숨을 내쉬었다.

그때 엄마가 혜연이의 방으로 들어왔다.

"다음 주 시험 준비는 잘되어 가니?"

혜연이는 얼른 스마트폰을 꺼 책상 구석에 내려놓았다. 그걸 본 엄마가 인상을 찡그리며 말했다.

"이번 성적, 특히 중요한 거 너도 잘 알지? 이번 달 말에 외고에 원서라도 써보려면 다음 주에 있는 영어 시험은 반드시 만점이 나와야 돼."

혜연이가 의자를 돌려 엄마 쪽을 보고 앉았다.

"엄마, 나 외고 안 가면 안 돼?"

"너, 그게 무슨 소리야? 다 끝난 얘기잖아?"

엄마의 목소리가 날카로워졌다.

"엄마 혼자 끝냈지. 난 계속 일반고 가고 싶다고 그랬잖아."

혜연이의 말에 엄마의 눈썹이 치켜올라갔다. 하지만 곧 엄마는 애써 태연한 표정을 지으며 조용히 타일렀다.

"혜연아, 엄마 말 잘 들어. 공부는 환경이 중요해. 잘하는 애들 틈에서 악바리처럼 버티고 경쟁해야 너도 잘하게 되는 거라고."

"그러니까 나는 그게 너무 싫다고."

혜연이가 목소리를 높였다.

"공부를 그냥 재밌게 하면 되지, 뭘 버티고 경쟁하고…… 꼭 그렇게 해야 해?"

"네가 아직 철이 없구나. 혜연아, 공부란……."

"누가 열심히 안 한대? 아, 진짜 왜 이래! 엄마, 나 어디 가더라도 열심히 할 거야. 하지만 외고에 가서 나보다 훨씬 똑똑한 친구들과 비교당하고, 매일 스트레스 받으면서 사는 건 싫어, 싫다고!"

폭발한 혜연이가 엄마를 향해 다짜고짜 소리쳤다. 엄마는 말을 멈추고 어리둥절한 표정으로 혜연이를 쳐다보았다. 혜연이가 눈물을 글썽이며 말을 이었다.

"물론 나도 꿈이 있고 목표가 있어. 하지만 꿈에 끌려 다니고 싶지는 않아. 단지 열심히 공부하면서 점점 꿈을 키워 나가고 싶은 거야. 그냥 매일매일 발전해 나가는 내 모습을 보면서 즐겁게 공부하고 싶어. 그러면 안 돼?"

혜연이가 애원하듯 엄마를 쳐다봤다. 엄마는 잠시 동안 말이 없더니 크게 한숨을 쉬었다.

"너 진짜로 일반고 가서도 잘할 수 있어? 서울교대 합격할 수 있냐고?"

혜연이는 천천히, 또박또박 대답했다.

"아니. 그건 내가 미리 알 수 없는 거잖아. 하지만 내가 할 수 있는 만큼 최선을 다해 볼 거야."

"일단 무슨 말인지는 알겠어. 다음 주에 시험 끝나면 다시 얘기하자."

엄마는 혜연이의 등을 두어 번 토닥이고 방을 나왔다. 그러고는 조용히 중얼거렸다.

"언제 저렇게 컸대……."

10월 11일 화요일. 오늘은 중간고사 마지막 날이었다. 어제는 국어, 영어, 수학 시험을 치렀는데 동구가 가채점을 해보니 국어와 영어는 80점대, 수학은 70점대가 나왔다. 지난 학기보다 무려 수십 점이 오른 점수였다. 그동안 노력한 보람이 있었다. 이대로 계속 공부하면 기말고사 때는 더 높은 성적을 받을 수 있을 것 같았다. 12월에 치러질 연합고사에도 자신감이 붙었다.

오늘은 사회, 과학, 역사 시험이 있는 날이다. 1,2교시의 사회와 과학은 그럭저럭 치렀다. 동구는 책상에 앉아 조금 뒤에 치러질 역사 시험을 준비하고 있었다. 동구가 가장 공을 들인 과목이었다. 물론 동구가 이 과목에서 만점을 받아서 혹시라도 민제를 이길 생각을 하는 것은 아니었다. 단지 자신이 열심히 공부했을 때, 과연 어디까지 오를 수 있는지 확인해 보고 싶었다.

지금까지 동구는 역사 과목에서 세 권의 문제집을 모두 세 번씩 반복했다. 어제는 세 번씩 틀린 문제만 골라서 또다시 반복했다. 그런 다음 기본서를 뒤적이며 여전히 잘 외워지지 않는 부분만 골라서 다시 읽었다. 수업 시간에 선생님이 강조한 부분, 별표 친 부분도 꼼꼼하게 읽었다. 그리고 지금 동구는 문제집들을 쌓아 두고서 책장을 빠르게 넘겼다.

지난주 금요일 밤에 용빈은 일부러 동구를 가장 마지막에 데려다주었다. 동구가 사는 마을 어귀에 봉고차를 세워 두고 시험을 잘 치르는 비법을 알려 주었다. 용빈이 일러준 비법을 동구는 머릿속으로 다시 떠올렸다.

만약 네가 공부를 제대로 했다면, 시험 직전에는 거의 1초에 한 페이지씩 넘어갈 거다. 수없이 많이 반복했다면 이제 흘깃 보기만 해도 이 페이지에서 뭐가 중요한지, 뭘 조심해야 하는지가 바로바로 떠오르는 거지. 그렇게 휘리릭 넘겨 보면 10분 만에 전 범위를 모두 훑을 수 있다.

동구는 쉴 새 없이 페이지를 넘겼다. 용빈의 말대로 한 페이지마다 단 1초면 충분했다. 문제에 있는 도표나 그림만 봐도, 문제의 첫 줄만 읽어도, 그 문제에서 자신이 뭘 실수했었는지 떠올랐다. 정답이 왜 그렇게 나오는지도 순간적으로 기억이 났다. 세 번째 문제집의 마지막 페이지를 넘길 때쯤 감독선생님이 들어왔다. 동구의 가슴이 콩닥콩닥 뛰기 시작했다. 동구는 문제집들을 가방에 집어넣고 눈을 감았다.

시험 직전에 긴장을 하게 되면 자기도 모르게 숨이 가빠지게 된다. 그럼 뇌에 산소가 잘 공급되지 않아 머리가 멍해지기 쉬워. 시험은 결국 머리로 치는 거야. 그리고 머리가 잘 돌아가려면 뇌에 충분한 산소가 공급되어야 해. 방법은 간단하다. 눈을 감고 1분 동안 최대한 깊게 그리고 천천히 숨을 들이쉬고 내쉬어라.

심호흡을 마친 동구가 눈을 떴다. 콩닥콩닥 뛰던 심장 소리가 이제 더 이상 들리지 않았다. 몸과 마음이 훨씬 편안해졌다. 앞에 앉은 아이가 동구에게 OMR 답안지와 시험지를 넘겨주었다.

시험지를 받으면 곧바로 풀지 말고, 30초쯤은 전체적으로 훑어봐라. 총 몇 문제인지, 시험 시간은 몇 분인지, 한 문제에 몇 분 내로 풀어야겠는지 가늠해 봐. 문제도 훑어 보면서 난이도도 한번 느껴 보고.

동구는 시험지의 앞뒤를 뒤적이며 문제 수를 확인했다. 그리고 칠판 밑에 놓인 시계를 보며 시간을 확인했다. 출제된 문제들을 슬쩍 보니 대부분이 자신이 공부한 내용에서 나온 것 같았다. 물론 가끔씩 길고 어려워 보이는 문제도 있었지만 그리 많아 보이진 않았다. 동구는 숨을 천천히 내쉬고는 1번 문제부터 빠르게 풀기 시작했다. 그러다 4번 문제에서 동구는 처음으로 고민에 빠졌다. 분명 자신이 아는 내용에 관해 묻는 문제인데, 난감하게도 정답으로 보이는 선택지가 두 개였다.

중간에 어려워 보이거나 헷갈리는 문제가 나오면 일단은 넘어가라. 그런 문제는 제일 마지막에 푸는 거야. 어려운 문제 하나를 해결하려고 시간을 다 썼다가 자칫 뒤의 쉬운 문제 두세 개를 날려 버리는 수가 있다. 어려운 문제들은 모아 뒀다가 1차 마킹을 다 끝내고 나서 하나씩 해결하는 게 좋아.

동구는 4번 문제에 별표를 치고 5번 문제로 넘어갔다. 다행히 5번 문제는 쉬웠다. 동구는 시험지 밑에 깔린 OMR 답안지를 펼쳤다. 컴퓨터 사인펜의 뚜껑을 뽑았다.

답안지 마킹은 종료 직전에 하는 게 아냐. 종료 직전에는 긴장이 많이 돼서 마킹 실수를 할 확률이 훨씬 높아진다. 물론 그렇다고 한 문제 풀 때마다 바로바로 마킹하면 낭비되는 시간이 많겠지. 가장 좋은 건 5~10문제씩 풀 때마다 1차 마킹을 하는 거다.

사오삼땡사, 사오삼땡사. 동구는 시험지에 표시했던 자신의 정답 번호를 확인하며 OMR 답안지에 옮겼다. 별표쳤던 4번 문제는 '땡'이라고 발음해서 혹시나 밀려 쓰는 일이 없도록 했다. 동구는 그런 식으로 마지막 문제까지 풀어 나갔다. 1차 마킹을 끝내고 나니 별표 친 문제가 세 개 남았다. 동구는 다시 시험지의 앞장을 펼쳐 첫 번째 별표 문제를 읽었다. 그러나 아무리 고민해 봐도 확실한 정답을 찾을 수 없었다. 처음에는 정답이 ②번 같았으나 곰곰이 생각해 보니 ④번이 더 정답 같았다.

만약 〈보기〉 두 개 중에서 헷갈리잖아? 그럼 대부분 처음 정답이라 생각한 게 실제 정답일 확률이 높아. 왜냐하면 그건 너의 잠재의식이 말해 준 거니까. 그동안 열심히 공부한 너의 잠재의식이 직감적으로 너에게 경고하는 거야. 두 번째 정답은 문제의 함정에 빠져서 그런 경우가 많아. 그러니까 처음에 네가 생각한 대로 밀고 나가라. 설령 틀리게 되더라도, 정답을 바꿔서 틀리게 되는 것보다 그게 훨씬 덜 억울하다.

사인펜을 들어 4번 문제의 정답을 ②번으로 표시했다. 그리고 두 번째 별표로 넘어갔다. 대한민국 정부 수립 과정을 묻는 문제였는데, 헌법제정이 몇 년도인지 생각나질 않았다.

만약에 생각 나지 않는 내용이 있다면, 그 부분을 공부했던 상황을 상상해 봐. 어디서 공부했는지, 그때 몇 시였는지, 어떤 문제집을 보고 있었는지 등 주변 상황을 떠올려 보면 갑자기 생각나는 수가 있어.

동구는 눈을 감고 어젯밤을 떠올렸다. 밤 11시쯤 동구는 책을 펼쳐 대한민국 건국 과정을 읽고 있었다. 교과서 왼쪽 상단에 있던 제헌 국회의 사진이 기억났다. 그 밑에는 짧은 설명이 있었는데, 1945년에 광복이 됐고 그 이후에 제헌의회가 만들어졌다는 내용이 있었다. 그리고 헌법을 만든 건…… 1948년이다! 동구는 시험지의 'ㄷ.헌법제정'이라는 문구 옆에 '1948'이라고 썼다. 그리고 나머지 ㄱ, ㄴ,ㄹ의 연도와 비교한 후 제대로 된 순서를 표시한 ③번을 답안지에 마킹했다. 이제 마지막 별표 문제로 넘어갔다. 그런데 아무리 고민해도 정답에 대한 감이 전혀 오지 않았다.

아무리 생각해도 정답을 결정하지 못했다면 이제 찍는 수밖에 없다. 여러 가지 방법이 있는데, OMR 답안지에

242

표시된 정답의 흐름을 보면서 가장 적게 나온 숫자를 고를 수도 있고, 제일 중간에 있는 ③번을 배에 힘 딱 주고 찍는 것도 좋다. 단 여기까지 왔으면 그 문제를 맞힐 기대는 하지 않는 게 좋겠지.

동구는 OMR 답안지를 살펴보았다. 그나마 ②번이 가장 적은 것 같아서 그걸로 표시했다. 눈을 들어 시간을 확인하니 10분이 남았다. 동구는 시험지를 뒤집어 다시 1번 문제를 읽었다.

혹시 시간이 남으면 1번부터 다시 풀어 봐라. 실수는 대부분 앞쪽 문제에서 발생한다. 시험 초기에는 긴장 때문에 머리가 굳은 상태라서 실수를 자주 하지. 그러니까 남은 시간 동안엔 처음부터 다시 쭉 풀어 보면서 실수한 게 있나 찾아보면 돼.

동구는 1번 문제부터 다시 풀어 보았다. 그리고 시험지 표시와 OMR 답안지가 일치하는지 확인했다. 얼마 뒤, 감독선생님이 "1분 전이다" 하고 말하는 소리가 들렸다. 순간 5번 문제를 읽던 동구의 가슴이 철렁했다. ④번을 정답이라고 생각했는데 OMR 답안지에는 ③번으로 표시되어 있었다. 동구는 서둘러 수정테이프를 꺼냈다. 갑자기 손이 덜덜 떨렸다. 손을 꽉 쥐었다 편 후, 동구는 조심스럽게 수정테이프로 OMR 답안지에 쓴 정답을 지웠다. 바로 그때 종이 울렸다.

"동작 그만! 모두 머리 위로 손 올려!"

동구는 마지막까지 손에 힘을 꽉 줬다. 정확하게 ④번에 다 점을 콕 찍은 다음 사인펜을 책상 위에 내려놓았다. 눈을 감고 심호흡을 했다. 머리 위로 올린 손이 부들부들 떨렸다. 동구는 두 손을 깍지 끼고 입술을 깨물었다.

몇 초 뒤, 선생님이 자신의 책상에서 OMR 답안지를 가져갔다. 동구는 그제야 눈을 뜨고 책상 위로 엎어졌다. 감독선생님이 노란 봉투에 OMR 답안지를 넣고 교실을 나가자 아이들은 난리가 났다. 남자애들은 해방감을 느끼며 복도로 뛰쳐나갔고, 여자애들은 시험 이야기를 하며 연신 호들갑을 떨었다.

이제 다 끝났다.

동구는 교실 천장을 올려다보았다. 온몸에서 힘이 완전히 빠져나간 듯했다. 시험을 치르는 게 이토록 긴장되고 지치는 일인지 이번에 처음 알았다. 오늘은 더 이상 아무

것도 하기 싫었다. 태걸이가 같이 피시방에 가자고 졸랐지만 게임도 하기 싫었다. 공부방은 더더욱 가기 싫었고 오늘은 그저 집에서 텔레비전이나 보다가 일찍 자야겠다고 생각했다.

잠시 뒤, 나리쌤이 종례를 하러 들어왔다. 오늘 치른 과목들의 정답표도 함께 나누어 주었다. 가방을 챙겨 교실을 나서던 동구는 갑자기 방향을 틀어 화장실로 달려갔다. 아무에게도 방해받지 않고 채점해 볼 수 있는 곳은 화장실뿐이었다.

동구는 변기에 앉아 역사 과목을 채점했다. 정답표와 시험지를 번갈아 보며 비교해 보았다. 첫 부분은 사오삼이사. 다 맞혔다. 고민했던 4번 문제의 정답은 역시나 ②번이었다. 출발이 좋았다. 동구는 다음 다섯 개도 읽었다. 정답표에는 삼사오일이. 시험지를 보니 역시 일치했다. 숨이 가빠지는 게 느껴졌다. 동구는 심호흡을 했다. 이 정도면 괜찮았다. 다음의 다섯 개도 읽었다. 일삼사일오. 시험지를 확인하니, 이번에도 똑같이 일치했다. 동구의 심장이 사정없이 쿵쾅거렸다. 채점하다가 심장마비에 걸릴 판이었다. 동구는 눈을 감고 크게 심호흡을 했다.

눈을 뜬 후 다음을 읽었다. 오사삼삼삼. 시험지를 확인했다. 동구는 의아한 듯 정답표를 다시 확인했다. 오사삼 삼? 시험지를 봤다. 동구는 짜증이 났다. 정답은 3번이었지만, 동구의 시험지에는 2번으로 체크되어 있었다. 답안지의 흐름을 보며 찍었던 그 문제였다. 동구는 인상을 찌푸리며 나머지 정답과 서술형도 확인했다. 다행히 그 뒤로는 모두 맞혔다. 최종 점수는 98점. 동구의 인생을 통틀어 역대 최고 점수였다.

동구는 웃음이 터져 나오려는 걸 손바닥으로 틀어막았다. 대박 점수가 나오긴 했지만 백 점을 놓쳐 버린 이상 민제를 이기는 것은 불가능했다. 오늘부터 공부방을 그만둬야 하고 민제에게 무릎도 꿇어야 했다. 동구는 용쌤에게 전화를 걸어 민제의 전화번호를 물어보았다. 그리고 알아낸 번호로 메시지를 날렸다.

동구다. 너 역사 점수 몇 점?

답장이 없었다. 동구는 자리에서 일어나 화장실 밖으로 나갔다. 복도는 텅 비어 있었다. 동구는 1층 현관문을 열고 운동장으로 내려갔다. 그때 메시지가 도착했다.

너부터

동구는 곧바로 메시지를 보냈다.

98점

잠시 후 답장이 도착했다.

구라?

미친놈아. 진짜라고.
나중에 학교에 전화 걸어보든가?

또다시 답장이 없었다. 정문에 도착할 때쯤 민제의 답장이 왔다.

약속은 지켜야겠지?
이제 공부방에서 너 볼 일 없겠네.

'이 자식은 끝까지 재수가 없네? 그래, 너 잘났다! 잘 먹고 잘 살아라. 기생오라비 같은 네놈의 낯짝을 안 보는 내가 더 좋다. 만나서 더러웠고, 앞으로 마주치지 말자고!'

동구는 스마트폰을 주머니에 쑤셔 넣고는, 길가 풀 더미에 침을 퉤 뱉었다. 그리고 천천히 집으로 향했다.

❖

　며칠 뒤 일요일 오후. 동구는 도서관 밖으로 나와 기지
개를 켰다. 하늘을 올려다보니 구름 한 점 보이지 않았다.
어느덧 공기도 제법 쌀쌀해졌다.

　중간고사가 끝난 이후로 공부방에는 가지 않았다. 혜연
이가 보는 앞에서 민제에게 무릎을 꿇기는 죽어도 싫었다.
그래도 공부방에서 꺼지기로 한 약속은 지켰으니 민제도
만족했을 것이다.

　동구는 속이 시원했다. 혜연이와의 만남이 한여름 밤의
꿈처럼 짧게 끝난 것은 아쉬웠으나, 이제는 괜찮았다. 더
이상 민제의 재수 없는 표정을 보지 않아도 되고, 기말고
사야 어차피 내신에 안 들어가니까 공부방에 가지 않아도
상관없었다. 다만 연합고사는 준비해야 했는데, 지금처럼
도서관을 다니면서 공부할 계획이었다.

　공원 단풍나무에는 벌써부터 불그스레한 빛깔이 내려
앉았다. 군데군데 있는 노란 은행나무들과 구불구불한 녹
색 소나무가 파란 하늘과 한데 어우러져 장관을 이루었다.
마치 꼬마가 크레파스로 색칠한 것처럼 온 세상이 알록달
록했다.

동구는 커다란 연못 위를 가로지르는 나무다리를 건넜다. 걸을 때마다 타박타박 들리는 나무 소리가 꽤 운치 있었다. 동구는 연못 근처에 있는 정자로 올라섰다. 아무도 없었다. 의자에 앉아 기둥에 등을 기대고 있으니, 휙 불어오는 바람이 오늘따라 더욱 상쾌하게 느껴졌다.

동구는 고개를 돌려 기대고 있던 기둥을 보았다. '여친 구해요'부터 시작해서 'XX야, 영원히 사랑해' 따위의 온갖 낙서들이 가득했다. 동구는 피식 웃음이 나왔다.

"귀여운 것들……."

동구는 손톱으로 낙서를 긁어 댔다. 바짝 마른 하얀색 수정액 가루가 떨어졌다. 동구는 저도 모르게 재미가 들려 계속해서 낙서들을 긁었다.

"여기서 뭐해?"

등 뒤에서 들리는 낯익은 목소리에 동구는 깜짝 놀랐다. 혜연이였다. 어느 틈에 올라왔는지, 혜연이는 뒤에서 동구를 빤히 쳐다보고 있었다. 동구가 아무 말도 못 하자 혜연이가 다가와 동구 옆에 나란히 앉았다. 동구는 여전히 입을 벌린 채 연신 눈만 껌벅껌벅했다. 혜연이는 주위를 둘러보며 말했다.

"여기 오면 왠지 네가 있을 것 같았어……. 근데 너, 연락하기 참 힘들더라? 카톡은 이제 안 해?"

"어, 공부할 때 방해돼서……."

동구는 애꿎은 바닥만 발로 툭툭 쳤다. 혜연이가 동구를 흘깃 보고는 먼 곳을 바라보며 말했다.

"이제 공부방도 아예 안 나오는 거야?"

"응…… 그렇게 됐어."

동구는 여전히 바닥만 쳐다보았다.

"왜? 나 보기 싫어서?"

깜짝 놀란 동구가 고개를 들고 혜연이를 보았다. 혜연이는 동구를 보며 장난스럽게 웃고 있었다. 그 표정을 보니 동구도 그제야 긴장이 풀리는 것 같았다. 동구가 피식 웃으며 말했다.

"너야 항상 보고 싶지."

그 말을 내뱉자마자 동구는 아차, 싶었다.

'야, 이 배동구 미친! 방금 뭐라고 한 거야? 말이 저절로 나와 버렸네. 아, 엿 됐다…….'

얼굴이 벌개진 동구가 다시 고개를 폭 숙였다. 방금 자신이 한 말을 혜연이가 장난으로 받아들이길 바랐다. 아니, 아예 못 들었기를…… 제발, 제발.

"배동구, 너 나 좋아해?"

"뭐, 뭐?"

동구는 자신도 모르게 혜연이의 얼굴을 쳐다보았다. 가까이에서 본 혜연이의 두 눈이 반짝반짝했다. 혜연이가 살포시 웃더니, 입술에 손가락을 가져다 대며 고민하는 표정을 지었다.

"아니다, 이렇게 물어봐야지. 너, 나 아직도 좋아해?"

짧은 순간 동안, 동구의 머릿속에 별의별 생각들이 오고 갔다.

'아씨, 뭐라고 대답해야 하지? 괜히 좋아한다고 말했다가 거절당하면? 민제랑 사귀고 있으면 어쩌지? 그럼 나만 바보되는 각인데…… 그래, 혜연이를 이미 포기한 마당에 더 이상 잃어 버릴 것도 없고…… 거짓말할 이유도 없어.'

동구는 결심한 듯 고개를 돌려 혜연이를 보았다. 그러고는 마치 화가 난 사람마냥 톡 쏘아 뱉었다.

"어! 아직도 좋아해."

혜연이가 동구의 어깨를 살짝 치며 배시시 웃었다.

"야, 넌 그런 말을 왜 그렇게 무섭게 해? 누가 보면 나한테 화난 줄 알겠다."

둘은 한동안 아무 말도 없었다. 잠시 후 동구가 먼저 말을 꺼냈다.

"······근데 어떻게 알았어?"

"네가 나 좋아한다는 거? 윤서가 말해 줬어. 중간고사 치기 전에."

"뭐? 윤서가?"

동구의 눈이 휘둥그레졌다.

"응, 네가 나 좋아한다고. 전에 내가 화낸 것 때문에 네가 많이 속상해한다고. 그래서 공부방도 그만둘 것 같다고."

"하, 윤서 이 자식······. 근데 공부방을 그만둔 이유는 민제 때문인 것도 있어······."

그러자 혜연이가 의아해하는 얼굴로 물었다.

"왜? 민제랑 무슨 일 있었어?"

혜연이는 민제와의 내기까지는 모르는 듯했다. 동구는 얘기를 할까, 말까 하다가 좋은 일도 아닌데 굳이 말할 필요가 있겠나 싶었다.

"그냥······ 걔가 좀 재수 없어서."

"민제가 왜 재수 없는데?"

혜연이는 눈을 동그랗게 뜨고서 자꾸 물었다.

"야, 생각해 봐! 너한테 잘 보이려고 기껏 공부 잘하는 척 연기했는데 그 자식이 다 일러바친 거 아냐."

"아니야. 민제는 네 얘기 한 적 없어."

"뭐?"

동구가 깜짝 놀랐다. 혜연이는 잠시 동구를 빤히 보더니 갑자기 웃음을 터뜨렸다.

"동구 너, 오해하고 있었구나? 너에 대해 말해 준 건 루빈이야. 예전에 나한테 톡으로 말해 줬어."

동구는 오해한 자신이 부끄러워 괜히 바닥을 툭툭 쳤다. 혜연이가 말을 이었다.

"너도 공부방에 안 나오고 민제도 안 나오고 그러니까 요새 공부방이 썰렁해졌어."

"민제가 안 나와?"

"응. 중간고사 끝나고 그만뒀어. 내신 들어가는 건 끝났다면서. 이제 과외하면서 고등학교 선행할 거래."

"……."

"참, 맞다! 그리고 민제가 나한테 그랬어. 너 만나면 이 말을 꼭 전해 달래. 자기는 약속 지켰다고. 근데 그게 무슨 뜻이야?"

아마도 기적이 일어난 것 같았다. 동구가 역사 과목에서 98점을 받았지만, 어찌된 영문인지 민제는 그보다 낮은 점수인 듯했다. 그래서 약속을 지킨답시고 공부방을 그만

둔 모양이었다.

"아, 새끼……."

동구가 입꼬리를 올리며 피식 웃었다. 이를 본 혜연이가 동구의 팔을 잡아끌며 보챘다.

"나한테도 말해 줘, 얼른."

"실은 민제랑 내기했어. 중간고사 때 내가 한 과목이라도 이기면 공부방 그만두기로."

"뭐어? 왜 그런 내기를 했어?"

"네가 걜 좋아하는 것 같아서. 그래서 화가 나서 나도 모르게……."

"응? 내가 민제를?"

혜연이가 어이없는 표정으로 동구를 쳐다봤다. 그러더니 이제야 알겠다는 듯 천천히 고개를 끄덕였다.

"그러니까, 넌 나 때문에 민제랑 싸운 거네? 결국 네가 이긴 거고?"

동구가 혜연이의 눈치를 살폈다.

"야, 배동구!"

"응?"

"너 한 대 때려도 돼?"

"뭐?"

혜연이가 주먹으로 동구의 어깨를 퍽 내리쳤다. 동구는 생각보다 너무 아파서 깜짝 놀랐다.

"야아, 진짜 아파!"

혜연이가 다시 손을 들자 동구는 황급히 혜연이의 손목을 잡았다. 혜연이의 목소리가 조금씩 떨렸다.

"네 멋대로 피하고, 연락도 안 되고……."

동구는 이럴 때 뭐라고 말을 해야 할지 떠오르지 않았다. 미안하다고 사과를 해야 하는지, 아니면 널 많이 좋아한다고 말해야 하는지 도무지 생각이 나질 않았다. 혜연이가 말했다.

"내가 너한테 언제 공부 잘하라고 그랬어?"

"난 그냥 너한테 관심 받고 싶어서……."

"난 나한테 잘 보이려고 공부하는 거 싫어. 그런 거 상관없이…… 자기 길을 묵묵히, 열심히 걷는 남자가 멋있는 거야."

잠시 고민하던 동구가 혜연이에게 되물었다.

"자기 할일부터 제대로 하는 남자가 좋다, 이거야?"

혜연이는 그제야 미소를 지으며 고개를 끄덕였다. 그 미소를 본 동구는 마음이 조금 놓였다.

"아! 그렇다고 나한테 관심 없는 것도 싫어."

"뭐야…… 헷갈려."

동구가 난감한 표정을 짓자 혜연이가 어깨로 동구를 살짝 밀며 말했다.

"원래 여자들은 그래."

"……어렵네."

동구가 머리를 긁적였다.

"그냥 솔직하고 자신감 있게 행동하면 돼."

말을 마친 혜연이가 계단을 총총 내려갔다. 그러다가 갑자기 동구를 휙 돌아보며 말했다.

"내일은 공부방에 올 거지?"

"응, 갈게!"

동구는 단 1초도 망설이지 않고 대답했다. 멀어져 가는 혜연이의 뒷모습을 가만히 바라보던 동구가 외쳤다.

"나, 너 많이 좋아해!"

그 소리에 혜연이가 다시 뒤를 돌아보았다. 동구가 쑥스러운 듯 머리를 긁적이며 말했다.

"제대로 말한 적이 없는 것 같아서……."

혜연이는 대답 대신 동구를 향해 활짝 웃어 보였다.

추운 겨울이 지나고 다시 봄이 찾아왔다.

송형고등학교 운동장에는 새로 입학한 학생들로 붐비고 있었다. 다들 하나같이 설레는 표정이었다. 입학식에 반드시 교복을 입고 와야 한다는 지침은 없었지만, 거의 모든 학생들이 교복을 차려입고 왔다. 동구는 자신도 교복을 입을걸, 하고 후회했다.

동구는 원하던 대로 인문계 고등학교에 진학했다. 그것도 구미에서 꽤 명문으로 알려진 송형고등학교에. 죽기 살기로 연합고사를 준비한 덕분에 높은 점수를 받아 그동안의 낮은 내신을 만회한 결과였다.

태걸이는 무서운 선배들이 많다는 실업계 고등학교에 갔다. 하지만 태걸이의 넉살이라면 그런 형들에게도 귀여움을 받으며 학교를 다닐 것 같았다. 루빈이는 미용 분야와 관련된 특성화 고등학교에 진학했다. 평소 꾸미기를 좋아하는 루빈이의 적성에 딱 알맞는 학교였다.

이제부터 동구는 곡삼에서 구미까지 통학을 해야 했다. 버스를 오래 타긴 해야 하지만, 동구는 그 시간이 즐거울 것 같았다. 혜연이와 매일 함께 등교하기로 약속했기 때문이다.

혜연이는 외고에 진학하라는 엄마의 요구를 꺾는 데 성공했다. 똑똑한 아이들에게 치여 스트레스를 받다가 낮은 내신을 받느니, 차라리 이곳에서 공부하는 게 대학 진학에도 훨씬 유리하다고 엄마를 설득했다. 송형고등학교 수준이라면 학업 분위기도 좋아서 공부에 전혀 문제될 것이 없다는 말에, 혜연 엄마는 결국 딸의 선택을 존중해 주기로 했다.

"거봐, 다른 애들은 다 교복 입고 올 거라 그랬지?"

옆에 있던 혜연이가 동구에게 웃으며 핀잔을 놓았다. 혜연이는 새 교복이 무척 잘 어울렸다. 다른 애들이 입은 까만색 체크무늬 치마는 조금 촌스러웠는데, 혜연이가 입으니까 꼭 인기 많은 걸그룹 멤버 같았다.

"여기서 네가 교복이 제일 잘 어울리는 것 같아."

동구가 헤벌쭉 웃으며 말했다.

"흐음, 부디 요 콩깍지가 떨어지면 안 될 텐데……."

혜연이가 기쁨 반, 걱정 반이 섞인 표정으로 동구를 바라보았다.

"걱정 마. 내 콩깍지는 강력 접착제로 붙어 있어서 절대 떨어질 일 없으니까!"

그때, 멀리서 누군가 외치는 소리가 들렸다.

"어이, 배동구! 혜연아!"

동구와 혜연이가 돌아보니 정문 쪽에서 용쌤이 선글라스를 낀 채 손을 흔들고 있었다. 몇 걸음 뒤로 곰쌤과 나리쌤, 윤서가 함께 걸어오고 있었다. 동구와 혜연이가 그쪽으로 뛰어갔다.

"굳이 안 오셔도 된다니까요. 제가 초딩도 아니고……."

동구가 숨을 헐떡이며 용빈에게 말했다. 그러자 용빈이 선글라스를 머리 위로 올리며 말했다.

"야, 내 수제자가 새로운 세상으로 발걸음을 내딛는데 어떻게 안 오냐?"

동구는 나리에게도 인사했다.

"쌤, 오늘 수업 없어요? 여기 오셔도 돼요?"

"응. 나 이제 학교 안 나가."

"왜요? 짤리셨어요?"

동구의 눈이 휘둥그레졌다. 옆에 있던 용빈이 동구의 뒤통수를 가볍게 치며 말했다.

"짤리다니 인마! 그만두신거야. 그리고 이제 쌤이 아니다. 작가님이라고 불러."

그러자 나리가 부끄러운 표정으로 용빈의 팔을 툭 쳤다.

"어? 두 분…… 혹시?"

동구가 용빈과 나리를 번갈아 보았다. 나리는 대답 대신 용빈을 보며 미소를 지었다. 동구가 낄낄대며 용빈의 팔뚝을 손가락으로 콕콕 찔렀다.

"이제 보니 그쪽으로도 재주가 있으셨네요? 왜, 심리학과에서는 그런 거 안 가르친다더니?"

옆에서 같이 웃던 윤서가 나리에게 물었다.

"근데 쌤, 작가님은 또 뭐예요?"

용빈이 끼어들었다.

"흠흠, 우리 신나리 선생님께서 지난겨울에 역사 소설 문학상을 수상하셨다. 대한민국 문학계가 완전히 발칵 뒤집어졌는데, 너희는 몰랐냐?"

나리가 제발 좀 그만하라며 용빈의 팔을 쳐댔다. 용빈이 아랑곳하지 않고 말을 이었다.

"어쨌든 신나리 선생님은 이제 학교를 그만두고 작품 활동에만 전념하실 예정이다."

"쌤, 진짜 축하드려요."

동구가 나리를 보며 활짝 웃었다.

"고마워. 참, 너희 졸업한 뒤에 용빈 씨랑 원장님도 공부방 이제 그만두셨어."

"엥? 공부방 망했어요?"

동구가 깜짝 놀라며 곰쌤을 쳐다보았다. 곰쌤은 인상을
팍 쓰며 말했다.

"뭐 인마? 망한 게 아니라 그냥 접은 거야. 나도 이제 중
딩들한테 그만 스트레스 받고 건강 좀 챙겨야지. 올해부터
어디 조용한 곳에서 복분자나 키울까 한다."

"그럼 용쌤은 이제 백수네요?"

이번에는 동구가 용빈을 안타깝게 쳐다보았다. 그러자
용빈이 씨익 웃었다.

"내가 그럴 리가 있나? 내일부터 나는 법사의 세계로 들
어선다."

"네? 그게 무슨 말이에요?"

혜연이가 눈을 동그랗게 뜨자 옆에서 나리가 웃으며 대
답했다.

"너희 용쌤, 내일부터 로스쿨에 다니게 됐어."

그 말에 동구가 용빈의 손을 덥석 잡았다.

"오, 쌤! 진짜로 축하드려요. 이제 드디어 먹고 살 길이
열리신 거예요?"

"야 인마, 남자가 걷는 야망의 길을 그런 식으로 말하지
마라!"

261

용빈이 껄껄 웃었다.

그때 운동장 스피커가 웅웅거리더니, 이제 곧 입학식이 시작된다는 안내 방송이 흘러나왔다. 운동장 여기저기 흩어져 있던 학생들이 한가운데로 모여들었다. 학생들은 자신의 반 번호가 적힌 팻말에 따라 줄을 섰다. 동구와 윤서는 1반으로 가서 중간쯤에 함께 섰다.

국민의례가 끝나자 사회자 선생님이 말했다.

"에에, 다음으로는 신입생 선서가 있겠습니다. 선서는 이번에 반 배치고사에서 수석으로 입학한……."

사회자 선생님이 1반 쪽을 향해 말했다.

"신입생 대표, 표민제 학생! 단상 앞으로."

그 말을 듣자마자 동구의 입이 쩍 하고 벌어졌다. 동구는 재빨리 주위를 둘러보았다. 1반에서 제일 앞에 서 있던 남학생이 줄 밖으로 걸어 나왔다. 민제였다.

'어? 저 자식 과고 간다고 그러지 않았나?'

민제가 단상 앞에 우뚝 서서 오른쪽 손바닥을 들었다.

"선서!"

우렁찬 목소리가 운동장 가득 울려 퍼졌다. 민제는 왼손에 든 선서문을 또박또박 읽어 내려갔다. 동구는 그런 민제의 뒷모습을 가만히 바라보았다. 여전히 재수 없었지만 오늘만큼은 꽤 멋있어 보였다. 여기에는 공부 좀 한다는 아이들이 모인 곳인데, 모두를 대표해서 앞에 나가 선서를 한다니…… 짜증 나지만 멋진 놈인 건 인정할 수밖에 없었다.

선서를 마친 민제가 단상에서 걸어 내려왔다. 자리로 돌아가려던 찰나, 민제는 같은 줄에 서 있는 동구를 발견했다. 동구와 눈이 마주치자 민제가 턱을 들어 동구를 가리켰다.

'아, 진짜 저놈의 턱주가리는 왜 자꾸 저러는 거야?'

동구도 턱을 스윽 들어 민제를 가리켰다. 그러자 민제가 픽 웃고는 자기 자리에 가서 섰다.

동구는 미소를 지으며 하늘을 올려다보았다. 구름도, 날아다니는 새들도 없는 파랗고 맑은 하늘이 오늘따라 유난히 드넓게 펼쳐져 있었다.

공부를 시작하기 전에 알아야 할 모든 것!
공부 고민 Q&A

※ 부록에 나오는 글은 저자의 전작인 『하루 공부법 1. 공부법 편』, 『하루 공부법 2. 멘토링 편』, 『방학 공부법』에서 발췌하였습니다. 공부 의욕, 시간, 학습, 방학, 진로 등 초·중·고등학생들이 가장 많이 하는 공부 질문을 선정한 후, 이에 해당하는 내용을 실었습니다.

공부가 너무 재미없어요

- 공부 의욕을 불러일으키는 다섯 가지 비결

공부를 하고 싶어서 하는 사람이 과연 몇이나 될까? 다들 어느 정도의 고통은 참고 한다. 하지만 그 고통이 지나치게 크다거나 공부의 재미를 아직 한 번도 느껴 보지 못했다면 그건 문제가 있다. 의욕이 넘치는 학생들은 오히려 공부가 '재미있다'고 말한다. 어떻게 공부가 재미있을 수 있을까? 지금부터 그 다섯 가지 방법을 소개한다.

1. 나의 수준에 맞게 공부하자

같은 과목, 같은 진도라도 수준이 어려운 교재로 공부하면 당연히 재미가 없다. 이건 당연한 원칙인데도 불안한 마음에 어떤 학생들은 실수를 한다. 자기 수준에 맞지 않아도 남들이 보는 문제집이라는 이유만으로 따라서 보는 것이다. 쉬운 책을 보면 왠지 뒤처지는 것 같고, 어려운 문제를 풀다 보면 쉬운 문제를 풀 때 필요한 기초도 같이 닦게 되는 셈일 거라는 마음이 들기 때문이다. 그러나 그렇게 하면 남는 것도 없고 공부의 재미만 없어진다. 자신의 실력이 모자란다고 생각되면 겸손한 마음으로 쉬운 것부터, 교과서부터, 자세히 설명된 기본서부터 차근차근 공부해야 한다. 뒤처진다는 느낌이 들 수 있지만, 그렇다고 실력에 맞지 않는 문제집을 붙들고 낑낑대는 것은 더 뒤처지는 길이다.

2. 때로는 공부 방법과 내용에 변화를 주자

공부가 아직 습관으로 정착되지 않은 학생이라면, 공부가 지겨워도 참고 끈기로 밀어 붙이는 것이 중요하다. 공부를 열심히 한다는 것이 아직 몸에 익지 않아, 조금만 책을 봐도 금방 엉덩이가 들썩들썩하는 것이다. 이때는 계획된 시간까지 무조건 참아야 한다. 몸이 "놀아줘! 놀아줘!"라고 외친다고 해서 금방 그 요구를 들어주면 우리 몸은 계속해서 그런 요구를 하게 되기 때문이다. 반면, 공부가 어느 정도 습관으로 붙은 학생이라면 얘기가 좀 다르다. 공부를 하다 보니 지겨워서 도저히 머리가 안 돌아간다면 미련하게 계속 앉아 있을 필요가 없다. 그렇다고 놀기도 불안하다면 공부의 스타일을 바꿔 주는 것만으로 간단하게 의욕이 되살아나기도 한다.

스타일을 바꾼다는 것이 꼭 큰 변화를 주어야 한다는 말은 아니다. 그저 교재를 바꾸어 공부하는 것만으로도 의욕이 다시 살아날 수 있다. 예를 들어 교과서를 보다가 지겹다면 문제집을 본다든지, 국어 공부를 하다가 지겹다면 수학 공부를 한다든지 이런 식으로 변화를 주는 것에 너무 인색하지 말라는 뜻이다. 그저 읽기만 하는 것이 지겨울 때는 쓰면서 할 수도 있고, 쓰는 것도 지겨워지면 친구와 서로 질문하기 방법을 쓸 수도 있다. 이처럼 변화를 주어가면서 어떻게든 예정된 시간이 될 때까지 공부를 끌고 나가는 것이 중요하다. 그러지 않고 너무 한 가지 방법으로만 밀어 붙이면 곧 지쳐 버려서 그 과목이나 그 공부 스타일에 완전히 정나미가 떨어져 버릴 수도 있기 때문이다.

3. 성과가 보이는 공부를 하자

공부는 기초가 중요하기에 어떤 과목이든 기본서부터 꼼꼼히 공부하는 게 좋다. 그러나 정 의욕이 나지 않는다면 가끔은 그 반대 방향으로 공부해 볼 필요도 있다. 교과서나 기본서보다는, 점수를 바로바로 확인할 수 있도록 문제집이나 모의고사 위주의 공부를 하는 것이다.

나는 고3 여름에 슬럼프가 찾아왔다. 공부가 지겨워졌고 잡생각이 많아졌다. 이래서는 안 되겠다 싶어 모의고사 모음집을 사서 매일 시간을 재고 풀었다. 점수가 잘 나오면 '할 수 있다'라는 생각이 들었고, 점수가 못 나오면 '두고 보자'라는 오기가 생겼다. 점수를 매긴 후에는 틀린 문제를 보충하는 공부를 했다. 예를 들어, 국사에서 '이 도자기가 어느 시대의 유물인가?'라는 문제를 틀렸다면 오후에는 기본서를 보며 각 시대의 도자기에 관한 내용을 모조리 정리하고 암기했다. 이처럼 점수를 바로 알 수 있는 모의고사 위주로 공부를 하면 자신감과 오기, 승부욕이 생기기 때문에 공부 흥미를 북돋는 데 도움이 된다. 다만 이것은 흥미 유발용 공부 방법일 뿐이므로 너무 오래 써먹지는 말아야 한다. 실력을 향상시키는 공부는 역시 기본서 위주로 기초를 다지는 공부임을 잊어서는 안 된다.

4. 질문 수첩을 만들자

대부분의 학생들은 일단 교재를 한번 쭉 읽는다. 그런 다음 문제를 풀어보고 점수를 매겨 본다. 틀린 방법은 아니지만, 이렇게 하면 공부가 재미있는 것이 오히려 이상하다. 단순히 머릿속에 지식을 쏴서 넣는 공부는 재미가 없다. 공부의 재미란 모르는 것을 알 때 생기는 법이다. 즉, 공부가 재미있으려면 일단 '궁금해하는 것'이 있어야 한다. 교재의 내용을 읽을 때, 그냥 읽지 말고 자신에게 질문을 하면서 읽어야 한다. '이건 무슨 뜻이지?, '그럼 이건 어떻게 되는 거지?' 이렇게 질문을 던져 보라. 그러다 보면 그 답을 나 스스로 찾을 수 없는 부분이 생긴다. 아무리 고민해도 알 수 없는 그런 부분, 다른 책을 뒤져 봐도 모르는 그런 내용을 수첩에 옮겨 적는 것이다. 이것이 '질문 수첩'이다. 예를 들어, 나 같은 경우는 항등식과 방정식이 구분이 안 되던 때가 있었다.

'어차피 둘 다 문자로 되어 있고 등호가 있는 식인데, 도대체 뭐가 다르다는 거지?'

나는 '방정식과 항등식의 차이'라고 수첩에 옮겨 적고 쉬는 시간마다 이 친구 저 친구를 찾아다니면서 물었다. 나보다 공부를 못하는 친구에게 물어보는 것도 마다하지 않았다. 등수는 나보다 낮지만 특정 부분은 나보다 더 잘 알고 있는 경우가 많았다. 아무도 아는 사람이 없으면 교무실에 가서 선생님께 물어보았다. 그러면 결국에는 해결되었다.

'아, 항등식은 문자에 어떤 숫자가 대입되더라도 등호가 성립하는 식이고, 방정식은 특정한 숫자를 대입해야 성립하는 식이구나!'

이렇게 '깨우치게 되니' 공부가 너무 재미있었다. 정확히 말하면 공부가 재미있다기보다는 '몰랐던 것을 알게 되는 것'이 재미있었다. 의욕이 생기지 않는다면 질문 수첩을 만들어 보자. 모르는 것이 생기면 그곳에다가 옮겨 적고, 가지고 다니면서 사람들에게 물어보자. 몇 번만 물어봐도 금방 효과를 볼 수 있다.

5. 가장 강력하고 중요한 방법

주위를 둘러보라. 게임을 하는 친구 중에 혹시 이렇게 말하는 녀석이 있던가?

"내가 어떤 게임을 하는데, 요새 의욕이 나지 않아. 해도 안 될 것 같고 미치겠어."

아마 잘 없을 것이다. 공부를 하는 사람은 의욕을 쉽게 잃어도, 게임을 하는 사람은 그렇지 않다. 이유는 간단하다. 게임에서는 내가 노력한 결과가 눈으로 보인다. 몬스터를 한 마리 잡을 때마다 경험치가 얼마나 올랐는지 보이고, 게임을 얼마나 더 해야 레벨이 오르는지 알 수 있다. 그래서 항상 재미있고 슬럼프 따위도 찾아오지 않는 것이다. 반면 공부는 그렇지 않다. 도대체 실력이 향상되고 있기는 한지, 앞으로 얼마나 더 공부해야 성적이 오르는지 전혀 알 수 없기 때문에 답답해진다. 어쩌면 공부란 경험치 상승을 나타내는 그래프가 없는 게임과도 같다. 오늘 내가 단어 100개를 외웠다고 해도 다음 시험에서 점수가 얼마나 오를지, 아니 오르기는 할지 도통 알 수가 없다.

그러나 명심하라. 그 시간들이 쓸모없는 게 아니다. 당장 눈에 보이지 않을 뿐, 나의 '공부 경험치'는 차곡차곡 쌓여 가고 있다. 일정한 공부분량이 채워지면 성적은 빵! 터지게 된다. 지금까지 의욕을 되살리기 위한 많은 조언을 했다. 그런데 진정한 공부의 고수들을 보면 의욕이 없는 자신의 마음 상태를 어떻게든 해결하려기보다 '그냥 참아내는' 사람들이 더 많다. 어쩌면 공부의 가장 중요한 자질은 그런 인내심이 아닐까?

공부하기 싫어도 참고, 공부를 멈추지 마라. 이것이 의욕에 관한 마지막 그리고 가장 중요한 조언이다. 언젠가는 성적이 오르리라는 믿음을 가지고 오늘의 목표에만 충실하다보면, 어느 날 당신도 갑자기 확 오른 성적에 깜짝 놀라게 될 것이다.

계획을 세워도 항상 못 지켜요

- 효율적인 시간 관리법

　많은 학생들이 계획을 지키는 데 실패하는 이유는 여러 가지가 있겠지만, 그 근본 원리는 하나다. 계획표가 지켜지지 않는 것은 자기 자신을 고려하지 않고, 내가 공부해야 할 것만을 생각하기 때문이다. 계획표에서 중요한 것은 공부해야 할 것이 아니라 '감정'이다. 감정이라니, 무슨 뚱딴지같은 소리냐고 하겠지만 정말로 그렇다.

　공부는 사람이 한다. 그리고 사람은 의지나 이성보다는 '감정'에 의해서 움직일 때가 압도적으로 많다. 예컨대 해야 한다는 것을 알지만, 도저히 할 기분이 나지 않으면 공부하기가 어렵다. 반면에 왜 해야 하는지는 잘 모르겠지만, 왠지 공부할 기분이 난다면 그 학생은 그 감정 때문에 공부가 잘될 것이다. 즉, 감정은 공부를 이끌어 주는 매우 강력한 동기이므로, 계획표는 그 감정을 최대한 살리는 데 초점을 맞춰 작성해야 한다. 그렇지 않고 단순히 해야 할 것들을 날짜별로 분배만 하는 무미건조하고 기술적인 계획표라면 누구라도 지키기 어렵다.

공부하고 싶은 감정이 생기게 만드는 계획표는 부담감이 없는 계획표다. 물론 아주 적은 분량을 계획하면 당연히 부담감은 없겠지만, 이 경우엔 '과연 이것만 공부해도 될까?'라는 불안감이 생겨 버린다. 그렇다면 불안감도, 부담감도 모두 안 생기는 계획표를 만들려면 어떻게 해야 할까? 좋은 방법은 '계획을 지키는 게 실패해도 다시 복구할 수 있는 시스템'을 만들어 두는 것이다. 구체적으로는 다음의 세 가지 방식을 적용해 보기를 추천한다.

1. 일주일에서 이틀은 반드시 빼 두자

계획을 세우는 요령을 모를 때, 나는 내가 해야 할 것을 모두 계획표에 쏟아붓는 방식을 택했다. 이것도 하고 저것도 하고, 좀 힘들겠지만 굳은 신념을 갖고 하면 왠지 달성할 것 같기도 한 그런 계획표였다. 만드느라 고생했지만 일단 만들어 놓은 계획표를 보자 만족스러웠다. 그 방식으로 만든 계획표는 그대로만 열심히 하면 마치 서울대도 합격할 수 있을 것처럼 보이는 계획표였다.

첫날은 만족스러웠다. 물론 약간 덜 한 것이 있지만 다음 날 열심히 하면 보충할 수 있을 것 같았다. 그러나 다음 날이 되자 어제 덜 한 그것을 하는 데 반나절이 지나가 버렸다. 결국 그날 밤이 되었는데도 오늘 해야 할 것의 절반밖에 완수하지 못했다. 셋째 날이 되자 나는 절망에 빠졌다. 이제는 하루 분량의 공부가 밀렸다. 주말이 되자 거의 2~3일 치가 밀렸다. 일요일 밤에, 지켜지지 못한 계획표를 바라보면서 나는 공부라는 것이 정말 끔찍하다고 느꼈다. 이제는 계획표를 세우기도 싫었고 공부를 하기도 싫었다. 그리고 다음 일주일을 내리 놀았고, 그 주의 마지막 날에 불안감을 느껴서 다시 계획표를 짰다. 그렇게 나는 일주일을 공부하고 일주일은 놀아 버리는 패턴을 반복하고 있었다. 여러 번 시행착오 끝에 밑져야 본전이라는 생각으로 계획표를 짜는 원칙을 바꾸었다. 수요일과 토요일을 아예 비워 둔 것이었다. 월요일과 화요일에 공부를 하다가 밀린 공부를 수요일에 하고, 목요일과 금요일에 공부하다가 밀린 것들을 토요일에 하자는 심산이었다. 대성공이었다. 내가 계획을 못 지켜도 수요일과 토요일이라는 완충 장치가 있다는 생각이 훨씬 마음을 편하게 했다. 초조함이 사라지고 공부할 기분이 들었다. 분명히 예전에 세우던 계획표보다 이틀을 더 공부 안 하는 계획표임에도 불구하고, 나는 새 계획표 덕분에 예전보다 더 많이 공부하게 되었다. 불안이나 초조, 열등감이 아닌 훨씬 편안한 감정을 가지고 말이다.

2. 하루에 두 시간은 논다고 가정하자

다음에는 이 원칙을 주간 계획뿐 아니라 하루 계획에도 적용했다. 예전에 어떤 친구와 내기를 한 적이 있었다. 똑같이 『개념원리』 수학의 한 단원을 공부하기로 했다. 그 친구의 목표는 필수 예제와 유제 그리고 연습 문제였다. 그러나 나는 하루 전체 공부 시간에서 두 시간을 빼두었다. 예컨대 밤 10시에 야간 자습이 끝난다고 가정하면 8시까지만 계획을 세운 것이다. 두 시간은 일종의 완충 장치다. 그렇게 두 시간을 빼고 계산하니 연습 문제는 도저히 할 수 없겠다는 결론이 나왔다. 나는 필수 예제와 유제만 목표로 잡았다.

우리 둘 다 하루 종일 열심히 했다. 그 친구는 필수 예제와 유제를 모두 풀었고, 연습 문제의 절반을 풀었다. 나 역시 마찬가지였다. 저녁 8시에 필수 예제와 유제를 모두 끝냈다. 그런데 자습이 끝나기까지는 아직 두 시간이 남았다. 그래서 남은 두 시간 동안 연습 문제의 절반을 풀었다. 즉 친구와 나 모두 똑같은 양을 공부한 것이다.

그런데 친구는 하루가 끝난 뒤 열등감에 빠졌다. 자기가 세운 계획을 못 지켰기 때문이다. '아, 짜증나. 못 지켰어. 공부 따위 하기 싫어'라는 표정이 얼굴에 역력했다. 반면에 나는 자신감이 생겼다. 내가 세운 계획인 필수 예제와 유제를 모두 끝냈고, 오히려 연습 문제의 절반이라는 공부를 초과 달성한 것이었다. 실의에 빠진 그 친구는 다음 날부터 쉬는 시간에 엎드려 잠을 잤다. 그러나 나는 '뭐야, 공부도 할 만하잖아?' 하는 생각에 의욕이 넘쳤다.

3. 한 호흡에 20분은 잡생각을 한다고 가정하자

이 원칙을 그대로 한 호흡 단위의 공부시간에도 적용할 수 있다. 예컨대 한 시간 동안 내가 읽을 수 있는 책의 분량이 30페이지라면 20분을 제외하고 계획을 짠다. 한 시간에 30페이지라면 40분 동안에는 20페이지를 읽을 수 있으므로, 이것을 목표로 계획을 짠다. 실제로 공부를 해보고 시간이 남으면 더 하면 되고, 중간에 잡생각이 잠깐씩 들어도 웬만하면 계획대로 지켜진다. 이렇게 계획을 짜면 계획표가 나에게 열등감을 가져다주는 것이 아니라, 오히려 자신감과 공부하고 싶다는 의욕을 가져다주는 도구가 된다.

스마트폰이나 컴퓨터를 끊기 힘들어요

- 공부 방해꾼으로부터 벗어나기

'XXX 스토리'라는 게임에 중독된 학생이 있었다. 그 학생은 게임을 끊겠다고 마음먹은 후 자신이 애지중지 길러온 캐릭터의 스킬 포인트(능력치)를 일부러 엉망으로 만들고, 주위 사람들에게 캐릭터의 인기도를 내려달라고 부탁하고, 고생해서 얻은 아이템을 사람들에게 뿌렸다. 그러고도 성에 안 차, 캐릭터를 삭제하고 회원 탈퇴까지 했다. 그 학생이 그동안 모은 아이템과 캐릭터의 가치는 현금으로 수십만 원이 넘었다. 주위 사람들은 차라리 게임 캐릭터와 아이템을 경매 사이트에 현금으로 팔지 그랬냐며 안타까워했다. 그러자 그 학생이 태연하게 말했다.

"큰 손해를 봤다든가, 완전히 망쳤다는 생각이 들지 않으면 결국 다시 손을 대게 되어 있어. 이렇게 해야 다시는 하고 싶지 않아져."

그 이야기를 전해들은 나는 감탄했다. 반드시 성공할 녀석이라고 생각했다. 아니나 다를까, 중학교 때는 성적이 낮아서 특성화 고등학교 진학을 심각하게 고민했던 그 학생이, 고등학교 2학년 때는 전교 5등 안에 든다는 소문이 들려왔다. 만약 당신이 게임에 중독됐다면, 이처럼 독하게 마음먹고 자신의 캐릭터를 아예 망쳐 버리는 것도 좋은 방법이다. 자신을 너무 믿지 마라. 인간의 의지는 약하다. 당신의 미래가 궁금한가? 다음 시험에서 성적이 오를지, 좋은 대학에 입학할지는 '오늘 바로' 알 수 있다. 이 책을 덮은 후, 현명한 독자들은 '액션'을 취할 것이다. 내가 돌아갈 수 있는 곳을 만들어 놓으면 위험하다. 스마트폰을 2G폰으로 바꾸거나 혹은 집에 두고 다닐 것이다. 컴퓨터에서 게임을 지우고 키워온 캐릭터를 삭제할 것이다. 당신에게 그런 용기가 있다면, 내가 장담하건대 당신은 자신의 꿈을 반드시 현실로 만들 수 있는 사람이다.

1. 집에 있는 시간을 최대한 줄여라

아무도 없는 집에 혼자 있는 것은 정말 위험하다. 그 시간에 밖에 나가 독서실이나 도서관에서 공부를 하는 것이 가장 좋다. 도서관에서 공부하는 것이 아직까지는 힘들다면, 차라리 친구를 만나거나 운동을 하는 등, 어쨌든 밖에서 최대한 시간을 보내는 것이 좋다. 너무 할 일이 없어서 거리를 방황하는 한이 있더라도 절대 빈집에 컴퓨터와 단둘이 있지 마라.

2. 컴퓨터를 거실이나 부모님 방으로 옮겨라

내 경험상 자기 방에 컴퓨터를 두고 공부를 잘하는 학생은 거의 본 적이 없다. 자기 방에 있는 컴퓨터로 게임이나 인터넷을 하다가 부모님과 싸우게 되거나, 공부를 게을리한다는 죄책감에 시달리는 것보다는 약간의 불편함을 감수하는 편이 훨씬 낫다.

3. 컴퓨터를 쓰기 전에 미리 사용 시간을 계획하라

숙제를 위해 자료를 찾아야 한다든가 프린터 출력 등의 이유로 컴퓨터를 반드시 써야 할 때가 있다. 이럴 때는 컴퓨터를 켜기 전에 내가 컴퓨터를 써야 하는 이유와, 예상 사용 시간을 미리 적어 두어라. 그리고 반드시 그 내용을 지키도록 해야 한다. 이렇게 하면 아무 생각 없이 컴퓨터 앞에 있는 시간을 많이 줄일 수 있다.

책상에 앉으면 뭐부터 해야 할지 모르겠어요

- 모든 학년에 통하는 공부의 절대 순서

막상 공부를 해보려고 하는데, 뭘 어떻게 해야 할지 잘 모르겠다는 학생들이 많다. 그냥 교과서를 펼쳐 놓고 쭉쭉 읽어나가면 되는 걸까? 암기부터 해야 하나? 공부에도 순서가 있다. 이것은 내신 시험부터 운전면허 시험에 이르기까지 모든 공부에 공통적으로 적용되는 원리다. 그 순서를 차례로 살펴보자.

1. 목차를 보면서 개관한다

책을 편 다음 가장 먼저 해야 할 것은 바로 목차를 보는 것이다. 목차는 공부의 뼈대 같은 것이다. 목차 없이 공부하는 학생의 머릿속에는 단편적인 지식들이 여기저기 흩어져 있다. 문제를 풀 때 그 지식이 필요해서 찾으려고 해도 내용이 잘 기억나지 않는다. 목차를 보는 것은 내가 공부해야 할 큰 틀을 미리 확인하는 공부의 첫걸음이다.

목차는 어떻게 공부해야 하는가? 딱히 '공부'라는 표현까지 쓸 필요는 없다. 그냥 목차를 펼쳐 놓고 지금부터 무엇을 배우게 되는지 '확인'하면 된다. 복사하는 것이 귀찮다면 공부를 처음 시작할 때 단 일 분만이라도 목차를 읽기만 하라. 공부의 효율이 높아질 것이다. 또한 공부를 시작할 때뿐 아니라 공부를 하는 도중에도 계속 목차를 확인하면서 내가 지금 어느 부분을 공부하고 있는지 계속 확인해야 한다.

2. 내용을 정확히 이해한다

이해는 공부 과정에서 가장 중요한 부분이다. 정확한 이해 없이 공부를 잘하기는 힘들다. 또한 이해가 안 되던 부분이 갑자기 이해됐을 때의 기쁨은 공부가 주는 큰 재미 가운데 하나다. 만약 이해를 못 했는데도 불구하고 '이건 그냥 외워 두자'는 식으로 넘어가 버리면 공부가 정말 재미없어진다.

뿐만 아니라 이해를 하면 암기할 양이 크게 줄어든다. 쉬운 예를 들어보자. 원자 번호 1번은 수소다. 수소 원자에는 하나의 양성자와 하나의 전자가 있다. 원자 번호 2번은 헬륨이다. 헬륨 원자에는 2개의 양성자와 2개의 전자가 있다. 이런 식으로 원자 번호가 증가할 때마다, 양성자도 하나씩, 전자도 하나씩 늘어난다. 이 사실을 '이해'만 한다면 '산소의 양성자는 8개', '플루오르의 전자는 9개'와 같은 사실은 전혀 암기할 필요가 없다. '원자 번호 = 양성자 수 = 전자 수'이기 때문이다. 산소의 원자 번호는 8번이니 당연히 양성자도 8개, 전자도 8개다. 그러므로 이해를 정확하게 하는 학생의 공부량은 크게 줄어드는 것이 당연하다. 이처럼 암기할 양을 줄이기 위해서라도 정확한 이해는 필수다.

그러나 '이해하자'고 마음을 먹는다고 저절로 이해되는 것은 아닐 것이다. 깊게 이해하면서 공부를 하려면 해당 내용에 대한 '비판적 질문'과 '한계 설정'을 해야 한다. 그러지 않으면 이해가 되지 않았는데도 이해했다고 착각하게 된다. 쉬운 예를 들어보자.

커브길은 천천히 돌아야 한다.

이 문장을 이해했는가? 그렇다면 다음 두 개의 문장 중에서 어느 것이 옳은 것일까?

1. 커브길에서는 속도를 '낮춰야' 한다.
2. 커브길에서는 속도를 '올려야' 한다.

망설임 없이 1번, '속도를 낮춰야 한다'를 정답으로 골랐다면 아직 이해하는 공부가 부족한 학생이다. 무슨 말일까? 커브길을 천천히 돈다는 것과, 커브길에서 속도를 낮춘다는 말은 전혀 다른 말이기 때문이다. 커브길에서 속도를 낮추고 있다는 말은, 지금은 속도가 빠른 상태라는 말이다. 만약 커브에 이미 진입했는데 브레이크를 밟아서 속도를 급격하게 낮추면 어떻게 될까? 브레이크를 밟게 되면 돌고 있던 바퀴가 그대로 멈춰 버린다. 만약 눈이 내려서 빙판길이 된 상태라면 바퀴가 돌지 않는 자동차는 미끄러지게 되고, 길 밖으로 튕겨 나갈 수도 있다. 속도는 커브길에 도착하기 전 미리 충분히 줄여 놓아야 한다. 자동차의 속력이 충분히 떨어지면 천천히 속력을 올리면서 커브를 돌아야 한다. 따라서 정답은 2번이다. 아무 생각 없이 문장을 눈으로 쭉쭉 읽으면서 공부하면, 이처럼 원래의 뜻과는 정반대로 이해하게 된다.

아까 '비판적 질문'과 '한계 설정'이 필요하다고 했었다. 이게 무슨 말인가 하면 '커브길은 천천히 돌아야 한다'는 문장을 보면서 '그럼 속도를 올리라는 말인가, 내리라는 말인가?'라는 질문을 던질 줄 알아야 한다는 말이다. 즉 내가 보고 있는 문장이 어디까지 설명하고 있는 문장인지, 그 '한계를 정확히 설정'해서 받아들여야 한다는 것이다. 이것이 제대로 이해하는 공부의 기본이다.

다른 예를 하나 더 들어보자. 4의 약수의 총합은 얼마일까? 4의 약수는 1, 2, 4 이렇게 세 개니까 그걸 더하면 1+2+4 = 7, 그래서 정답은 7일까? 그렇지 않다. 약수라는 것은 다른 수와 곱해서 그 수가 되는 숫자다. 예를 들어 2×3=6이기 때문에 2와 3은 6의 약수다. 1×6=6도 성립하기 때문에 1과 6도 6의 약수다. 그렇게 따진다면 -2×(-3)=6의 식도 성립하기 때문에 -2와 -3도 6의 약수가 된다. 즉, 음수도 약수가 될 수 있다. 그러니 4의 약수들의 총합은 7이 아니라 0이 된다. 음수도 약수이기 때문이다. 그래서 수학 문제를 보면 항상 '양의 약수의 개수를 구하라'는 식으로 문제가 나온다.

'왜 굳이 양의 약수라는 말을 썼을까?' → '설마? 그럼 음의 약수도 존재한다는 말 아냐?' → '어라, 그러네! 그럼 이때까지 내가 잘못 알고 있었네!' 이렇게 약수의 개념을 정확히 이해 못했다 하더라도, 비판적 질문을 던지는 자세를 가지고 공부하면 올바른 이해에 도달할 수 있는 것이다. 그렇기 때문에 공부를 하면서 반드시 '왜 하필?'이라는 '비판적 질문'을 던져야 한다. 그래야 약수라는 것이 양수를 의미하는 개념인지, 양수와 음수를 포함하는 개념인지, 그 '한계를 설정'해서 이해할 수 있다.

3. 이해한 내용을 정리한다

이해했다고 공부가 끝난 것은 아니다. 이해는 '지금' 된 것이기 때문이다. 시간이 지나면 또다시 이해가 안 된다. 때문에 한번 공부한 것은 반드시 정리를 해두어야 한다. 어떻게 보면 정리가 이해보다 더 중요할 수도 있다. '원소'와 '원자'의 차이를 이해했는가? 아직 공부가 끝난 것이 아니다. 반드시 정리해 두어야 한다. 이해한 내용을 지금 노트에 정리해 두지 않으면 시험에 아무 소용이 없다. '고려 시대의 향리'와 '조선 시대의 향리'의 차이점을 정확히 이해했다면 그 순간 바로 노트에 정리해야 한다.

4. 암기로 내용을 내 것으로 만든다

'암기'라는 공부의 마지막 단계는 반드시 거쳐야 하는 필수 단계다. 이해하지 않고 외우기만 하는 공부가 해롭다는 것이지, 외우는 것이 해롭다는 것은 절대 아니다. 오히려 암기를 해야만 이때까지 한 공부가 비로소 완전히 내 것이 된다. 흔히들 '암기보다 사고력과 창의력이 중요하다'고 한다. 그러나 암기가 되어 있지 않으면 사고력과 창의력은 절대 생기지 않는다. 예를 들어 삼국 시대의 지방 세력가는 '촌주'이고, 고려와 조선의 지방 세력가는 '향리'라는 사실을 일단 암기해야만, 비로소 '어라? 삼국시대에는 왜 향리라는 말을 쓰지 않지? 서로 다른 개념인가?'

라는 심도 있는 의문을 던질 줄 아는 것이다. 공부의 마무리는 암기다. 성적을 가르는 것도 결국은 암기다. 남들보다 영어 단어를 모르는 친구가, 남들보다 영어 성적이 높은 경우를 본 적이 있는가? 남들이 다 외우는 것을 외우면 중위권이 될 수 있다. 그걸 좀 더 완벽하게 외우면 상위권이 될 수 있다. 남들이 잘 외우지 않는 것까지도 외우면 최상위권이 된다.

5. 다양한 문제풀이를 해본다

내용을 정리하고 암기하는 것까지 끝냈다면 이제 다양한 문제를 풀어봐야 한다. 간혹 학생들 중에서는 암기와 정리에만 치중하는 경우가 종종 있다. 이 경우 공부하는 것에 비해 성적이 잘 나오지 않는 경우가 많다. 문제를 많이 풀어보지 않으면 머릿속에 지식은 많이 들어 있는 것 같아도 정작 점수로는 연결되지 않는다. 시험에서는 요령이 상당히 중요한데, 이 요령이라는 것도 결국에는 많은 문제풀이를 통해서만 기를 수 있다.

예습과 복습은 어떻게 하는 거예요?

- 내신 성적을 올리는 예습과 복습의 원칙

예습은 선행학습이 아니다. 선행학습이란 말 그대로 미리 공부해 두는 것이다. 완벽히는 아니더라도 대략 80퍼센트 이상의 내용을 미리 공부해 두는 것이 선행학습이다. 반면에 내가 말하는 예습이란 '공부'가 아니다. 공부라기보다는 오히려 공부할 내용을 '확인'하는 정도에 가깝다. 그 도구는 '기출 문제'다. 많은 학생들이 기출 문제를 시험 준비할 때만 활용한다. 물론 시험 치기 전에 기출 문제를 보는 것은 효과가 크다. 그러나 더 큰 효과를 볼 수 있는 방법은 기출 문제를 평소에, 그것도 수업을 듣기 직전에 보는 것이다.

물론 아직 배우지도 않은 내용이니 기출 문제를 봐도 풀 수 있을 리 없다. 그러나 나는 풀기 위해서 기출 문제를 보는 것이 아니다. 오늘 배울 부분에서 중요한 내용은 무엇인지, 시험에 출제된 것은 어떤 것들인지 알기 위해 보는 것이다. 예를 들어, 오늘 영어 수업 시간에 4단원 본문을 배운다고 치자. 그러면 수업이 시작하기 직전에 기출 문제를 보면서 해당 부분에서 어떤 문제가 출제됐는지 본다. 만약 현재완료의 여러 가지 용법을 구별하는 문제가 나왔다면, 선생님께서 그 부분을 설명하실 때 더욱 집중해서 들을 수 있다. 만약 가정법 시제를 묻는 문제가 나왔는데 그 부분이 언뜻 보기에도 어려운 것 같다면 '수업시간에 반드시 잘 들어놓고 필기도 잘해 놓아야겠다'라고 생각하며 준비할 수 있다. 이렇듯 내가 했던 예습이란, 미리 공부해 두는 것이 아니라 곧이어 있을 수업의 내용을 그저 '확인'하는 작업인 것이다. 그리고 이 과정은 기출 문제가 있으면 훨씬 쉬워진다. 하지만 만약 기출 문제를 못 구했다고 하더라도 크게 상관은 없다. 수업이 시작되기 전 5분만이라도, 오늘 배울 내용을 넘겨 보면서 '이것이 중요할 것 같다' 혹은 '이 부분은 어려울 것 같다' 정도의 생각만 해둬도 크게 도움이 된다. 이렇게 수업을 준비하면 수업의 집중도가 훨씬 높아진다.

또한 수업이 끝난 직후에는 무조건 복습을 하자. 수업이 끝난 직후의 5분은 시험 기간 공부의 한 시간 이상의 가치가 있다. 수업을 들은 직후, 아직 선생님의 설명이 머릿속에 남아 있을 때 빠르게 정리를 해두어야 기억에 오래 남게 된다. 나는 수업이 끝나면 진도가 나갔던 부분을 처음부터 다시 한 번 넘겨 보면서 아까 수업했던 장면을 회상하고는 했다. '이 부분은 중요하다고 하셨지', '이 내용은 이렇게 설명하셨지' 이렇게 되새기면서 중요한 것 위주로 빠르게 음미한 것이다.

일반적으로 선생님이 교실로 들어오자마자 곧바로 수업을 시작하시는 경우는 잘 없다. 어수선한 분위기를 가라앉히기 위해 농담을 하시거나, 숙제 검사를 하시기도 한다. 수업 종료 직전에도 마찬가지다. 따라서 이런 때를 활용해서 수업의 예습과 복습을 짧게라도 하자. 잠깐의 시간 투자로 공부의 효율이 몇 배는 높아질 것이다. 쉬는 시간을 예습과 복습의 시간으로 만드는 것은 남들보다 힘들게 공부하는 방식이 아니다. 오히려 쉽게 공부하는 것이다. 예습·복습을 따로 많은 시간을 들여 공부하는 것이 아니라 쉬는 시간에 그냥 끝내 버리자는 것이다. 그러면 자습 시간에는 시간이 많이 걸리는 공부, 실력을 높이고 응용력을 기르는 깊은 공부를 할 수 있는 시간이 확보된다.

또한 쉬는 시간에 예습·복습을 하게 되면 수업을 전후로 세 번이나 같은 내용을 보기 때문에 반복 학습의 효과를 보게 된다. 같은 시간을 공부해도 남들보다 기억에 오래 남을 수밖에 없다. 그러면 시험 기간에 굳이 벼락치기를 하지 않아도, 금방 기억이 되살아난다.

수업 시간 내내 집중하는데도
성적이 안 나와요

- 수업을 백 퍼센트 활용하는 네 가지 비결

   놀면서도 공부를 잘하는 학생들이 있다. 쉬는 시간에 친구들과 떠들고, 특별한 사교육을 받지 않으면서도 성적은 잘 나오는 친구들이 분명히 있다. 실제로 나도 그런 친구들을 자주 봤다. 그 친구들과 나 자신을 비교하며 열등감에 빠지기도 했고, 놀면서도 성적이 잘 나오는 특별한 이유가 무엇인지 궁금해하기도 했다. 물론 머리가 좋아서였을 수도 있겠지만, 그들 모두가 그런 것은 아니었다. 유명한 학원을 다니거나 과외를 받는 친구들도 있었지만, 모두가 그런 것은 아니었다. 그러나 그들 사이에는 한 가지 공통점이 있었다. 그들은 모두 수업 시간에 집중하는 학생들이었다.

   내가 이렇게 말하면 많은 학생들이 "어? 나도 수업 잘 듣고 있는데? 근데 나는 왜 그래?"라고 반문할지도 모르겠다. 그러나 가만히 앉아서 수동적으로 선생님의 입에서 나오는 '소리'를 귀로 듣고만 있는 것과 수업을 제대로 듣는다는 것은 전혀 다른 것이다. 수업을 진짜 제대로 들었다면 수업이 끝날 때마다 아마 탈진 상태에 이르게 될 것이다. 그게 진짜 제대로 수업을 들었다는 증거다.

또 누군가는 이렇게 항변할지도 모르겠다. "어차피, 학교 선생님보다 학원 강사나 인터넷 강좌의 강사가 더 잘 가르쳐 준다. 그런데 굳이 잘 가르치지도 못하는 학교 선생님의 수업에 집중해야 되는 이유가 뭐냐?" 이렇게 묻는 학생들에게는 너무나 당연한 이야기를 또다시 할 수 밖에 없다. 내신 시험의 출제자는 바로 학교 선생님이다. 방대한 교과서의 내용 중에 어떤 것이 중요한지 판단하는 사람은 명쾌한 강의를 하는 학원 강사가 아니라, 실없는 농담을 자주 하시는 학교 선생님이시다. 그 사실을 다시 한 번 기억한다면, 점수에 직결되는 공부의 열쇠는 바로 수업 시간에 있다는 것을 새삼 깨닫게 된다.

수업을 제대로 듣는 것만큼 중요한 공부요령은 없다. 또한 그 중요성만큼이나 여기에는 많은 요령이 존재한다. 지금부터 말하는 '수업을 제대로 듣는 요령'을 꼭 실천해 보기를 바란다.

1. 앞자리에 앉아라

뒤에 앉을수록 수업의 집중도가 현저히 떨어진다. 선생님의 눈에 띄지 않는다는 사실이 긴장을 풀리게 만들고, 딴짓을 하게 만든다. 게다가 뒤에 앉으면 시선이 분산된다. 선생님을 보고 있다가도 누군가 움직이면 그 친구의 뒤통수에 시선이 가게 된다. 집중력이 깨지는 것이다. 또 뒤에 앉으면 선생님의 표정을 읽기가 힘들다. 수업을 제대로 듣기 위해서는 선생님의 말을 듣는 것뿐만 아니라 표정이나 뉘앙스 같은 사소한 부분에도 집중할 필요가 있다. 평소보다 힘주어 말씀하신다든가, 좀 더 진지한 표정으로 강조하시는 부분은 거의 백 퍼센트 시험에 출제된다. 그런데 뒤에 앉게 되면 그런 중요한 힌트들을 모두 놓치게 된다.

2. 책보다 선생님의 눈을 바라보라

수업을 제대로 듣는 것의 첫 단계는 수업 시간에는 무조건 '앞을 보는 것'이라고 생각한다. 책을 보고 있으면 의외로 잡생각이 쉽게 생긴다. 잡생각을 떨쳐 버리고, 내 앞에 펼쳐진 책에서도 눈을 떼자. 선생님이 말할 때는 앞만 바라보고, 선생님의 입에서 나오는 말에만 집중하는 것이 수업을 제대로 듣는 자세다. 눈을 깔고 있으면 마음은 편하다. 그러나 공부에 도움되지 않는 편안함이다. 내가 딴생각을 해도 선생님이 모를 거라는 생각에 마음이 편해지는 것이다. 그러나 앞을 보면 가끔씩 선생님과 눈이 마주치게 되고, 어쩔 수 없이 집중하게 된다. 선생님과 눈을 마주친다는 그런 불편함이 집중력을 만들고, 충실하게 수업을 듣게 해주는 것이다.

3. 수업이 이해가 안 되더라도 포기하지 마라

당연한 말이겠지만 수업 시간엔 수업에 충실해야 한다. 기초가 부족하다면 자습 시간을 이용해서 보충해야지, 수업 시간에 다른 문제집을 펴놓고 공부하면 안 된다. 수업은 수업대로 충실히 듣고, 모자란 부분은 따로 보충을 해야 효율적인 공부가 된다. 그리고 그게 성적을 올리는 가장 빠른 길이다. 물론 처음부터 차근차근 공부하는 편이 나을 것 같다는 그 생각을 이해 못하는 것은 아니다. 하지만 아무리 기초가 중요하다고는 해도 그건 수업을 포기할 만큼 중요하지는 않다. 그러므로 어려워도 일단 수업을 듣자. 그러면 나중에 혼자 공부할 때 반드시 도움이 된다. 자주 등장하는 용어라도 익숙해지자는 마음으로 들으면, 수업의 내용이 금방 잊히는 것 같아도 나중에 스스로 공부할 때 많은 내용이 되살아난다.

4. 상위권 학생이라면 여러 교재를 펼쳐 폭넓게 들여다보라

수업은 보통 그 반의 중위권 학생들의 수준에 맞게 진행된다. 따라서 상위권 학생들이라면 수업의 내용이 이미 알고 있는 사실들이거나, 쉬운 수준의 내용과 문제들로 진행되기 때문에 수업에 집중하기가 힘들 수 있다. 그럼 어떻게 해야 하는가? 나는 수업이 내 수준보다 쉽다고 여겨질 때, 여러 교재를 펼쳐 놓고 이 책 저 책을 참고하면서 폭넓게 수업을 들었다. 물론 선생님이 설명하고 있는 부분과 같은 진도다. 예를 들어 조선 시대의 문화에 대한 수업이라면, 교과서뿐만 아니라 프린트물이나 다른 참고서 혹은 문제집을 같이 펼쳐 놓고 선생님의 설명과 비교·대조하면서 듣는 것이다. 그러면 선생님이 어떤 부분을 중요하게 설명하고 있는지, 어떤 부분은 건너뛰고 있는지 확실히 알 수 있게 된다. 여러 교재를 동시에 눈으로 훑어 보면 선생님이 설명을 안 하고 넘어가고 있는 부분을 채워 넣을 수도 있게 된다. 이렇게 적극적으로 수업을 들으면 확실히 힘들고 지친다. 그러나 이미 알고 있는 내용이라며 팔짱 끼고 수업을 듣는 상위권 학생과, 이것저것 참고하면서 내게 부족한 부분을 찾으려 노력하면서 수업을 듣는 상위권 학생 중에, 과연 누가 최상위권으로 뛰어오를지는 자명한 사실이다.

어떤 문제집으로 공부해야 할지 모르겠어요

- 교재를 고르는 세 가지 전략

1. 첫 번째 전략, 공부할 내용을 한정하자

많은 학생들이 시험 점수를 너무 의식해서 공부할 양을 늘린다. 교과서와 참고서는 물론이고 각종 프린트, 학원에서 정리해준 교재, 인터넷 강의 교재, 내신 대비용 문제집도 풀어야겠다고 계획한다. 물론 그것을 모두 공부한다면 점수는 잘 나올지 모르나, 그렇게 무리하게 세운 계획은 대부분의 경우 지켜지지 않는다. 또한 몇 과목만 치중하다보면, 다른 과목에서 의외로 점수가 형편없게 나와 평균 점수를 대폭 깎아 먹기도 한다. 만약에 자신이 가지고 있는 국어 교재가 여섯 권 있다고 가정하자. 그러면 모두 한 번씩 보는 것이 아니라, 중요한 것 세 가지만 보면 두 번을 반복할 수 있게 된다. 이렇게 공부하는 것이 처음 방법보다 더 높은 점수를 받는 방법이다. 전략을 가지고 공부하는 학생들은 공부할 내용을 한정한다. '무엇을 더 볼까?'라는 질문을 던지는 것이 아니라 '무엇을 보지 않을까?'라는 질문을 던지는 것이다. 중요도를 판단해서 시간 대비 효율이 낮다고 판단되는 것은 과감하게 제외하자. 이것저것 많이 보는 것보다는 중요한 한두 가지만 반복해서 보는 것이 내신 시험을 잘 보는 비결이다.

2. 두 번째 전략, 주교재와 부교재를 나누자

주교재란 교과서나 선생님이 나눠 주신 프린트처럼 가장 중요한 교재를 말한다. 이건 반복해서 보아야 한다. 반면에 부교재란 내가 스스로 공부하기 위해 샀던 내신 대비용 문제집이나, 학원에서 정리용으로 만들어 준 교재 등을 말한다. 이런 것들은 참고용으로만 보는 것이 원칙이다. 계획표에는 주교재만 담아라. 그리고 시간이 남을 때 부교재를 보는 것이다. 모두 보겠다고 계획해 봤자 지켜지지 않는다. 주교재를 보면서 부족한 점이 발견되면 부교재를 참고해서 상세하게 공부하는 방식으로 해야 시험 준비를 풍부하게, 그리고 효율적으로 할 수 있다.

3. 세 번째 전략, 새로운 교재는 보지 말라

학생들 중에는 의욕이 앞서서, 시험 2주 전에 새로운 문제집을 사서 푸는 경우가 많은데, 들이는 시간에 비해서 효과가 떨어지는 방법이다. 모르는 내용을 처음부터 다시 이해한 후에,

암기하고 문제를 풀려고 덤벼들면 시간이 많이 소요된다. 게다가 문제가 풀리지 않고 막힐 때마다, 자신감이 뚝뚝 떨어져 버리고 공부할 의욕을 잃게 된다. 자신감은 높은 점수를 받기 위한 필수적인 마음가짐이다. 나는 고등학교 1학년 때 국어 공부를 하면서 교과서만으로는 부족할 것 같아 이런저런 잡다한 문제집을 많이 봤다. 공부를 할 때는 '이 정도로 열심히 했으니 당연히 점수가 잘 나오겠지'라고 생각했다. 그러나 막상 시험을 쳐 보니 결과는 60점대였다. 그러나 공부할 내용을 교과서와 참고서 단 두 권으로 한정하고 반복해서 공부하니, 2학기에는 90점대로 껑충 뛰어올랐다. 공부를 적게 하고도 오히려 점수는 수십 점 상승한 것이다. 수업 시간에 진도를 나갈 때 보던 교재를 주력으로 보면서, 당시 수업 시간에 선생님께서 어떤 말씀을 했었는지 되새기는 것이 내신 시험 준비의 처음이자 끝이다.

방학 때는
무엇을 공부해야 하나요?

- 최고의 방학을 위한 3회독 공부법

방학에 꼭 해야 할 공부가 무엇이라고 생각하는가? 사람마다 생각이 조금씩 다를 수 있겠지만, 선택하는 기준은 단 하나다. 바로, '방학에 해야 할 공부는, 방학 때 아니면 하기 힘든 공부여야 한다'는 점이다. 그게 무엇일까? 쉽게 판단하려면 내가 지금 배우고 있는 모든 과목 중에서, 학기 중에 나름대로 해결할 수 있는 것들을 제외하면 된다.

일단 수학의 경우, 공부해야 하는 시간이 많다. 하루 공부 시간 중에서 거의 절반은 수학에 투자해야만 다른 과목들과 비슷한 성적이 나온다. 그리고 수학의 특성상 모르는 문제에서 한 번 막히면 진도가 좀처럼 나가지 않는다. 이런 특징 때문에도 공부 시간이 더 필요하다. 게다가 수학은 시험의 난이도를 어렵게 만들기 딱 좋은 과목이다. 그러니 고득점을 위해서는 어려운 문제도 많이 다뤄 봐야 한다. 또한 수학은 '학년이 달라져도 내용이 연결된다'는 중요한 특징이 있다. 지난 학기, 지난 학년에 배운 내용이 다음 학기, 다음 학년에도 계속 이어진다는 뜻이다. 그래서 흐름을 한번 놓치면 고등학교 졸업할 때까지 따라가기가 힘들다. 그러므로 수학은 학기 중의 공부로는 부족한 과목일뿐 아니라, 방학 때도 가장 열심히 공부해야 하는 과목이다. 따라서 방학 공부 1순위다.

영어는 어떨까? 일단 외워야 할 단어가 끝이 없다. 게다가 문법 지식도 알아야 하고, 독해 연습도 게을리해서는 안 되며 듣기 평가 준비까지 해야 한다. 이렇듯 영어 역시 공부해야 할 것이 많은 과목이고, 학기 중의 공부만으로는 시험을 잘 치기가 어렵다. 따라서 영어 공부도 방학 공부에 포함되어야 한다.

다만 영어에서 ①단어, ②독해, ③문법, ④듣기, 이 네 가지 영역을 방학 동안 모두 공부해야 하는지는 좀 더 고민할 문제다. 이 네 가지 영역은 공부 방법이 각각 다르다. 사실상 네 개의 다른 과목이라고 봐야 한다. 그렇다면 방학 동안 모두 공부하기는 힘들 것이다. 어느 영역에 좀 더 집중해야 할까?

영어 독해의 경우 학기 중에도 할 수 있다. 아니 학기 중에 하는 것이 더 효율적이다. 내신 시험에서 독해 문제로 출제됐던 지문들을 떠올려 보라. 대부분 교과서나 보충 교재처럼 선생님이 직접 수업을 하는 그 교재에서 출제된다. 또는 학기 중에 치러지는 모의고사에 나온 지문이 변형되어 출제된다. 예컨대 3월달 모의고사에서 "이 글의 내용과 일치하지 않는 것은?"이라고 물었던 문제가 있다면, 중간고사에서는 그 지문을 그대로 출제하되, "이 글의 주제로 가장 적절한 것은?" 식으로 질문만 바꾸는 것이다. 따라서 독해는 수업 시간에 다루는 지문이나 모의고사 지문을 학기 중에 열심히 공부하면 나름대로 대비할 수 있다. 수능 독해도 마찬가지다. 학교 수업 시간에 배우는 교재에 이미 다양한 독해 지문이 있다. 그러므로 내신 공부를 열심히 하면 수능 독해도 어느 정도 대비된다. 게다가 고3이 되면 일 년 내내 EBS교재 같은 수능 문제집을 풀면서 독해 연습만 하게 된다. 그러므로 독해는 방학에도 열심히 공부를 해야 할 만큼 급한 것이 아니라는 결론을 내릴 수 있다.

영어 듣기 역시 정복하기가 그리 어렵지 않다. 매일 한 시간씩 꾸준히 듣기 문제를 풀면, 약 3개월이면 거의 만점에 이를 수 있다. 그건 학기 중에 충분히 할 수 있으니, 듣기도 방학 공부로 급한 것이 아니다.

그러나 영어 문법은 사정이 다르다. 학기 중의 영어 시간에 선생님이 문법 지식을 설명할 때가 있긴 하지만, 대부분은 관련된 지식을 '살짝 스치고 지나가는' 정도다. 따라서 학기 중에는 문법 전반에 대해서 세세하게 공부할 기회가 없으니, 이것은 방학에 해두어야 할 공부가 된다.

이제 영어 단어의 경우를 보자. 중학생은 아직 단어가 급하지 않을 수도 있다. 중학생은 교과서의 지문만 완벽하게 공부해도 고득점이 가능하기 때문이다. 그러나 고등학생에게는 '수능'이 있다. 이건 학기 중 수업 시간에 배우는 단어만으로는 부족하다. 스스로 단어를 따로 대비해야 한다. 그런데 학기 중에는 내신 시험을 대비하느라 바쁘다 보니 당장 치러지는 중간고사에 나오지도 않을 단어를 외우기가 부담스럽다. 그렇다면 결론이 나왔다. 영어 단어를 외우는 것도 방학밖에 기회가 없다.

한편 국어는 어떨까? 일단 내신 시험을 생각해 보면, 대개 교과서의 지문으로 시험 문제가 만들어진다. 그렇다면 그 정도의 공부 분량은 학기 중의 예습·복습으로도 충분히 대비할 수 있다. 따라서 내신 국어는 방학 공부에서 우선순위가 낮다.

그렇다면 수능 국어는 어떨까? 물론 지금 고3이라거나 다음 학기부터 고3이 된다면 당연히 이번 방학에 수능 국어도 공부해야 한다. 그러나 그 이전의 학년이라면 방학에 수능 국어를 공부하는 것은 별로 추천하지 않는다. 어차피 수능 스타일의 문제는 고3 때 지겹도록 많이 풀게 될 것이기 때문이다. 따라서 이번 방학에는 그보다 더 급한 과목들에 시간을 투자하는 것이 바람직하다.

방학은 생각보다 짧다. 영어·수학 두 과목만 공부해도 하루가 끝날 때가 많고, 문제집 몇 장 풀다가 방학이 끝나 버리기도 한다. 그러니 수능 국어는 ①영어·수학을 공부하고도 시간 여유가 있거나 ②수능 국어 점수가 다른 과목에 비해 특히 낮은 경우에만 방학 때 공부하기를 추천한다. 이 두 가지에 해당되지 않는다면 수능 국어는 수학이나 영어에 우선순위를 양보하는 것이 좋다.

마지막으로 사회·과학을 생각해 보자. 일단 중학생의 경우는 이들 과목을 방학 때까지 할 필요는 없다. 대개의 경우, 학기 중에 그날의 수업 내용을 그날 잘 복습하면 해결된다. 고득점을 받고 싶은 과목의 문제집을 두 권 사서 오늘 수업 시간에 배웠던 딱 그 진도만큼 문제를 풀어라. 문제집이 두 권이긴 해도 하루 동안 진도를 나가는 부분이 그리 많지는 않기 때문에 몇 문제 되지 않는다. 금세 다 풀 수 있다. 그렇게 학기 중에 꾸준히 공부하면 사회·과학은 충분히 고득점이 나온다.

지금까지 방학에는 무엇을 해야 하는지에 대해서 알아보았다. 그런데 사실, 그것 못지않게 중요한 물음이 있다. 바로 '어떻게' 공부해야 하는가 하는 점이다. 똑같은 시간을 공부하더라도 좀 더 효율적인 방법으로 공부하는 사람이라면 결과도 다를 수밖에 없다. 게다가 그 효율적인 방법이 지난 학기에 드러난 자신의 약점을 보완해 주는 '맞춤형 처방'이라면 다음 학기의 결과는 더욱 드라마틱하게 달라질 것이다.

어떻게 하면 그렇게 효율적으로 공부할 수 있을까? 그 방법은 방학의 가장 중요한 특징을 떠올려 보면 쉽게 알 수 있다. 그것은 바로 방학에는 시험이 없다는 사실이다. 따라서 방학에는 시험 직전의 단순 암기식 벼락치기 공부가 아니라 시간을 들여 개념을 깊이 있게 이해하는, 제대로 된 공부를 하기에 더 유리하다. 이것이 방학 동안 해야 하는 공부의 기본 방향이다.

아무래도 학기 중에는 중간·기말고사가 눈앞에 있기에 시간에 쫓기는 공부가 되기 십상이다. 학기 중에는 수업을 복습하기도 벅차고 숙제는 끝이 없다. 해야 할 공부가 많다 보니 시간이 소모되는 깊이 있는 공부를 할 시간이 모자란다. 그래서 잘 모르는 문제를 곰곰이 생각하지 않는다. 해설을 보고 그냥 넘어가기도 하고, 다양한 문제를 풀기보다 몇 개만 골라서 풀기도 하며, 깊이 있게 이해하기보다 그냥 외워 버리고 넘어가는 경우도 많다.

그런 식으로만 공부하면 쉽고 단순한 문제는 맞힐지 모른다. 그러나 여러 가지 개념을 복합적으로 묻는 문제는 맞히기 힘들다. 게다가 창의적인 아이디어를 떠올려야 하는 문제, 즉 사고력이나 응용력을 측정하는 어려운 문제는 그냥 손 놓고 틀릴 수밖에 없게 된다. 따라서 점수도 일정 수준 이상 올라가지 않는다.

그런데 이 모든 것을 방학에 완전히 바꿀 수 있다. 시험이 급하지 않으니까 시간을 들여서 제대로 이해할 수 있다. 디테일한 부분까지 암기할 수 있다. 어려운 개념도 곰곰이 생각해서 완전히 내 것으로 만들 수 있다. 즉 방학에는 ①깊은 이해, ②완벽한 암기, ③창의적인 사고, 모두가 더 수월한 것이다.

이 세 가지 능력 즉 이해력과 암기력, 사고력을 나는 '공부3력'이라고 부른다. 공부의 기본적인 능력이자 가장 중요한 능력이다. 시험이라는 것도 결국은 이 세 가지 능력을 측정하는 과정일 뿐이다. 그러니 방학 때 이 세 가지 능력을 얼마나 충실히 길렀는지에 따라 다음 학기 시험 점수가 좌우될 수밖에 없다.

그렇다면 이 세 가지 능력은 어떻게 길러야 하는 것인가? 내가 제시하는 것은 3회독 공부법이다. 3회독 공부법은 말 그대로 어떤 교재를 세 번씩 반복하는 공부법이다. 중요한 점은, 여러 교재를 그저 세 번씩만 보면 되는 것이 아니라, 한 교재를 세 번 반복하고 그다음에 다른 교재로 넘어가야 한다는 점이다. 예컨대 시험 전까지 풀어야 할 수학 문제집이 A와 B가 있다고 하면, A → B → A → B → A → B 이런 식으로 보는 것이 아니라 A → A → A → B → B → B 이런 식으로 봐야 한다는 것이다.

이렇게 해야 하는 이유는 무엇일까? 그것은 같은 교재를 세 번씩 반복하게 되면, 우리 머리에서 이해력→암기력→사고력이라는 세 능력들이 차례대로 길러지기 때문이다.

1회독, 즉 처음 교재를 읽을 때는 그 내용을 이해하는 데 중점을 둬야 한다. 이때는 수학 공식이라든가 '갑오개혁은 1894년이다'라는 식의 구체적인 지식이 나와도 굳이 암기하지 않는다. 만약 공식을 적용해야 하는 문제가 있다면 책을 뒤적여 공식을 찾아보면서 푼다. 이유는 효율성 때문이다. 누구라도 교재를 처음 볼 때는 어떤 부분이 중요한 것인지 아직 모르는 상태다. 이때 모든 것을 암기하려고 하면 시간과 노력이 필요 이상으로 많이 소모될 수밖에 없다. 공부는 단 한 번에 완벽하게 마스터하는 것이 아니라 마치 유화를 그리듯 여러 번 덧칠하는 과정이다. 어차피 교재를 여러 번 보게 될 것이다. 그러니 처음부터 힘을 뺄 필요는 없다. 1회독에서는 '이해'만 되면 바로바로 다음 페이지로 넘긴다.

2회독, 즉 두 번째로 교재를 볼 때는 비로소 암기를 시작한다. 이 단계에는 교재에서 다루고 있는 내용들에 대해 대략적이나마 흐름이 보이기 시작한다. 따라서 무엇을 외워야 하는지도 눈에 들어온다. 게다가 1회독에서 읽었던 많은 내용이 나도 모르게 이미 머릿속에 들어와 있기도 하다. 따라서 2회독에서 외워야 할 것들은 이미 많이 줄어든 상태니 암기도 효율적일 수밖에 없다. 이때 암기를 통해서 머릿속에 많은 정보를 넣어 두면,

이제 다음 단계인 사고 중심의 공부를 할 준비가 된 것이다.

3회독, 즉 세 번째로 교재를 볼 때는 '사고'에 중점을 둔다. 쉽게 말해 모르는 것에 대해 고민하는 시간을 늘리는 것이다. 예컨대 모르는 문제가 나오면 해설을 보지 않고 오랫동안 스스로 생각해 본다. 만약 아직까지 이해가 잘 안 되는 개념이 남아 있다면 인터넷 등을 뒤적여서라도 확실하게 정복한다. 이런 방식으로 공부하면 사고력이 크게 증가하고 어려운 문제도 맞힐 수 있는 실력이 된다.

만약 이 순서를 어기면 어떻게 될까? 예컨대 1회독을 할 때 사고 중심의 공부를 하면 어떻게 될까? 그런 경우, 교재의 내용을 아직 잘 모르는데 하나하나 골똘히 생각하자니 조금만 공부해도 쉽게 지쳐 버린다. 게다가 진도가 계속 느려지니 공부를 계속할 재미도 없어지고 자신감도 낮아진다. 공부의 순서를 어겼기 때문에 찾아오는 부작용이다.

공부는 '이해 → 암기 → 사고'의 순서대로 하는 것이 가장 효과적이다. 모든 교재를 세 번씩 보되, 1회독에서는 이해에 중점을 두고, 2회독에서는 암기에 중점을 두며, 3회독에서는 사고에 중점을 두라. 이것이 실력도 가장 빨리 성장하고 시험에서 결과도 좋은 최고의 방법이다.

그렇다면 이 3회독이 모두 '방학 동안' 이뤄져야 하는가? 꼭 그렇지는 않다. 시험 직전까지만 끝내면 된다. 예컨대 겨울방학에는 1회독을 하고, 새 학기가 된 3월에 2회독을 하고, 중간고사를 앞둔 4월에 3회독을 할 수도 있다. 다만 이렇게 하면 한 가지 단점이 있다. 시험 전까지 보게 되는 교재가 한 권밖에 없다는 사실이다. 왜냐하면 3회독 공부법은 한 교재를 세 번 반복하고 나서야 다른 교재로 넘어가는 방식이기 때문이다. 각 과목별로 한 권의 교재만 보는 것은 초등학교 때까지는 통할지 모르나 중학교 이상에서는 좋은 점수를 얻기 힘든 공부 분량이다. 그러니 시험 직전까지 각 과목별로 적어도 두 권 이상의 교재는 봐야 하고, 적어도 그중 한 권은 방학 때 3회독을 끝내는 것이 가장 좋은 시나리오다.

물론 모든 과목을 두 권 이상의 교재로 공부할 수는 없을 것이다. 예체능과 같은 과목은 교과서 한 권만으로, 그리고 학기 중의 공부만으로 시험을 치는 게 나을 수 있다. 그러나 영어나 수학 또는 자신이 평소에 약한 특정 과목은 방학 때 교재 한 권을 골라서 3회독을 해두자. 그러면 그 과목은 반드시 정복한다.

방학 때
혼자 공부해도 될까요?

- 학원과 인터넷 강의 활용법

결론부터 말하겠다. 중학생은 방학에 학원을 나가는 것이 좋다. 반면 고등학생은 상황에 따라 다르다.

방학이 성공하느냐 실패하느냐는 '무엇을 공부하느냐'에 좌우되는 것이 아니다. 그보다는 '얼마나 늦잠을 자지 않을 수 있느냐', '얼마나 게으르지 않을 수 있느냐'에 좌우되는 것이다. 이 말이 정말로 맞는 말이라는 것은 우리가 지금까지 보냈던 방학들을 떠올려 보면 쉽게 알 수 있다.

중학생의 방학을 생각해 보자. 특별한 경우가 아니면 방학에는 학교에 나가지 않을 것이다. 따라서 몇 시에 일어나든 상관없는 삶이 펼쳐진다. 그런 상황에서는 늦잠을 자주 자게 되고, 학생 본인은 '나는 왜 이렇게 의지가 부족할까?'라고 자책하게 된다. 하지만 사람이라면 누구나 그렇다. 아침에 일찍 일어날 필요가 없는 상황에서는 누구라도 폐인이 되기 마련인 것이다. 전교1등이든, 꼴찌든, 아이든, 어른이든 마찬가지다. 그러니 자신

309

의 의지 부족을 자책할 필요는 없다. 그 대신 필요한 것이 있다. 방학에도 '일찍 일어나야 하는 이유'를 만드는 것이다. 특히 중학생 이하의 경우라면 '아침에 의무적으로 일어나야 할 상황'을 반드시 만들어야 한다. 그래야 게으르지 않게 된다. 예컨대 오전에 시작되는 학원이나 공부방은 좋은 스케줄이 될 수 있다. 학원이 공부에 꼭 효과가 있어서라기보다 일찍 일어나게는 되기 때문이다. 일단 일어나야 공부도 할 것이 아니겠는가?

그렇다면 몇 가지 의문이 생긴다. 만약 혼자서도 일찍 잘 일어날 수만 있다면 굳이 학원에 갈 필요가 없는 것일까? 여기에 대한 대답은 '그렇다'이다. 애초에 학원 가는 목적이 생활관리를 하기 위함이기 때문이다. 그렇다면 또 다른 질문. 그 경우, 예컨대 피아노 학원처럼 공부를 하는 학원이 아니어도 괜찮은 것일까? 이에 대한 대답 역시 '그렇다'이다. 그것이 아침에 꼭 일찍 일어나게 만드는 일정이라면, 수영이든 가야금이든 무엇이든 괜찮다. 학원 가는 가장 큰 이유가 생활관리이기 때문이다.

아침 일찍 일어난다는 것 말고도 중학생에게 방학 동안 학원을 추천하는 이유가 하나 더 있다. 중학생들은 아직까지는 의지가 약해서 방학 동안 공부 계획을 스스로 세우고 실천하는 것을 어려워하는 경우가 많다. 따라서 학원처럼 정해진 진도를 매일 나가고 거기에 맞춰 숙제도 꼬박꼬박 해야 하는 시스템 속에 자신을 맡기는 것이 오히려 공부하기에 더 편할 수 있다. 물론 이것은 사람마다 다를 수 있는 부분이다. 만약 초등학생이라도, 스스로 생각했을 때 자신은 충분히 부지런하고 의지가 강해서 혼자서도 잘할 수 있다고 판단된다면, 그때는 당연히 학원보다는 혼자 공부하는 편이 훨씬 나을 것이다.

한편 고등학생은 입장이 조금 다르다. 고등학생은 방학에도 학교에 나가는 경우가 많기 때문에 특별히 생활관리를 위해 학원에 갈 필요가 있는 것이 아니다. 게다가 고등학생은 방학에 다음 학기 선행, 특히 수학에 많은 시간을 투자해야 하는데 학원 스케줄까지 있으면 하루가 너무 벅찰 수 있다. 만약 오전에는 학교 수업, 오후에는 학원 수업, 저녁에는 밥 먹고 쉬기, 이런 식이라면 스스로 공부할 시간은 하나도 없게 된다. 차라리 학원을 끊고 그 시간에 혼자 공부하는 편이 훨씬 낫다. 다만 아직까지 '중학생 티를 못 벗은' 고등학생이 있을 수 있다. 비록 몸은 거의 성인이지만 마음은 아직까지 순수한(?) 어린아이라서 혼자 도서관에서 공부하면 성적이 떨어질까 무섭다거나, 누군가 숙제를 내주지 않으면 공부할 의지가 생기지 않는다거나, 학원이라도 가지 않으면 집에서 잠만 자게 된다면, 그 경우에는 반드시 학원에 가야 한다. 집에서 잠만 자는 것보다는 나을 것이기 때문이다.

만약 그런 경우가 아니라면 어떨까? 스스로 충분한 의지가 있고 혼자서도 나름대로 열심히 공부할 수 있다면, 학원은 다만 당신이 필요해서 선별적으로 다니는 것이라면, 학원을 계속 다녀도 괜찮은 것일까? 그 경우에는 '하루 중에서 혼자 공부하는 시간이 충분한지'에 따라 결론이 달라진다. 학교 수업의 복습과 학원 수업의 복습 그리고 당신이 스스로 공부하기로 계획한 그 모든 공부를 하루에 다 소화할 수 있다면 학원을 다녀도 괜찮다. 그런데 내 주위를 보면, 아무리 방학이라고 해도 고등학생이 그렇게까지 시간 여유가 있는 경우는 드물었다.

그렇다면 방학에 '인터넷 강의'를 활용하는 것은 어떨까? 여기에 대한 원칙은 세 가지가 있다.

첫째, 인터넷 강의는 '그 과목을 처음 공부하는 단계'에서 활용하는 것이 가장 효과가 크다. 어떤 과목이든 처음 공부할 때는 설명이 풍부하게 되어 있는 두꺼운 기본서를 보게 된다. 이때는 기본서를 차근차근 읽으면서 '이해하는' 공부를 하는 것이 정석이다. 그런데 혼자서 책을 읽으면 아무래도 이해가 잘 안 되는 부분이 생길 수밖에 없다. 이때 설명을 잘해 주는 강사가 쉽게 풀어 주면 공부 시간이 많이 단축될 것이다. 따라서 처음 그 과목을 공부하는 단계에서 제대로 이해가 안 되는 부분만 골라 인터넷 강의로 해결한다면 그것은 추천할 만한 방법이다.

둘째, 인터넷 강의는 '필요한 단원'만 골라서 보는 것이 효과
거 더 크다. 주위를 보면 인터넷 강의를 하나 골라 그것 위주로
만 공부하는 학생들이 있다. 이 방법은 별로 추천하지 않는다.
어떠한 과목이든 처음에 개념을 잘 잡으려면 ①설명이 풍부한
교재로, ②여러 번 반복해서 공부해야 하기 때문이다. 그런데
인터넷 강의용으로 제공되는 얇은 책으로는 이해가 제대로 되
지 않는다. 물론 강사가 설명해 주겠지만 문제는 컴퓨터를 끄고
나면 그만인지라 나중에 다시 반복을 하기가 힘들다는 점이다.

따라서 인터넷강의를 활용하더라도 그것은 '보조 수단'에 머
무르는 것이 좋다. 주력으로 보는 기본서가 과목별로 하나씩 있
어야 하고, 그것을 혼자서 공부하는 과정에서 잘 이해가 되지
않는 개념이나 단원만 골라서 인터넷 강의로 해결하는 것이다.
예컨대 방학 동안 지구과학 기본서를 보다가 「천체의 운동」 단
원이 도저히 이해하기가 힘들어서, 그 단원만 골라 인터넷 강의
를 보는 식이다.

이런 방식이라면 아무래도 유료 강의는 부담스럽다. 하나의
큰 강좌에서 실제로 보게 되는 동영상이 몇 개 되지 않을 수도
있기 때문이다. 그러니 이때는 EBS를 적극 활용해야 한다. 무료
이기 때문에 특정 단원만 골라서 듣기에 마음이 편하다.

진로는
언제 결정해야 하나요?

- 진로를 정할 때 반드시 고려해야 할 것들

　많은 학생들이 진로가 중요하다는 사실을 자신도 이미 알고 있다고 말한다. 그러나 진로가 중요하다는 것을 안다고 하면서도 정작 진로에 대한 탐색을 게을리한다면 그것은 정말로 중요성을 아는 것이 아닐 것이다. 물론 진로에 대한 탐색에 시간을 많이 쓰기 어려운 현실적인 사정을 이해한다. 당장의 성적이 급하기 때문에 진로에 대한 고민을 내신과 수능 결과가 나온 후로 미루는 것이리라. 그러나 진로에 대한 탐색을 미리 끝내 놓으면 공부에 있어서도 동기부여가 되기 때문에 내신과 수능에서 더 좋은 결과를 이끌어 낼 수도 있다. 다만 '어느 학과가 전망이 좋다더라', '어느 직업이 돈을 많이 번다더라' 하는 식으로 '자기 자신'을 파악하지 않고 그 진로 자체에 대한 정보만으로 미래를 결정하는 것은 매우 위험하다. 그런 정보만으로 진로를 결정하게 되면 나중에 자신과 잘 맞지 않아서 중도 포기하게 되거나, 진로 수정을 하게 되면서 그 시간만큼 인생을 허비하게 될 수도 있기 때문이다. 따라서 진로를 잘 결정하기 위해서는 그 학과나 직업에 대한 전망을 알아보는 것도 중요하겠지만 그보다 더 중요한 것은 자기 자신을 파악하는 것이 된다. 이 부분과 관련해서는 독자 여러분의 이해를 돕기 위해 나의 진로 경험을 말하는 것이 필요할 것 같다.

내가 생각했던 나는, 앞에 나서는 리더 스타일은 아닌 것 같았다. 팀을 이끌고 사람들을 하나로 뭉쳐서 정해진 목표로 전진하게 만드는 일은 예전부터 절대 내 스타일이 아니었다. 중학교 2학년 때 반장을 맡은 적이 있었는데, 지금까지 가장 끔찍한 기억 중의 하나로 남아 있다. 반면에 나는 예전부터 상황을 파악하는 능력은 다른 능력들에 비해서 그나마 나았다. 다들 어리둥절하고 있을 때도 지금 일이 어떻게 돌아가고 있는지 금방 알아챘다. 지금이 들이대야 할 때인지 아니면 도망가야 할 때인지 남들보다 빨리 알 수 있었고, 어떤 방법을 써야 그 일을 효과적으로 해낼 수 있는지도 잘 알았다. 그러다 보니 내가 잘했던 것은 조언과 상담이었다. 덕분에 수능을 두 달 앞두고 공부란 것을 처음 시작한 학생도 법학과에 합격을 시킬 수 있었고, 자신에게 관심 없는 여학생을 짝사랑하며 혼자 애태우던 친구에게 성공할 수밖에 없는 방법도 가르쳐줄 수 있었다. 중학교 친구에게 "돌이켜 보니, 네 예측은 항상 옳았어"라는 말을 들었던 나는 지금도 "선생님 말대로 했더니 수능 국어가 올랐어요!"라는 말을 듣는다.

반면에 나는 끈기가 부족하다. 게다가 감정의 기복이 심해서 규칙적으로 무엇인가를 해야 하는 일에는 무척 약하다. 내가 매일 수업을 들으러 학교에 나가는 것에 얼마나 큰 인내를 대가로 치르고 있는지 아마 교수님들은 모를 것이다. 그리고 나는 재미가 없다고 느껴지면 발등에 불이 떨어져도 하기가 싫다. "자기가 하기 싫은 건 죽어도 안 해요"라는 말은 내가 자주 듣는 말 중에 하나다. 그런 내가 좋아하던 일은 창의적인 일이었다. 중학교 때는 만화를 그려서 학교 게시판에 걸어 놨고 반응도 꽤 좋았다. 그때 내 꿈은 만화가였다. 하지만 만화에 특출난 재능이 있는 내 주위의 친구들을 보며, 나는 그런 재능까지는 없다는 사실을 깨달았다. 내가 유명한 만화 작가들과 경쟁할 수 있을 만한 그릇은 아니라는 것을 알 만큼의 머리는 나도 돌아갔다.

고등학교 시절 여러 가지 책을 읽으면서 틈틈이 내 생각을 연습장에 써봤다. 글을 쓰는 것은 의외로 무척 재미있었다. 대학교에 들어와서도 아무도 부탁하지 않은 글을 틈틈이 썼다. 얼마 전 오래된 책 속에서 그 당시 내가 썼던 글 하나를 발견한 적이 있었는데, 지금 다시 읽어 보니 내가 봐도 무척 재미있었다. 그런 특성을 가진 나에게 공과 대학은 잘 맞질 않았다. 기계로 가득 찬 연구실에서 선박을 설계하고 연구하는 일이 나를 말려 죽일 것이라는 것을 예감할 수 있었다. 나는 좀 더 사회를 알고 싶었고, 사람들을 알고 싶었다. 사회가 어떻게 작동하는지, 사람들이 어떤 방식으로 행동하는지 알고 싶던 나에게는 법학이 매력적으로 느껴졌다. 내가 사회에 기여하고 사람들을 도울 수 있는 기회가 생긴다면, 그 바탕이 되는 전문성에는 법률 지식만 한 것도 없다는 판단도 섰다. 거기까지 생각이 미치자 더 이상 망설일 이유가 없었다. 나는 수능을 다시 봐서 법학과로 진로를 바꾸었다. 이과에서 문과로 백팔십 도 전향한 것이다. 법학과에서 공부를 하고 있는 지금의 나는 내가 하고 있는 이 공부에 매우 만족하고 있다.

그 후에 기회가 닿아서 여러 책을 쓰게 되었다. 그건 무척이나 즐거운 작업이었다. 상담과 조언에 나름 적성이 있었고 창의적인 일을 좋아하던 나에게는 이것만큼 꼭 맞는 일도 없었다. 글을 쓰는 것을 좋아했고, 한글 문서로 여백 폰트 수정 없이 100페이지 정도는 어쩌면 할 수 있겠다고 생각해서 이 일을 시작했다. 그리고 하늘에서 내려왔다고밖에 설명할 수 없는 행운과 부족한 저자를 믿어 주고, 아낌없이 지원해 준 많은 분들 덕분에 베스트셀러 작가가 되었다. 여기저기 방송에도 나가고 유명해지자 여러 가지 기회도 많이 생겼다.

현재 내가 내 삶에 만족하고 있는 이유는 앞으로 어디가 전망이 좋을 거라든가, 어디를 나오면 대우가 좋다든가 하는 이유로 진로를 결정하지 않았기 때문이다. 또한 그보다는 내가 잘하는 것과 못하는 것을 냉정하게 분석해 보고, 내가 좋아하는 것과 싫어하는 것을 면밀히 따져 본 후에 내 진로를 그것에 맞게 결정했기 때문이다. 사람의 미래란 알 수 없는 것이기는 하지만, 가끔 나는 '만약에~'라는 상상을 해본다. 만약에 내가 만화 그리는 것을 좋아한다고 해서 만화가가 되기로 결정했다거나, 서울대라는 명패가 좋다고 해서 공과 대학의 공부를 계속했더라면 아마 지금처럼 만족하면서 살고 있을까? 아무리 생각해도 그런 결론에는 이르지 않는다. 그쪽의 분야에 대해서는 나에게 능력이 없거나 흥미가 부족하기 때문이다. 결국 나는 진로를 선택할 때 '그 진로'가 아닌 '나'를 기준으로 삼았고, 지금 생각해도 이 원칙대로 인생의 중요한 결정을 내렸던 것은 정말로 잘한 일이었다.

1. 방학 때는 교과 공부와 더불어 반드시 진로 공부를 해두자

자신이 어떤 분야의 진로로 나가는 것이 적합할지 잘 모르겠다면, 평소에 여러 가지 적성 검사를 받으면서 자신의 성향을 파악하는 작업이 반드시 필요하다. 특히 방학을 이용해 MBTI

검사나 MI 검사, 홀랜드 검사 등 다양한 진로 적성 검사 프로그램을 직접 받아 볼 것을 권한다. 또한 평소 관심 있던 분야에 대한 폭넓은 독서와, 그 직업에서 일하고 있는 사람들과의 면담을 게을리하지 않는 것이 후회 없는 진로 선택의 첫걸음이다. 중고등학생들은 보통 수능을 치르기 전까지 학교에 갇혀 있기 때문에 특정 직업에 대해 환상을 가지고 있는 경우가 많다. 따라서 이렇게 발로 뛰지 않으면 자신의 진로에 대한 정확한 모습을 알기 어렵다.

2. 스펙은 진로에 맞게 쌓아 놓자

진로가 결정되었다면 그 진로에 맞는 '스펙'을 쌓아야 한다. 교내외 입상 경력이나 경시 대회, 자격증이나 봉사 활동, 캠프나 체험 활동 등의 스펙들 역시 내가 진학하려는 학과에 맞추어서 관리해야 한다. 비슷한 활동들을 한 경쟁자들 속에서 조금이라도 더 좋은 인상을 주기 위한 조건을 생각해 본다면, 같은 활동이라도 그 학과에 적합한 활동을 한 사람이 훨씬 유리하다.

가짜 1등 배동구

초판 1쇄 발행 2017년 3월 16일
초판 14쇄 발행 2024년 6월 3일

지은이 박철범
펴낸이 김선식

부사장 김은영
콘텐츠사업본부장 임보윤
콘텐츠사업10팀장 김정택   **콘텐츠사업10팀** 이슬
마케팅본부장 권장규   **마케팅2팀** 이고은, 배한진, 양지환   **채널2팀** 권오권
미디어홍보본부장 정명찬   **브랜드관리팀** 안지혜, 오수미, 김은지, 이소영
뉴미디어팀 김민정, 이지은, 홍수경, 서가을
크리에이티브팀 임유나, 박지수, 변승주, 김화정, 장세진, 박장미, 박주현
지식교양팀 이수인, 염아라, 석찬미, 김혜원, 백지은
편집관리팀 조세현, 김호주, 백설희   **저작권팀** 한승빈, 이슬, 윤제희
재무관리팀 하미선, 윤이경, 김재경, 이보람, 임혜정
인사총무팀 강미숙, 지석배, 김혜진, 황종원
제작관리팀 이소현, 김소영, 김진경, 최완규, 이지우, 박예찬
물류관리팀 김형기, 김선민, 주정훈, 김선진, 한유현, 전태연, 양문현, 이민운
외부스태프 일러스트 김정윤

펴낸곳 다산북스   **출판등록** 2005년 12월 23일 제313-2005-00277호
주소 경기도 파주시 회동길 357 3층
전화 02-702-1724(기획편집) 02-6217-1726(마케팅) 02-704-1724(경영관리)
팩스 02-322-5717   **이메일** dasanbooks@dasanbooks.com
홈페이지 www.dasanbooks.com   **블로그** blog.naver.com/dasan_books
종이 아이피피   **인쇄** 민언프린텍   **후가공** 평창피앤지   **제본** 다온바인텍
ISBN 979-11-306-1162-4 (03810)

다산북스(DASANBOOKS)는 독자 여러분의 책에 관한 아이디어와 원고 투고를 기쁜 마음으로 기다리고 있습니다.
책 출간을 원하는 아이디어가 있으신 분은 이메일 dasanbooks@dasanbooks.com 또는 다산북스 홈페이지
'투고 원고'란으로 간단한 개요와 취지, 연락처 등을 보내 주세요. 머뭇거리지 말고 문을 두드리세요.